Arnošt Lustig

Finsternis wirft
keine Schatten

Arnošt Lustig

Finsternis wirft keine Schatten

Aus dem Tschechischen
von Peter Ambros

Luchterhand Literaturverlag

Die tschechische Originalausgabe trägt den
Titel *Tma nemá stín.*

Lektorat Klaus Siblewski

Umschlaggestaltung Parsons Design, München
Umschlagmotiv Bavaria/SSI
Herstellung Ina Munzinger, Berlin
Satz aus der Sabon von Mega-Satz-Service, Berlin
Druck und Bindung durch Friedrich Pustet, Regensburg
Druck Schutzumschlag Walter Biering GmbH, München
Gedruckt auf chlor- und säurefreiem Papier.

ISBN 3-630-86840-1

Meiner Mutter

Löst sich im Finstern restlos alles auf?

1

»Jetzt schießt er auch noch«, sagte der erste Junge. Er hieß Dany.
»Dieser Blödmann«, antwortete beunruhigt der zweite Junge, der kleinere von beiden. Er blickte zu den zerzausten Wolken hinauf. »Der muß uns für Soldaten halten.«
Seit der Jagdflieger aufgetaucht war und zudringlich wurde, ist der Himmel nicht mehr still geworden. In dem offenen, schlecht gefederten Güterwagen wurden sie von einer Seite zur anderen geschleudert. Der Fahrtwind stiebte ihnen schwärzliche Rußflöckchen in Gesicht und Augen.
Dem Piloten schien die Geschwindigkeit zu gefallen, mit der die Lok da unten den Zug schleppte. Offenbar war er entschlossen, seine Tiefflugkünste vorzuführen.
»Wenn er vorhat, die Lok wegzupusten, müßt er's tun, bevor wir den Tunnel erreichen«, sagte der Erste, »hat also keinen Sinn mehr zu warten.«
Es war ein amerikanisches Flugzeug. Beinah schwerfällig flog es den Zug an.
Der zweite Junge verschluckte die Antwort. Er hieß Many.
»Entweder wir tun's jetzt, oder wir krepiern«, sagte der Erste noch einmal, »keine Zeit mehr für langes Gerede, Many.«
Er zog die Mundwinkel nach unten. Abwechselnd schaute er zum Flieger, auf den zweiten Jungen und zum Ende ihres Güterwagens.
»Springst du nach mir, oder willste zuerst?« fragte er.
Der Flieger nahm den Zug erneut ins Visier. Der Zweite wollte offensichtlich abwarten, ob der Flieger seinen Irrtum nicht doch einsehen würde. Das war ja kein Militärtransport, und in den geschlossenen Waggons befand sich keine Munition, auch wenn in jedem der offenen Waggons mit Gewehren bewaffnete Soldaten postiert waren.

Mit erhöhter Geschwindigkeit durchfuhr der Zug einen breiten Einschnitt zwischen zwei Hängen. Die Lokomotive ließ ein Pfeifen hören, stöhnend und langgezogen. Der deutsche Lokführer wollte den Piloten entweder täuschen oder ihm signalisieren, daß in diesem Zug Häftlinge transportiert wurden.
Auf den Hängen lagen kreuz und quer gefällte Baumstämme. Durch die Wiese rechts von den Schienen floß ein Bach. Weiß zerstob das Wasser an den Steinen. Das Wetter war gut, nur ein paar Schauer am Morgen. Blaugrau leuchtete der Himmel durch die Wolkenfetzen.
Das Motorengeräusch kam wieder näher. Der Flieger zog eine S-förmige Schleife. Der Zug würde ihm nicht entkommen. Und als er direkt über dem Schienenband war, überlagerte ein klopfendes Geräusch das Brüllen des Motors, so als ob der Treibstoff ausginge oder ein Zylinder defekt wäre.
»Was wird aus Frank?« fragte der Zweite.
Sein sommersprossiges Gesicht wirkte mißtrauisch. Er hatte abstehende Ohren. Das war deutlich zu sehen, denn sein Kopf war kahlgeschoren. Über seine Backenknochen spannte sich bläulich dünne Haut. Sie war glatt wie die Haut eines Mädchens.
Frank war der vierzigjährige Mann in der vorderen linken Ecke des Waggons. Er saß auf ein paar Decken neben einem deutschen Soldaten mit Gefreitenstreifen auf dem Ärmel.
Statt zu antworten, begann der erste Junge, seinen Wintermantel aufzuknöpfen. Der Mantel reichte ihm fast bis zu den Knöcheln. Auf dem Rücken war er weiß und rot markiert: damit er im Fall einer Flucht leicht zu erkennen war. Außerdem trug der Mantel auf dem Rücken in nicht auswaschbarer Farbe die Buchstaben KL, für Konzentrationslager.

Seine schmutzigen, vor Kälte steifen Finger rissen die Knöpfe aus den starren Löchern. Er ließ dabei das Flugzeug nicht aus den Augen. Breitbeinig lehnte er sich gegen die halbhohe Seitenwand, damit ihn das Schlingern des Wagens nicht umwarf. Auch der zweite Junge begann, seinen Mantel aufzuknöpfen.
»Das macht uns schneller«, sagte er.
Der Zweite schaute den Älteren an. Das Maschinengewehr des Fliegers ratterte weiter, als die Kugeln bereits am Kohlentender und dem Führerstand der Lok vorbeisausten. Die Insassen des ersten Wagens mußten inzwischen völlig zerfetzt sein. Der Pilot kippte abdrehend die Maschine auf die Seite, als wolle er die Waggons der Länge nach mit dem Flügel aufschlitzen.
Das näherkommende Rattern des Maschinengewehrs legte sich über den anschwellenden Motorenlärm, das Stampfen der Lok und das Rattern der über die Schienenstöße rollenden Räder.
»Willst du ihn nicht nochmal fragen?« sagte der Zweite.
Die Lok rumpelte auf den Tunnelmund zu. Die Wagen schwenkten seitlich aus. Nun senkte sich das Tal ein wenig.
Wir sind im zehnten Waggon, ging es dem ersten Jungen durch den Kopf, beim zweiten oder dritten Angriff sind wir dran. Was für ein Glück, daß es ein offener Wagen ist, die anderen sitzen in der Falle.
Er sah den glatten Bauch des Fliegers, wie ein grauer Fisch. Das mußte eine hübsche Übung sein. Der Pilot nahm sich Zeit. Er konnte sich die lässige Eleganz leisten.
»Der Kerl da oben kann uns zu nem schönen Kriegergrab verhelfen«, sagte der Zweite.
Seit seinem letzten Geburtstag ist Frank nicht mehr der alte, dachte der Zweite, sein Glanz hat nicht lange gehalten.

Dem Ersten kam der Gedanke, daß am Tunnel ein Maschinengewehr der Flugabwehr postiert sein könnte, dessen Besatzung den Flieger erst alles, was im Zug lebte, abknallen lassen würde, um dann die Maschine herunterzuholen. Dann hätte auch der Pilot sein Kriegergrab. Für eine Sekunde sah er das Flugzeug als einen Haufen verkohltes Blech. Sie hatten schon mehr als einen solchen Haufen neben der Schienenstrecke liegen sehen.

»Wir ham klasse Wetter«, sagte der Erste, »regnet nicht. Wird nicht rutschig sein.«

»Geht ein starker Wind«, sagte der Zweite.

»'s ist noch früh.«

»Das paßt gut.«

Aus dem Trudeln heraus setzte der Flieger zum zweiten Angriff an, und das Rattern des Maschinengewehrs mischte sich wieder in das Rattern der Räder auf den Schienenstößen. Das Brüllen und Heulen des auf vollen Touren laufenden Motors kam in Stößen, unterbrochen von kurzen, unregelmäßigen Aussetzern. Als er dem Erdboden ganz nahe war, kamen dem Flieger die Dampfschwaden entgegen.

In Manys Augen flackerte etwas, und es schien, als seien der Pilot, der Zug, die letzten sechs Tage ohne Essen und die Ereignisse der letzten drei Jahre Schatten, aus denen er nun heraustreten wollte.

Die Mäntel der beiden waren mit Wasser vollgesogen und rochen streng. Auch der Zweite hatte die Knöpfe nun geöffnet. Er hatte schmale Schultern. Er sprang von einem Fuß auf den anderen, um sich zu vergewissern, daß seine Beine und Muskeln funktionierten, als frage er sich, ob er überhaupt losrennen könnte, wenn er gesprungen war. Und wie weit würde er kommen? Wenn er es den Hang hinauf nicht schaffte, dann könnte er genausogut sitzen bleiben. Es war Zeitverschwendung, darüber nachzuden-

ken. Seit acht Monaten warteten sie auf diesen Augenblick. Und davor hatten sie zwei Jahre und zwei Monate darauf gewartet. Vielleicht hatten sie sogar schon früher darüber nachgedacht – aber das war in Prag, als sie noch gar nicht wußten, was ihnen bevorstand. Die Frage ist immer, wie man sich wehrt. Wogegen. Und mit welchem Ziel.
»Der Boden wird nicht nachgeben«, sagte der Erste, »oder höchstens weiter oben.«
Endlich zog Frank Bondy bedeutungsvoll die Augenbrauen empor. Dies tat er immer dann, wenn er nicht weiterwußte. Aber das hatten sie früher nicht gewußt.
»Er will nicht«, sagte der Erste, »hat Angst.«
»Er bremst«, sagte der Zweite und meinte den Lokführer.
»Mich kann er nicht mehr zum Narren halten«, sagte der Erste und meinte Frank, »soll er hier verrecken!«
»Jetzt kann er nicht anhalten«, sagte der Zweite, »er sollte Dampf machen, oder er wird draufgehen. Ich glaub, der will selbst abspringen.«
Das Flugzeug kehrte seine Nase wieder gegen die Lok. Sie beobachteten den Soldaten – er stammte irgendwo aus Siebenbürgen –, wie er drüben neben Frank Bondy saß und sein Gewehr auf den Flieger richtete. Der Siebenbürger hatte die gleiche Rechnung gemacht wie sie.
Der Berg rechts ähnelte von hier aus einem Zuckerhut. An seinem Fuß lagen gefällte Kiefernstämme. Am Nordhang, auf den sie nun zufuhren, schimmerten Schneefetzen im Geröll.
Die finstere Öffnung des Tunnels wurde plötzlich heller, sah aus wie ein Hufeisen aus Stein, dessen breite Schenkel auf dem Boden standen und dessen Bogen in die Höhe ragte. Oder wie mehrere Hufeisen hintereinander aufgestellt. Nun konnte man sehen, daß der Tunnel zu

kurz war, um, selbst wenn es dem Lokführer gelingen sollte anzuhalten, mehr als nur die Lok zu verbergen. Was der Flieger schon längst wußte.

Die Bremsen griffen und lösten sich wieder. Die Räder quietschten, Funken stoben. Die Waggons, durch die Trägheitskraft gegen die Lok geschoben, ächzten.

Sie klammerten sich jetzt beide an das Ladebord. Der ältere Mann betrachtete sie voller Genugtuung. Der Anblick des Tunnels erinnerte Many an das, was Frank gesagt hatte, als sie noch im alten Lager den Bau des Krematoriums und der Gaskammer beobachteten. »Das ist nicht fürs Gas, sondern ein Tunnel, den die Menschen betreten und auf der anderen Seite wieder rauskommen«, hatte er gesagt.

Wieder zog der Pilot die Maschine nach oben, pfeifend, als würde sie von einem unsichtbaren Seil nach oben katapultiert, sauste die Maschine empor. In etwa fünfhundert Metern Höhe schwang sie sich über einen imaginären Gipfel, und die Nase senkte sich wieder zur Erde. Der Flieger stürzte zur Erde, als solle nun zum Abschluß gebracht werden, was er mit so viel Muße vorbereitet hatte.

Die Läufe von Maschinengewehr und Bordkanone zeigten auf den Kessel der Lok, und diese kürzeste Verbindung zwischen Flieger und Lok verkürzte sich immer mehr, hob sich schließlich in einer unterbrochenen Reihe von Schüssen gänzlich auf. Was sich zuvor angehört hatte wie das Stottern eines defekten Zylinders, durchlöcherte nun den Kessel an mehreren Stellen. Zischend begann der Dampf durch die erbsengroßen Einschüsse zu entweichen. Die Bremsen quietschten. Vielleicht konnte auch der Pilot hören, wie die Puffer klirrend aufeinanderprallten.

Sie konnten beide noch sehen, wie Lokführer und Heizer in den Graben sprangen, wie sie an Bach und Schienenstrang entlangliefen, dem Tunnel entgegen.

»Jetzt, Many«, sagte der Erste. Er warf seinen Mantel auf den Boden des Waggons.
Frank Bondy mußte das gesehen haben, auch wenn er dem Heckleitwerk des Fliegers nachschaute, das gerade über das Ende des Zuges hinwegzog. Er blickte den Zweiten an, fast flehend.
Auch der Zweite ließ den Mantel von den Schultern gleiten.
»Er wird zurückkommen und alle hier niedermetzeln wie Ratten«, sagte der Erste.
Jetzt blickte der Ältere beide Jungen an, bittend und gleichzeitig erbost. Heizer und Lokführer hatten den Tunnel erreicht. Sie verschmolzen mit der schützenden Wand aus Stein.
»Ich geh als erster«, sagte der Zweite. Und sprang über das seitliche Ladebord.
Sobald sich das Flugzeug etwas entfernt hatte, das Brüllen seines Motors schwächer wurde und die Lok stehengeblieben war, hatte man aus dem ersten Waggon, in den der Pilot, ohne zu wissen, was er tat, das Magazin seines Maschinengewehrs geleert hatte, das Schreien von Menschen hören können. In diesem Waggon waren Frauen, die im Warschauer Aufstand gekämpft hatten und vor einem Jahr in den Abwässerkanälen gefaßt worden waren.
Im gleichen Augenblick begann der Flieger seine Kehre. Er stieg und stieg. Man hörte nur noch den Motor, es schien, als söge eine Windbö die Maschine in den Himmel.
Der Zweite sprang mit geschlossenen Augen. Er war nicht in der Lage abzuschätzen, wie lange er in der Luft bleiben würde. Ihm wurde schwindlig. Es waren heftige Bewegungen nach einer Ewigkeit, in der sie sich kaum gerührt hatten. Es war die heftigste Bewegung nach diesen sechs Tagen, in denen ihnen zum Essen höchstens Gras geblieben war, Wurzelzeug und ein Stück Kohlrübe mit Regen-

wasser. Die Kohlrübe hatte der Zweite aus einem Zug gerissen, der aus der Gegenrichtung kam – es hätte Many beinahe den Arm gekostet. Es wurde licht um ihn, als nehme er die Finsternis wahr. Er wartete auf den Aufprall. Er wußte, daß er nicht nach hinten kippen durfte, gegen die Räder, und auch nicht nach vorne, wenn er nicht in den Bach fallen wollte. Und er durfte sich nichts verrenken, prellen, brechen. Und ja nicht auf einem Stein landen.
Jetzt fiel ihm ein, daß sein Schuhwerk nicht das beste war, mit Lappen umwickelte Lederreste, mehr nicht. Seine richtigen Schuhe, die er von Leonard hatte, hatte er mit Dany getauscht, gegen ein Stück von dessen Anteil an der Kohlrübe, das sich Dany aufgespart hatte.
Er hätte diese Sekunde gerne übersprungen, oder die nächsten hundert Jahre. Ganz woanders wollte er sein, weit von hier. In diesem Augenblick landete er. Und neben ihm Dany.
»Los, laufen wir«, sagte Dany, »mir nach, Many!«
Der rechte Fuß des Ersten landete im Wasser, seine Knie gaben nach, aber dann raffte er sich auf und lief los, einige Schritte vor dem Zweiten. Das Wasser war eiskalt.
Wieder war der Flieger über ihnen. Streute seine goldglänzende Munition über den Zug. Eine doppelte Linie von Projektilen.
Ohne Mäntel konnten sie besser rennen. In diesen Sekunden fiel alles von ihnen ab, was in den letzten drei Jahren mit ihnen geschehen war. Und in den drei Jahren davor. Es wurde zu dieser Wiese, über die sie liefen, den ersten Kiefernstämmen, den Baumstümpfen entgegen und weiter hinauf, um die andere Seite des Bergs zu erreichen, dem noch schwachen Schein der Frühlingssonne entgegen.
Nun, aus der Nähe, nahm der Hügel die Form einer Glocke an. Der Hang stieg zunächst sanft und dann immer steiler empor.

Der Flieger entfernte sich wieder. Als sie nun hinaufsahen, erschien ihnen die Spitze des Berges wie eine Felswand. Sie hasteten einen Hang empor, auf dessen Rückseite, jenseits des Kamms, der Wald begann.

Erst jetzt sprang der Siebenbürger vom Waggon. Das Gewehr war ihm hinderlich dabei. Zuerst glaubte der Zweite, der Soldat wolle unter dem Waggon Deckung vor dem Flieger suchen. Erst als er sich das nächste Mal umwandte, sah er, daß der Siebenbürger auf sie schoß.

Die Menschen aus den anderen offenen Waggons sprangen ab, sie liefen aber nicht wie sie den Hang empor, weil auch die anderen Aufseher zu schießen begannen.

Schon waren sie fast zur Hälfte den Abhang hinauf. Erschossen hätten die uns eh, dachte der Zweite. Er schaute auf den Rücken des Ersten, der schneller rannte als zuvor. Das machte ihm Mut und gleichzeitig ein bißchen Angst. Sie dachten nicht daran stehenzubleiben. Der Flieger beschoß den Zug und hielt so die Aufseher in Schach. Jetzt nahm er den Verpflegungswagen unter Beschuß, in dessen Bremserhäuschen zwei der Aufseher saßen. (Es waren die beiden, die sich während der letzten sechs Tage die Zeit mit Wettschießen vertrieben hatten: wer von ihnen mehr Rebhühner und Karnickel erledigen, wer mehr Kiefernzapfen herunterholen konnte.) Die Menschen, die erst nach ihnen abgesprungen waren, bildeten mit ihren Körpern eine Mauer und schirmten sie ein wenig ab. Die Aufseher konnten nicht auf alle gleichzeitig zielen.

»Mach schon, Many«, zischte der Erste über die Schulter. Der Zweite nickte nur mit dem Kopf. Sein Kinn berührte die Brust. Der Aufstieg war schlimmer, als er es sich vorgestellt hatte. Sirrend schlugen die Kugeln hinter und neben ihm ein. Ihn würde der Siebenbürgener ins Visier nehmen. Ihn würde er zuerst treffen, mitten in den Rücken.

Jetzt mußten sie langsamer machen. Der Zweite krallte

sich mit den Händen fest, um nicht abzurutschen. Je näher sie dem Kamm des Berges kamen, desto lockerer wurde die Erde. Zweimal geriet das Knie des Zweiten an sein Kinn, bevor er wieder Halt finden konnte – es hätte ihm beinah die Zähne ausgeschlagen. Er mühte sich ab, nicht ins Rutschen zu geraten und den Boden unter den Füßen zu verlieren.

»Mach schon!« Der Erste wandte sich zurück.

Der Zweite hob den Kopf. Sein Blick fiel auf seine ehemaligen Schuhe an den Füßen des Ersten. Für den Bruchteil einer Sekunde dachte er an die Kohlrübe und daran, wie sie geschmeckt hatte. Faulig, wie der Atem einer Kuh riecht.

Bis zu den Knöcheln versank er in der aufgeweichten Erde. Matsch blieb in Schichten auf den Lappen hängen.

Er befahl sich zu rennen. Daran, daß der Karabiner des Siebenbürgers wahrscheinlich ihn zuerst erwischen würde, dachte er nicht mehr.

Der Hang über ihnen verdeckte den Himmel. Es sah so aus, als bliebe nichts als ein schmaler Streifen Licht.

Baumstümpfe und Wurzeln gaben der Erde Halt. An jedem Stumpf und jeder Wurzel konnte man sich festkrallen, sich hochziehen, sich abstoßen, immer weiter hinauf. Aber die Stümpfe wurden nach oben zu immer weniger. Maulwurfshügel boten keinen Ersatz.

Manche der in den Bodenmulden liegenden Stämme begannen den Hang hinabzurollen, wenn sie sich an ihnen festhielten.

Der Zweite kroch auf allen vieren. Sein Atem ging immer heftiger. Bald würden sie drei Viertel des Abhangs geschafft haben. Er spürte das Brennen und Stechen in seiner Brust. Er wußte, es würde nicht nachlassen, solange er rannte, und er wußte, daß er es nicht mildern konnte. Es rasselte in seinen beiden Lungenflügeln.

Sekunden später fühlte er den ersten Stich in der Nierengegend. Daß es kein Treffer war, wußte er. Mit der Hand fuhr er sich über die Seite. Sein Atem ging immer heftiger. Es war kein Ein- und Ausatmen mehr, er schnappte nur nach Luft, als würde er sie hinunterschlucken und dann wieder ausstoßen. Er versuchte, zwischen dem Ein- und Ausatmen längere Pausen zu machen.
Dann fiel ihm ein, daß von all den Menschen, die ihm etwas bedeutet hatten, nur noch Dany am Leben war. Er stellte sich vor, wie sich sein ganzer Körper entspannen würde, wenn er einmal liegenbleiben, einmal Atem schöpfen könnte und sich so hinbiegen, wie es seine Seiten verlangten. Der Punkt, auf den er sich jetzt konzentrierte, war weder der Kamm des Berges noch der Himmel, er sah nur noch den Rücken des Ersten. Der aber entfernte sich immer weiter, ließ den Abstand zwischen ihnen immer größer werden.
Sie glichen zwei schlammbedeckten Käfern in einem steilen Hang.
Der Zweite nutzte die Spuren, die der Erste trat. Die in Schlamm und Holz einschlagenden Kugeln ließen ihn wieder an den Zug denken.
Wie die Finsternis vom Licht oder der Stein vom Wasser, so wurde alles vom Schmerz umspült. Eine Kugel aus dem Gewehr des Siebenbürgers flog ihm jetzt zwischen den Beinen hindurch. Statt des amerikanischen Fliegers sah er für den Bruchteil einer Sekunde einen Fisch in unermeßlicher Tiefe. Seine Farbe war die des Schlammes und des Hügels. Er blickte hinauf zu Danys Füßen. Und plötzlich dachte er, wie erlösend es wäre, wenn ihn der Siebenbürgener treffen würde. Schlimm wäre, wenn er ihn an den Beinen oder an der Wirbelsäule erwischen sollte. Sie sollten ihm nicht nur Arme oder Beine durchlöchern. Und wenn es schon sein mußte, so sollte es der Flieger tun.

Für einen Augenblick blieb der Zweite stehen. Er versuchte sich aufzurichten, krümmte sich aber schnell wieder. Und hastete weiter und spürte wieder das Stechen. Versuchte, gebeugt zu laufen. Er fühlte sich wie ein Uhrwerk, das nur deswegen stehenbleibt, weil es zu weit aufgezogen wurde. Dann erinnerten ihn die Schüsse daran, wie Frank Bondy im Waggon dem Siebenbürger einmal das leergeschossene Gewehr gehalten hatte.

Seine Beine wurden steif und schwer. Seine Zunge war trocken. Er konnte sich nicht mehr damit trösten, daß alles gut würde, wenn sie nur erst den Berg und nicht die Aufseher im Rücken hätten.

Schritt um Schritt näherten sie sich der Spitze des Berges. Der Erste lief nun etwas quer zum Hang, damit sie nicht so steil zu klettern brauchten.

Der Zweite redete sich selbst zu, er werde es schon schaffen. Er beschwor seine Brust, seine Seiten, seine Muskeln, seine Augen, seine Beine, sein Schicksal.

Und er fiel hin und wußte, daß er nicht mehr imstande sein würde aufzustehen. Er hatte sich die Stirn aufgeschlagen. Er mühte sich nur noch um eine Lage, in der er keine Schmerzen mehr spürte. Er redete sich ein, daß er auf diese Art auch den Schützen unten weniger Ziel bieten würde.

»Many!« Der Erste drehte sich um.

Auch er kroch auf allen vieren und klammerte sich an die Wurzeln, um nicht wieder zurückzurutschen. »Noch ein Stück! Many! Ein kleines Stück noch!« Pfeifend drang ihm das aus der Kehle. Seine Augenbrauen waren schlammbespritzt, und Tränen traten ihm in die verschmierten, blutunterlaufenen Augen.

»Nur das hier noch, Many«, er blickte vor sich, »wir sind fast oben.«

Hier unterhalb der Bergspitze wehte der Wind frischer. Er riß dem Ersten die Worte vom Mund. Die Stimme des

Ersten überraschte den Zweiten. Er lag in einer schlammigen Furche, der ein paar Wurzeln Halt gaben. Er sah den Ersten steigen, Schritt für Schritt, bis der sich wieder umdrehte und bemerkte, daß Many liegengeblieben war.
»Was ist los mit dir?« keuchte der Erste.
Dem Zweiten geriet Schlamm in Mund und Augen.
»Steh auf!« Der Erste warf noch einen Blick über die Schulter und stieg weiter. »Los, auf!«

2 Nun war der Flieger wieder über ihren Köpfen. Die geschlossenen Augen des Zweiten ruhten auf der lehmigen Erde. Der Flieger zog seine Schleifen über dem Tal, dem Zug und dem Berg. Vielleicht fotografiert er uns, ging es dem Zweiten durch den Kopf. In zwei Reihen ließen Einschüsse die Erde neben ihm aufstieben, wie heftiger Regen eine Wasserfläche. Die Geschosse verschwanden im aufgeweichten Erdreich. Immer neue schlugen in den Matsch über seinem Kopf. Denkt Dany, es hätte mich erwischt? Er machte sich nicht einmal die Mühe, die Augen zu öffnen. Der Flieger wird wohl dahintergekommen sein, daß die roten Kreuze auf den Stabswaggons des Zuges nichts weiter waren als eine der vielen deutschen Kriegslisten.

Möchte nicht an seiner Stelle sein, sagte der Zweite zu sich selbst. Der stechende Schmerz in den Seiten und in der Brust ließ ein wenig nach.

Der Flieger schoß nicht mehr. Die von unten schossen weiter. Ein Baumstumpf gab ihm Deckung. Sie schossen schlecht. Viele von denen, die gut geschossen hatten, konnten nicht mehr schießen, waren längst von anderen erschossen worden.

Auf einmal packte ihn wieder das Gefühl der Einsamkeit. Nur gelegentlich konnte er sich einreden, er sei sie losgeworden. Vorhin etwa, als er gesprungen war. Die Einsamkeit kehrte immer wieder zurück.

Nun kam sie mit dem Geschmack des Lehms, mit dem Lärm des Flugzeugs oben und der Schüsse unten und schließlich mit dem Geräusch von Danys sich entfernenden Schritten.

Es wird wieder nur Frank Bondy sein, der im Zug überlebt. Ich werde hier alleine bleiben, so wie vielleicht Bondy dort unten. So wie Dany irgendwo da vorne alleine bleiben wird.

Wie oft war er schon so allein gewesen? Jetzt konnte er die erdrückende Einsamkeit förmlich sehen, als stehe sie ihm körperlich vor Augen.

Ein Nachmittag im September 1944, einer von jenen Nachmittagen, an denen sich der Nebel auf die kahlen polnischen Ebenen senkt gleich stetig heranbrandenden und wieder zurückfließenden Wellen, als könne er durch die Menschen hindurchdringen. Ein heller, ein durchsichtiger Nebel. Durch ihn sah er die gedrungenen Schornsteine aus Ziegelsteinen über den quadratischen Öfen. Ein Feuer loderte daraus, purpur und dunkelrot, bevor es zu schwarzem Qualm wurde – Feuer, das nach verbrannten Knochen und verbranntem Fett roch.

Aus dem Qualm rieselte ein Regen aus Asche herab. So wollte es der Wind. Wollte auch, daß sich die Erde anders herum drehte. Auf Lippen oder Haut hinterließ die Asche einen bitteren Geschmack. Es war eine seltsame Asche, anders als die Asche aus Holz, aus Kohle, aus alten Lumpen oder Papier. Sie war dauerhafter als andere Asche. Sie enthielt Feuer oder menschlichen Atem, auch wenn sie kalt war wie jede andere Asche.

Es gab Menschen, die sich scheuten, sie zu berühren, und dann doch die Hände hinhielten, um sie aufzufangen. Und sie blickten sie an. Oder schlossen die Augen. Immer wieder schwirrte ihm das Johann-Strauß-Lied aus der »Fledermaus« durch den Kopf. Mit Papa zusammen hatte er die Aufführung gesehen, im Theresienstädter Schmierenkabarett, wo man ohne Karten hinging, auf dem Dachboden neben der Feuerwehrwache; einige Tage später wurden sie nach Auschwitz-Birkenau gebracht. Das war, bevor aus Vater das Dunkelrote und Schwarze wurde, das aus den Schornsteinen loderte,

wenn die Öfen zu tosen aufhörten; was sich zu blendend weißen Wellen formte, welche die Asche anschwemmten. Das war, bevor Papa zu Seife wurde.
Dann verschwamm für ihn das Lied mit dem Nebel, verwoben wogten sie über die Ebene, der Bogen der Melodie, die Folge von Worten, »glücklich ist, wer vergißt, was nicht mehr zu ändern ist«.
Da eben war er so schrecklich einsam. Er konnte es nicht fassen. Stand am Betonpfeiler und sang. Soldaten, Kapos, Häftlinge, alle glaubten, er sei übergeschnappt. Alles verlangte vom Menschen, sich damit abzufinden. Manche nannten es Reife oder Erwachsenwerden. Einsamkeit hatte – wie so vieles – zwei Seiten. Denn war er einmal verlassen, dann brauchte ein Mensch sich um nichts und um niemand mehr zu kümmern, und er selbst konnte niemandem mehr zur Last fallen. Und sollte er sich doch dazu entschließen, den Hochspannungsdraht zu berühren, dann würde er nicht einmal mehr sich selbst zur Last fallen. Deswegen verzichtete niemand auch nur auf eine Ration Brot – selbst wer sie mit weniger Appetit herunterschlang als gestern oder morgen, jetzt, wo sie gerade zurückgekommen waren von dem Spektakel, bei dem irgendein Aufsässiger gehängt worden war. Irgendwer, der sich etwas hatte zuschulden kommen lassen oder vielleicht auch nicht, sondern nur die Aufseher beleidigt hatte, und baumelte nun im Wind und fing Asche, Schnee, Staub und Regen auf.
War es besser, ins Gas zu gehen, als sich hängen zu lassen und dann Tag und Nacht zu baumeln, bis der Strick verfaulte und man wenigstens auch als Rohstoff für Seife nicht mehr taugte?
Es schien immer weniger zu werden, was man hätte ändern können, und mit dem Lied ging es so weit, daß der Mensch sich manchmal für einige Teile seines Kör-

pers oder seines Geistes nicht mehr verantwortlich fühlte. Das Lied vermochte den linken Arm vom rechten zu trennen, die Füße von den Händen und die Haare vom Schädel oder ein Auge vom anderen, als seien es Äste zweier entfernter Bäume. Gestriger Regen, morgiges Verglühen.
Er hatte Menschen gesehen, die es im noch intakten Zusammenhalt der Familien zu Fremdlingen machte.
Und dieses Gefühl der Einsamkeit, der Verlorenheit überkam ihn in einer anderen Baracke und Abteilung desselben Lagers von Auschwitz-Birkenau, das so groß war wie Hunderte von Militärlagern zusammen.
Er stand damals nah am Drahtzaun. Er schaute auf die Grasbüschel und beneidete jeden Halm. Er wünschte sich, ein Grashalm zu sein und zu empfinden, was Gras wahrnehmen kann.
Hinter dem Draht, im »Niemandsland« zwischen dem Männer- und dem Frauenlager, sah er ein Häuflein völlig nackter Frauen. Sie trugen etwas unterm Arm, Schuhe vielleicht, Wäsche oder Kleider. Er hätte es nicht sagen können. Sie waren kahlgeschoren. Die letzten zwanzig Frauen hatten dünne Hemden an. Sie gingen barfuß. Es wehte ein kalter Wind.
Es war wie ein anderer Planet, Frauen-Konzentrationslager, unerreichbar, als sei hier das Leben noch und auch wieder nicht mehr, unerreichbar und beinahe mit der Hand zu berühren.
Wenn schon aus Papa dies Lied geworden war, abgestandener Rauch und ein paar Körnchen Ruß, dann wäre es vielleicht besser, mit Mutter würde das gleiche geschehen. Dieser Gedanke ließ ihn nicht mehr los. Er wünschte sich, seine Mutter nicht sehen zu müssen, wie sie hier in diesem Häuflein nackter oder fast nackter Frauen barfuß lief, auf naßkalter Oktobererde, durch

Schlamm und Steine und Schnee. Er wollte nicht sein wie jene Männer, die ihren Müttern, wenn sie ins Gas gingen, zum Abschied winkten. Aber auch nicht so wie die, die die Augen schlossen, um nicht zu sehen, wie ihre Frauen in die Duschen gingen.

Dennoch schaute er angestrengt nach drüben – um sich den Vorwurf nicht machen zu müssen, er habe es eher aus Bequemlichkeit und nicht ihr zuliebe nicht getan. Er schaute, ob sie nicht vielleicht doch zwischen den durchfrorenen Frauen zu entdecken war. Er war erleichtert, daß er sie unter den völlig Nackten nicht erkennen konnte, und als die mit den Hemden fast vorüber waren, hatte er sie immer noch nicht gesehen.

Zwei waren es noch. Die vorletzte war Mama.

Er war froh, daß sie ihn nicht entdeckt hatte. Sie schaute nirgendwohin. Er bedauerte, daß sie nicht wie andere Frauen ihres Alters ins Gas gegangen war, daß der Doktor sie den Lebendigen zugeordnet hatte, obwohl ihr Haar schon grau war. Er sah ihr hinterher. Wußte sie, wohin sie ging?

Er war nicht imstande, sie zu rufen. Er war nicht sicher, ob er damit etwas Gutes täte. Rufen brächte Erleichterung, die keine wäre. Ebbe und Flut in einem. Etwas, was weder Gestalt noch Gesicht trug.

Der Drahtzaun begann ihn anzuziehen. Hochspannungsdraht erschien immer als die naheliegende Lösung. Er konnte sich ausrechnen, was Mutter erwartete. Er wartete ab, bis sie seinem Blickfeld entschwunden war. Von Nebelschwaden verschlungen. Er verdrängte die Frage, wie lange es Mutter wohl aushalten würde, dort, wo sie hinging.

Die Männer vom Sonderkommando ließen die Frauen manchmal bei vierzig Grad Kälte duschen. Die das überlebten, durften arbeiten.

Am Tag danach wiegte er sich in dem fast beruhigenden Gefühl, Mutter sei erfroren, noch bevor sie das Ende jenes Geländes erreicht hatte. Es regnete und schneite. Graue Schwaden wälzten sich wabernd über dem Erdboden, wie abgerissene Stücke Himmel. Die Holzbarakken für die Frauen waren viel zu weit weg, als daß er sich von irgend etwas hätte überzeugen können.
Also hatte er in dem Lied auch Mutter begraben. Obwohl sie vielleicht noch am Leben war. Jeden Augenblick des Tages und jeden durchwachten Augenblick der Nacht dachte er an sie. Es war, als sei ein Stück aus ihm herausgebrochen worden. Als hätte man ihn verstümmelt, obwohl man ihm nichts ansehen konnte. Es war, als hätten sie ihm Beine oder Arme ausgerissen, doch die Wunden waren von anderer Beschaffenheit als bei Menschen, die ihre Beine oder Arme verloren hatten. Er wünschte sich, sie sehen zu können, und fürchtete gleichzeitig, sie nie wiederzusehen.
Er fühlte sich fast wie die Frauen, die nach dem 4. Oktober im Frauenlager zusehen mußten, wie ihre Schwestern und Mütter gehängt wurden, weil sie geholfen hatten, Zündschnüre und Dynamit aus der Munitionsfabrik Auschwitz I zu schleppen, und das Sonderkommando hatte mit ihrer Hilfe den Ofen Nummer vier in die Luft gejagt und mußte sich dann, als sich niemand der Rebellion anschloß, niederschießen lassen. War Mutter der jüngeren Schwester begegnet? Stand sie damals unter dem Galgen und schaute mit ihrer Tochter zu, wie der Körper ihrer Schwester baumelte?
Er konnte sich in die Haut der beiden Schwestern, der Mutter versetzen, wußte aber nichts. Er hatte Angst davor zu wissen und fürchtete das grauenhafte Nichtwissen. Sie lebte und war tot zugleich, weil er sie nicht sah.

Und dann, als er wieder allein war, wollte er sie nicht einmal mehr bei sich haben. Es war eine böse bange Einsamkeit. Tage, an denen sich der Mensch wünscht, nicht mehr zu sein, selbst wenn er am nächsten Tag schon wieder lächeln kann. Tage, an denen er den besten, die er kennt, das Nicht-Sein wünscht.
»So ist das hier«, hatte der ungarische Rabbiner in Birkenau damals gesagt; derselbe, der später Danys Brot geklaut hatte. »Auch wenn du es nicht wahrhaben willst, hier lebt jeder allein und jeder stirbt allein. Aber so ist es, so wie es Tag gibt und Nacht.«
Jeden Tag war es wie auf einem riesigen sinkenden Schiff, auf dem längst niemand mehr schreit und es jedem doch in den Ohren gellt: »Rette sich, wer kann!« Augenblicke, in denen ein Mensch sein eigenes Leben so empfindet, als sei es ihm im Weg. Sie hatten sich daran gewöhnt. Sie wollten vorbereitet sein auf den Augenblick, in dem Alleinsein noch nicht das Schlimmste sein würde.

Das Gefühl der Einsamkeit umschloß ihn wie eine Haut aus Schlamm und war wie der Lehm, der schon seinen Gaumen und seine Kehle füllte. Er versuchte, sich mit den Fingern festzukrallen, damit es ihn nicht ständig nach unten zöge.
Er öffnete die Augen. Unter seinen Fingernägeln sickerte Blut hervor. Er krallte sich in die feuchten Erdbrocken.
Die Schleife, die der Flieger über dem Berg beschrieb, erinnerte ihn an Dinge, die er vergessen wollte. Auch das gelang ihm immer nur für kurze Zeit. Von seinem Willen hing ihr Kommen und Gehen nicht ab.
Vor dem Gewehrfeuer deckte ihn ein Baumstumpf. *Es war nicht zum ersten Mal, daß er darüber nachdachte, wie*

Menschen sterben. Aber von diesem Nachmittag an dachte er anders darüber nach. Insgeheim wünschte er sich, daß er, wenn seine Zeit kommen würde, so sterben könnte wie der Blauäugige aus Kopenhagen.
Er rief sich den blonden blauäugigen Juden aus dem dänischen Transport ins Gedächtnis zurück, den ein SS-Offizier vor dem Tor zur Theresienstädter Kleinen Festung angehalten hatte, wo all die aus der größeren Festung – die Ghetto geworden war – hingeschickt wurden, die gegen das Lagerreglement verstoßen hatten.
»Mütze ab, du Drecksjude!«
Und der Blonde, von dem man später erzählte, er sei in Dänemark Matrose gewesen, hatte dem SS-Offizier eine Ohrfeige verpaßt, daß der zu Boden ging. Und mit der Faust war der Blonde dann auf den SS-Adjutanten losgegangen, der sofort seinen Revolver zog und den Blonden niederschoß.
Er hatte damals gesehen, wie die Deutschen den Blonden in den Schlamm hineintraten. Buchstäblich. Das eine Ohr hatte er voller Schlamm, mit dem anderen hörte er das Getöse der Maschine, die über ihnen kreiste. Der Pilot führte denen da unten Kunststücke vor, auf die sie gar keinen Wert legten.
Dany kroch schwerfällig, mit gespreizten Armen, dicht am Boden. Mit goldglänzender Munition versperrte ihm der Flieger den Weg. Es konnten acht Schritte sein, vielleicht schon dreizehn. Sie waren einander immer ferner.
Dem Zweiten wurde es schwarz vor den Augen. Was er aber sah, als die Finsternis wich, war nicht der Rücken des Ersten, sondern dessen Bauch. Dany hatte sich nicht entfernt, er war gekommen.
»Gib mir die Hand«, pfiff es dem Ersten aus der Kehle, »mach schon!«
Es kostete ihn Mühe, das Flugzeug und sein Maschinen-

gewehr zu überbrüllen. Zur Abwechslung schoß der Flieger jetzt mit der Bordkanone auf die Lok.
»Das Stückchen wirst du noch hochlaufen müssen, oder wir krepiern hier.« Der Erste ließ nicht locker. »Du sollst aufstehen!« Und noch schneller atmend: »Soll ich dich vielleicht treten? Ich tret dich gleich! Steh auf!«
Dann schwach: »Gib mir die Hand, Many.«
Der Zweite spürte die feuchte und blutverschmierte Handfläche des Ersten. Zwischen seinen Fingern klebte Lehm. Das fühlte sich an wie Teig. Der Zweite spürte das Rütteln, mit dem ihn der Erste auf die Beine bringen wollte. Alleine aufrichten konnte er ihn nicht. Die Nadeln, die in seinen Nieren und seiner Lunge stachen, waren verschwunden. Nun war es Danys Hand.
»Mach schon!« sagte der.
Fügte hinzu: »Dreizehn Schritte noch. Wir sind fast oben.«
Und zum Schluß: »Willst du, daß ich dich schleppe?«
Von unten hörten sie das Bersten der Lok, oben den Flieger. Aus dem Kessel entwich, als die Kanone schwieg, zischend der letzte Dampf.
»Ein paar Fußbreit noch, Many«, sagte der Erste.
In seiner Stimme hörte der Zweite alles dies. Das Stöhnen einer Schiffsschraube, die auf Steingrund stößt.
»Wir sind oben«, stellte der Zweite fest. Den rückseitigen Hang bedeckte Wald. Dem Lärm konnten sie entnehmen, daß aus mehreren Gewehren gleichzeitig geschossen wurde. Der Flieger umkreiste Berg und Zug in immer weiteren Schleifen. Und wir habens geschafft! Der Griff des Ersten lockerte sich. Für den Bruchteil einer Sekunde fürchtete Many, sie hätten Dany doch noch erwischt.
»Laß mich los«, sagte der Erste.
Er riß seine Hand aus der des Zweiten, schlug mit der Stirn auf den Boden, übergab sich.

3 Die Lichtung war schmal und voller Furchen. Im Herbst waren hier Baumstämme aufgeschichtet worden, die jetzt die ganze Fläche bedeckten. Neben einer erloschenen, von Steinen umrandeten Feuerstelle mit zerstampfter Asche in der Mitte, hatte jemand leere Konservenbüchsen gestapelt. Die Asche war von braunen Nadeln bedeckt.

Der Erste rollte seinen Kopf ein Stück von der Stelle weg, an der er sich übergeben hatte. Mit der Stirn stieß er an einen Stein der Feuerstelle. Er hatte nichts mehr in sich, was er hätte ausspeien können. Es würgte ihn. Tränen traten ihm in die Augen, sobald sich sein leerer Magen hob. Er versuchte nicht mehr, seinen Speichel abzuwischen.

Unter ihnen lag der Wald. Der Wind wiegte die Wipfel. Eine sanfte bleischwere Bewegung, die einen an den Rand der Ohnmacht trieb, wie tiefe Müdigkeit im wachen Zustand. Aber es barg in sich auch etwas Verwirrendes und zugleich Erleichterndes, etwas von dem, was sie hinter sich gebracht hatten, und etwas von dem, was noch vor ihnen lag.

Es roch nach viel Grün. Sie konnten weit in die Landschaft schauen, überall bewaldete Hänge, durchzogen von Schneisen, in denen gefällte, noch nicht abgeschleppte Baumstämme lagen.

Der Himmel hatte keine Grenzen. Seine Farbe war hellblau. In weiter Ferne stieß er an die bewaldeten Kammlinien der Berge, hunderte von Grüntönen schattierten das Land. Deutschland.

Der Erste würgte immer noch. An den Steinen der Feuerstelle wischte er sich den Speichel ab. Die mit nassem Schnee verklumpte Asche des Vorjahres blieb an seinen Lippen kleben.

Der Zweite lag auf dem Rücken. Er kniff die Augen zusammen. Ihm war, als sei der Himmel ganz nahe. Wenn er seine Arme ausstrecken könnte, würde er ihn mit den Fingerkuppen berühren. Er dachte gar nicht daran, sich zu bewegen.

In der Mitte der Lichtung erhob sich ein dreieckiges Gerüst aus Tannenholz, irgendein Feldzeichen der Landvermesser, aus entrindeten glatten Stämmen zusammengenagelt.

Neben dem von größeren Ästen befreiten Baumstamm war die Erde zu einer Furche aufgerissen. Sie erschien ihm wie eine in den Hang eingelassene flache Schüssel, die die ganze Welt umfaßte, Erdoberfläche und auch Erdmitte, das Wasser der vergangenen und all der Regenfälle, die noch kommen würden.

Er atmete gegen die feuchte grasbewachsene Erde. Daß sein Mund, seine Ohren, seine Nase und die Haut mit schmieriger Erde verklebt waren, störte ihn nicht. Was so süßlich schmeckte, war sein Blut. Er bemühte sich, nicht darauf zu achten, wie der Erste hustete und spie.

Er wußte genau, was er sich wünschte, vorausschauend und zurückblickend. Er wünschte sich, daß ihn jemand hier sehen würde, der ihn nicht mehr sehen konnte. Denn er wünschte sich, nicht in dieser Schüssel hocken zu müssen, wo er neben Dany nicht allein war und wo er auch neben Dany oft allein und verlassen war.

Und für den Bruchteil einer Sekunde sah er jenen Herbstnachmittag wieder. Die am dunklen Himmel heraufziehenden Wolken. Im Nebel waren die Stricke, an denen die ausgemergelten, in Lumpen gehüllten Frauenkörper baumelten, nicht zu erkennen. Man sah auch die Augen nicht, die durch Ritzen in den Baracken des Frauenlagers auf die schaukelnden Lumpen starrten, bis der Nebel sie ganz einhüllte.

Während des Abends, in der Nacht und am Morgen hatte es geschneit. Tagsüber taute der Schnee zu Pfützen.

Dann hatte es tagelang geregnet. Und zwischendurch fiel die Asche, die der Regen in den Boden hineintrommelte. Und er hörte diese getragene einlullende Musik. In Auschwitz-Birkenau spielte die Kapelle zweimal täglich, auf dem Weg zur Arbeit und auf dem Weg zurück, wenn in den ersten Reihen die Toten getragen wurden. Und manchmal spielte die Lagerkapelle auch sonntags für die SS, während des Dienstes und nach dem Dienst, das aber war nicht die Musik, an die er jetzt dachte. Von hier aus gesehen wirkte Theresienstadt wie eine beinah süße Erinnerung. Von hier aus betrachtet sah alles – selbst wenn man einem Tier glich, das ein heraufziehendes Gewitter in der Luft spürt und vor Furcht zittert – fast noch einen Grad erträglicher aus. Im nachhinein waren all jene bestätigt, die, ohne so recht zu wissen warum, Angst vor den Transporten in den Osten hatten.

In dieser Sehnsucht lauerte Wahnsinn. Manchmal tat er sich laut kund und ein andermal wie Flüstern. Oder so wie die Asche, die im Wind oder in der Windstille zur Erde rieselt. Irgend etwas in ihm wollte das, oder es war ganz und gar unabhängig von seinem Willen. Als sei sein Wille vielfach geteilt, und die Sehnsucht sitze in irgendeinem Teilchen davon, vielleicht auch in einem körperlosen Willen.

Es war Einsamkeit, die plötzlich Stimme und Gesicht gewann – dieses fehlende Gesicht und diese versagende Stimme.

Er konnte es nicht fassen, daß sie Vater umgebracht hatten, nur weil er Brillenträger war. Oder weil er bald zweiundfünfzig geworden wäre.

Das Stehen am Betonpfeiler, das Starren in den Feuerschein. Er wollte soviel Rauch wie möglich in die Lunge bekommen. Er sah den mickrigen gedrungenen Schornstein. Das Krematorium. Nur vor dem einen, welches das Sonderkommando in die Luft gesprengt hatte, brauchten sie keine Angst mehr zu haben – dort konnte nicht mehr verbrannt werden. Das zweite funktionierte einwandfrei. Rote Backsteine. Der Betonpfeiler war neu. Wer zu den Wartungsleuten am Ofen gehörte und Schornsteine reparierte, brauchte sich um Arbeit keine Sorgen zu machen. Nur ums Leben. Und wer um sein Leben nicht bangte, fürchtete für das, was von seinem Gewissen geblieben war.

Hinter der Kammer und dem Krematorium war die Seifen- und die Matratzenfabrik. Er hatte Angst, dorthin abkommandiert zu werden.

Er schaute hinüber, als könne die Tür aufgehen und Vater darin erscheinen, mit blondem Haar, blauen Augen und dem Schritt eines Bankdirektors – das stand einmal über ihn in den faschistischen Hetzblättern »Standarte« und »Arischer Kampf« geschrieben.

Die letzten Pfeiler in der Ferne sahen schon ganz unscheinbar aus, weil das Lager so riesig war, als würde die Sonne darin auf- und untergehen, so als gäbe es nichts sonst mehr, nur das Lager. Das Singen, immer wieder. »Glücklich ist, wer vergißt, was nicht mehr zu ändern ist.«

Daß ein Schlager so viele Menschen überleben kann. Er atmete den Geruch verbrannter Knochen ein. Er hielt die Handfläche zum Himmel, um darauf Asche zu fangen. Die Seelen so vieler Toter. Gesichtsabdrücke, Abdrücke von Augen, einander gleich und jeder anders, wie Fingerabdrücke. Wer würde es je glauben, daß jeder von ihnen jemand anderem etwas bedeutete? Vater? Bruder? Mutter? Schwester? Aber auf die Hand fiel auch Regen, Schnee oder Nebel, und einmal schlug ihn einer der Offiziere mit der Peitsche.

»Sei froh, daß es ist, wie es ist«, sagte Dany schließlich zu

ihm, »du weißt, daß es für sie und für meinen Vater fast noch schlimmer hätte kommen können.«
Später sprach Dany nie wieder davon. Sie wußten beide, was noch schlimmer hätte kommen können. Später sah er immer auch die violettverfärbte Haut des durchgefrorenen Körpers seiner Mutter. Noch später hörte er in Gedanken ihre Stimme. Sie klang fast so, wie sie geklungen hatte, als er noch klein war, wenn sie am Freitag die Gebete vorgelesen hatte. Ihre Stimme war noch schöner als die Gebete. Vater hatte immer gelächelt, wenn sie betete.
Dieses Lächeln konnte er nie entziffern. In solchen Augenblicken war Mutter wunderschön.
Er hatte dann Angst vor jeder Frau, deren Gesicht er nicht wahrnehmen konnte, als sei es die Angst um die Mutter. Oder noch etwas anderes.
Damals hatte der ungarische Rabbiner zu Dany gesagt: »Wir sind hier jeder für sich allein. Keiner hat jemanden. Jeder kann jedem höchstens im Weg stehen.«

Der Erste hustete noch. Er spie nicht mehr.

Der Bergkamm, wild wachsende, durch Wind und Nebelnässe niedergestreckte Grasbüschel, Lehmbrocken, buschiges Gestrüpp. Das registrierte Many ebenso wie Danys schweißnasses Gesicht. Hier im Wald erschien alles anders. Man würde sie hier nicht finden, selbst wenn die aus dem Zug auf den Gedanken kommen sollten, um den Berg herumzugehen und sie zu suchen.
Sie lagen wieder nebeneinander. Es bestand kein Grund, jetzt darüber zu sprechen, wie lange sie ausruhen durften.
Der Blick des Zweiten streifte über die etwa zwanzig Meter breite, mit Gräsern bewachsene Fläche, die vor ihnen lag. Als er ausatmete, tat ihm nichts weh. Er schaute

sich um. Mit seinen Handflächen strich er über Gras, über die Baumstämme. Er atmete die Stille, die über dem Wald lag, und die Stille, die sie vom Zug trennte.

»Alles ein einziger Matsch«, sagte er.

»Der Boden ist weich«, antwortete der Erste, »das ist gut so.«

Er betastete langsam seinen Körper, die Haut und einzelne Knochen. Endlich hörte der Erste auf zu husten. Der Zweite legte die Finger auf die Mitte seiner Brust und überlegte, wie dick seine Haut war.

»Frank ist dort geblieben«, sagte er, »wir hams ihm so lange um die Ohren geschlagen, bis wir ohne ihn weggelaufen sind.«

»Er hätte nicht bleiben müssen«, antwortete der Erste, »ist seine Schuld.«

»Alle sind geblieben.«

»Unten wird es besser sein. Im Wald ist es nicht so windig.«

Der Zweite betastete seinen Knöchel. »Der Flieger wird sie massakriert haben«, sagte er.

»Many«, sagte der Erste, »er existiert nicht mehr für mich. Nichts. Niemand. Nur, daß wir hier sind, und das, wohin wir gehen wollen.«

Auch der Erste ließ den Blick schweifen. Wolken, Himmel, Berge und Täler. Endlose Wälder.

»Jeder muß sich rauswinden, wie er kann«, sagte er.

Unausgesprochen war darin auch das gemeint, was einer nicht konnte oder nicht vermochte, weil er nichts riskierte.

»Ich hatte ein Stechen in der Seite«, sagte der Zweite, »auf beiden Seiten. So was hatte ich noch nie.«

»War auch sehr steil.«

»Ein Glück, daß es nicht von unten an so steil war.«

Und als der Erste schwieg: »So was Merkwürdiges. Der

Flieger. Aus der Nähe war er so klein. Ich dachte, die hätten schnellere Maschinen.«
»Denk nicht mehr daran.« Der Erste kämmte sich mit Hand und Fingern Schlamm aus dem Haar. Kratzte Lehm, Schlamm und Blutkrusten von den Handflächen, rieb Dreck aus Augen und Ohren.
»Ich will nicht, daß es hart wird«, sagte er.
Sie waren gerannt, weiter unten im Wald schon, und jetzt, nachdem sie eine Weile gelegen hatten, zitterte der Zweite vor Kälte. Er rückte näher heran an den Ersten. Sowie er ihn berührte, schauderte es auch Dany.

Als er und Dany in Auschwitz-Birkenau waren, bekam er Ruhr, und Dany hatte sich angesteckt, weil er ihn mit seinem Löffel gefüttert hatte, um ihm zu beweisen, daß die Krankheit gar nicht so todsicher ansteckend sei.
Erst arbeiteten sie in der Fabrik der Auto-Union, dann in den Munitionsfabriken der Deutschen Ausrüstungswerke – zum Glück immer zusammen. Und einmal in vierundzwanzig Stunden bekamen sie versalzene Fischsuppe zu essen, damit sie durstig würden. Das einzige Wasser, das ihnen weit und breit zur Verfügung stand, war das in den Waschräumen. Große Schilder hingen dort, mit der Aufschrift: »Vorsicht! Kein Trinkwasser.«
Die Älteren aus der Baracke im Zigeunerlager schleppten sie dann jeden Morgen am Kragen zum Appellplatz und zur Arbeitseinteilung, sie durften beim Zählappell nicht fehlen.
Damals machten sie die Entdeckung, daß ein Mensch nicht immer der Stärkste oder der Schlaueste sein muß, um besser zu sein und anderen helfen zu können.
Und dann dieser SS-Scharführer, der die Schwächsten, die aussahen, als hätten sie bereits die Ruhr, auch wenn sie vielleicht noch gar nicht infiziert waren, zu dem

Wagen führte, der montags nach der Selektion zwischen Gaskammer und Lager hin- und herfuhr, um all die zu holen, die ohne Selektion aussortiert worden waren. »Wir sind alle nur Menschen«, sagte er. Und: »Irren ist menschlich.« (Er sagte auch, daß der Mensch, wenn er schon etwas tat, dies mit Elan tun sollte; er jedenfalls tue seine Arbeit gern.)
Dany konnte man trauen. Nur einmal traute er ihm nicht, damals, als Dany seine Suppenration holen sollte, während er selbst Steine schleppte. Am einfachsten war es, jemanden verrecken zu lassen.

»Ich werde froh sein, wenn das, was war, für mich so tot sein wird wie für dich«, sagte der Zweite.
Der Erste beobachtete den Flieger, der als lautloser Punkt zwischen Baumwipfeln und Bergrücken verschwand.
»Dieser Blödmann«, sagte er leicht wehmütig.
»Er wird kein Benzin mehr haben und keine Munition und fliegt, sich welche zu holen. Mit goldenen Patronen hat er geschossen. Auf irgendeinem Flugfeld wird er landen und angeben damit, was er geleistet hat. Ich hoffe, er hat fotografiert. Ich wäre gern dabei, wenn sie ihm die Bilder entwickeln und zeigen.«
Er schaute mit unverhülltem Neid hinter der immer kleiner werdenden Maschine her.
»Es ist nicht mehr wichtig«, sagte der Erste, »aber wir mußten ganz schön rennen.«
»Ich friere«, sagte der Zweite.
Der Erste heftete den Blick mit zusammengekniffenen Augen auf die Stelle, wo er gerade noch den Wald gesehen hatte. Er gab sich Mühe, an der unerklärlichen Architektur der Leere etwas zu erkennen. Aus den Wäldern stiegen Nebelfetzen. Er legte seinen Arm um die

Schultern des Zweiten. Sein verschmutzter Mund verzog sich zu einem Lächeln.
»Du Piepel«, sagte er.
»Piepel«, wiederholte der Zweite.
Außer Frank Bondy diskutierte keiner mehr darüber, ob es sich dabei um eine Krankheit oder um eine angeborene oder um eine erworbene Neigung handelte. Piepels gab es viele. Es waren die hübschesten Engelchen im Lager. Weiß der Kuckuck, wo sie den Namen herhatten. Er mochte vom Wasserhahn herrühren, von Pfeife, Röhrchen, Piephahn. Oder von einem, der sie nicht mehr alle hatte. Doch gab sich niemand besondere Mühe, das zu klären. Mit dem, was man von ihnen erwartete, hatte es eh nur im übertragenen Sinne des Wortes etwas zu tun. Was es wohl am wahrscheinlichsten bedeuten mochte, kam dem Wort »blasen« oder »sich blasen lassen« am nächsten.
»Ist schon egal«, sagte der Erste, »wir hams hinter uns.«
Das Wort Piepel gehörte ins Birkenauer Lexikon, genau wie das Wort »Muselmann« oder »organisieren« für klauen. Und die Linguistik stand, wie Frank zu sagen pflegte, gewiß an letzter Stelle dessen, was ihn interessierte.
Es war eine Kaste von dienstbaren Geistern und Schmeichlern, die gleichermaßen schaden konnten wie helfen. Oft konnte man sehen, wie gerade die Kleinsten und Schwächsten aus ihrem Wesen – so gut sie konnten – die größte Macht ableiteten: daraus, daß sie mit Körper und Gesicht die Schönsten waren, mit halbreifen Bewegungen, mit einer Haut, die die frühe Jugendblüte noch nicht ganz verloren hatte, aber mit Augen, aus denen Keuschheit (und nichts als Keuschheit) nicht mehr strahlte.
Viele Jungen, die nach Birkenau kamen, mühten sich – sobald sie sich etwas umschauen konnten, und wenn sie überhaupt dazu kamen, sich umzuschauen – nach besten

Kräften, Piepel zu werden; ein bißchen wie die Mädchen, die mit fünfzehn alle Mannequin werden wollen, oder, wie in Belgrad, Paris oder Ankara, wo man, wie Frank Bondy sagte, sich nichts dabei denken mußte, wenn man Prostituierte mitzunahm, die nicht älter als zwölf oder dreizehn Jahre waren.

Für manche der Halbwüchsigen wurde es zum Wunschtraum, Piepel zu werden, so wie es für manche Erwachsene Wunschtraum war, zur Gestapo zu gehören oder deutscher Offizier zu werden: wegen der Vorteile und des Status, den das mit sich brachte. Piepel mußten sich keine Sorgen machen um Essen, Kleidung und das Dach überm Kopf, sie waren befreit von der Angst vor Schlägen oder – für den Fall, daß einer zu sehr abmagerte, sich nicht rasieren konnte, unvorsichtigerweise die Brille aufsetzte oder, umgekehrt, ohne Brille etwas übersah, was er hätte beachten müssen – vor der Gaskammer.

Manche der Knaben waren zierlich, hatten hübsche, appetitliche und in mancherlei Hinsicht vollendete Körper. Es war das letzte, was sie hatten. Der Stoff, aus dem man Träume macht, durchlief in Auschwitz-Birkenau eine Wandlung selbst in dem, worin er unverändert blieb. Ein hübsches jüdisches Kind zu sein, erhielt einen neuen Wert. Es gab auch Eltern, die sich für ihre Kinder wünschten, daß ihnen das Los eines Piepel gegönnt sei. Dafür gab es hunderte von Begründungen, die sich alle irgendwie überschnitten. Manchmal wünschten es sich beide Eltern, manchmal nur der Vater oder nur die Mutter, mal wegen der Kinder, mal wegen sich selbst. Auch da kam es zu Überschneidungen.

Dany war es, wenn sie einander wärmten, immer bange davor, Many könnte auf Gedanken kommen. Oder davor, daß es sie – in irgendeiner Weise – erwischen könnte.

Und wieder dachte der Erste über das Ungewisse nach, was vor ihnen lag, und daß es all das überdeckte, was sie hinter sich hatten – die letzten Sekunden, bevor sie nach oben geklettert und dann bis hierher wieder abgestiegen waren, eingeschlossen.
»Jüdischer Bengel du«, sagte der Erste.
Und dann: »Woran denkst du jetzt?«
»An das Mädchen, über das mich Frank immer ausgefragt hat.«
Der Erste dachte, daß es nicht das erste Mal war, daß Many aus dem blauen Dunst heraus vor sich hin redete.
»Der Wald«, sagte er.
Dann: »Die Waffen und die Munition, die wir geholfen haben zu machen. Werden ne ganze Menge Leute damit umgebracht haben.«
»Ich hab meine Mütze verloren«, sagte der Zweite.
»Vielleicht hat Frank auch gar nicht damit gerechnet, bestimmt nicht«, sagte der Erste.
Er schaute den Zweiten wieder an. Letztendlich hätten sie es sich leisten können, den Berg, den sie eben geschafft hatten, aufrecht in Angriff zu nehmen.
Er säuberte seine Lippen von Resten des Erbrochenen. Der Flieger war längst außer Sicht.

4

Einige Stunden lang waren sie nun dabei, einen ähnlichen Hang hinaufzuklettern wie gestern. Sie stritten nicht mehr darüber, wie weit es sein würde zur Stadt. Wo sie sich befanden, wußten sie nicht genau. Frank Bondy hatte gesagt, sie würden aus dem Lager von Buchenwald nach Dachau gebracht. (Vielleicht auch nach Theresienstadt zurück.) Das würde Süddeutschland bedeuten. Sie hatten sich nach Osten gewendet. Osten war dort, wo die Sonne aufging.
Das Sprechen hatte sie gestern schon angestrengt. Sie quälten sich durch einen Wald, der kein Ende nahm. Ganz selten eine Abwechslung – dann wuchsen dort keine Kiefern mehr, sondern Fichten oder Tannen.
»Es ist nicht mehr so matschig«, sagte der Erste.
»Wird hier wohl nicht soviel geregnet haben.«
Im Wald war es kühl. Nie drang genügend Sonnenlicht dorthin. Die tiefwachsenden Äste peitschten und zerkratzten ihre Gesichter, sie hätten ihnen auch die Augen ausschlagen können. Einige Stunden lang lauschten sie den Krähen.
»Du solltest 'n Schritt zulegen«, sagte der Erste über die Schulter.
Der Zweite schwieg. Er stellte sich andere Klänge vor als die der Krähenwelt. Er hat auch begriffen, daß der Erste nicht länger schweigen mochte.
»Wir sind alleine hier«, antwortete er.
In der Frühe waren sie es nicht gewesen. Es war ihr Glück, daß sie dem Mann im grünen Lodenrock und mit Flinte nicht in die Arme gelaufen waren.
»Bis jetzt geht es doch ganz gut – es ist weder dicht besiedelt noch völlig menschenleer, und die Richtung stimmt«, sagte der Erste.
Und wieder dauerte es eine Stunde, bis sie etwas sagten. Das Terrain war so gut wie eben. Der Wald lag voller

umgestürzter Bäume, überall sumpfige Stellen und Kuhlen. Manchmal mußten sie meterweit durch Moor waten. Im Rauschen des Waldes ertönten leise, unbekannte Stimmen. Das Laufen auf dem Moosgrund war angenehm. Es gab auch sandige oder felsige Stellen. An anderen wiederum lagen die Trümmer vergangener Unwetter und Stürme – umgerissene Bäume, ins Tal gerollte Felsbrokken. Beschwerlich war es, sich durchs Dickicht zu schlagen. Aber sie wollten Umwege vermeiden. Darum krochen sie dicht hintereinander voran.
Die Krähen flogen viel zu hoch, als daß sie ihnen hätten zu etwas nütze sein können.
»In der Frühe sind wir nicht so toll gelaufen«, sagte der Zweite.
»Wir ham Schwein gehabt«, sagte der Erste.
»Mir ist es lieber, wenn der Boden fest ist.«
Der Zweite schaute vor sich hin, auf die Steine, auf die Beschaffenheit der Baumrinde in seiner Augenhöhe. Die Krähen erinnerten ihn jetzt an nichts mehr. Krähen waren es gewesen, die sie in der Nacht geweckt hatten. So waren sie schließlich aufgestanden und weitergegangen. Es war gut, daß der Mensch, den sie in der Frühe getroffen hatten, kein Soldat gewesen war, denn dann wäre hier wohl eine Kaserne, dachte der Zweite im stillen. Er versuchte, den Abstand zu dem Ersten in etwa beständig zu halten.
Der Zweite dachte darüber nach, ob er ein Tier mit bloßen Händen fangen könnte. Er überlegte sich, wie Menschen Tiere fangen. Dann überlegte er umgekehrt, wie Tiere Menschen fangen. Auch die Gedanken des Ersten kreisten ums Essen. Auch ihn ließen die Krähen an Nahrung denken. Aber es schüttelte ihn vor Ekel; nicht nur, weil sie, die doch kein Feuer hatten, die Vögel nicht zubereiten könnten. Von Zeit zu Zeit rupfte er kleine Äste ab, kaute auf ihnen herum und spuckte sie wieder aus.

Nur Frank hatten sie erzählt, was die Leute im Lager von Gleiwitz nach zehn oder zwanzig Tagen gegessen hatten. Am Anfang waren es die Toten. Später sind es auch die Kranken gewesen.
An dem Tag, an dem sie ihm das erzählt hatten, überließ ihnen Frank seine ganze Ration. Er kommentierte das mit den Worten, es sei gut, von Zeit zu Zeit zu fasten. Die Frommen wüßten schon, wovon sie redeten. Die beiden erkannten, daß es eine Ausrede war. Es fiel Frank nicht schwer, sich vorzustellen, daß auch sie drei in Gleiwitz hätten sein können. Schließlich hatten sie einige Tage das Gefühl, als gehörten sie zu den Leuten aus Gleiwitz.

Nach einer Weile stießen sie auf einen Bach. Der Erste, der vorne ging, wäre beinahe ins Wasser gestürzt. Er legte sich am Ufer lang hin, so daß er mit dem Mund die Wasserfläche erreichen konnte. Der Zweite legte sich daneben. Sie tranken. Der Erste schlürfte das Wasser, der Zweite schöpfte es mit seinen Handflächen. Sie befeuchteten ihre Gesichter, die Stirn, dann den ganzen Kopf. Sie ließen den Bach ihre Gesichter umspülen, so als schliefen sie im Wasser.
Kalt war das Wasser, kalt vom geschmolzenen Schnee aus den Bergen. Die Steine auf dem Grund des Baches hüllten sich ins durchsichtige Grün von Algen. Manche schwebten über den Felsblöcken, von denen sie sich allerdings nicht lösen konnten. Sie krümmten und streckten sich und schwammen nie davon. Daran konnten sie die Heftigkeit der Strömung abschätzen.
Etwa drei Stunden später stießen sie zum zweiten Mal auf den Bach. Es war wohl ein langer Bach. Er mußte einen Bogen beschrieben haben, den sie in gerader Linie durchquert hatten. Wieder legten sie sich auf den Bauch und tranken.

»Bei Tageslicht ist es leichter«, sagte der Erste.
Der Zweite durchwatete den Bach mit wenigen Schritten. Er schaute auf seine Hose. Sie sog sich voll Wasser und wurde schwer. Es fiel ihm ein, daß er nun an den Beinen frieren würde.
Der Erste schaute den Kleineren an. Dessen Sommersprossen waren wieder zum Vorschein gekommen. Der Zweite ließ den Ersten vorangehen. Er schützte sein Gesicht mit vorgestreckten Armen, als schiebe er nicht nur die Äste beiseite, sondern würde sich zugleich Licht verschaffen. Zuweilen schloß er die Augen und tappte vor sich hin. Er war müde. Am liebsten hätte er sich hingesetzt und geschlafen. Oder hingelegt. Einfach hingelegt. Er wußte, daß sie weitergehen würden, solange der Erste genügend Kraft dazu hatte, und er wußte auch, daß es gut war so. Er durfte ihn nicht aufhalten. Es war, als ließe er sich schleppen. Seine Hose wurde naß bis zu den Knien.
Für eine Sekunde sah er sich hinter geschlossenen Lidern, wie im Traum, am Ziel. Sie sind irgendwo angelangt, wo ein Zug auf sie wartet, in dem keiner Papiere oder Fahrgeld verlangt. Man steigt einfach ein, setzt sich ans Fenster und schaut während der Fahrt in die Landschaft.
Er träumte auch von sauberer Kleidung. Plötzlich sagte er: »Als wir noch im Waggon waren, und ich stand mitten zwischen denen, die schon krepiert waren und vor meinen Füßen auf dem Boden lagen, und der Wind wehte um meinen Kopf und um die Schultern herum, so daß ich nicht riechen mußte, wie sie stinken, und die Sonne schien auf mich, da kam mir auf einmal alles so schön vor.«
Er blickte auf den Rücken des Ersten. Der wandte sich um.
»Was war das eben?«
»Wenn du alles abschüttelst und nur an dich denkst, dann wird es immer wieder und von neuem schön, hab ich gesagt.«

Der Erste antwortete nicht. Es ist immer so gewesen, daß Dany nur beantwortete, was er verstanden hatte und was man beantworten konnte. Manchmal blickte er sich allerdings um, so wie eben, bevor er seinen Kopf wieder nach vorne drehte, um auf den Weg zu sehen.
Sobald er die Äste auseinanderdrückte, die er im Weitergehen wieder losließ, erschien es dem Ersten, daß er einen Ort betrat, an dem er sich seit langem gerne befunden hätte.

Frank hatte es manchmal – auch in den Lagern – geschafft, etwas zustande zu bringen, wozu nur wenige in der Lage waren. Viele beneideten ihn nicht nur um das Glück, das er meist hatte, und um die Bedingungen, die er sich zu schaffen wußte, sondern auch um seine Erinnerungen. Sie beneideten ihn darum selbst dann, wenn neunundneunzig Prozent seiner Erzählungen erdichtet waren. Schließlich war es ebendies eine Prozent, das ihm die Kraft gegeben hatte, sich über Wasser zu halten.
»Für den einen ist es das Haus oder das Fenster, was zählt, oder es sind die Dinge, die zum Haus gehören, ein Kamin oder ein schöner Ausblick oder Sessel, Felle, vielleicht alte Möbel und Schränke und im Kleiderschrank gut geschnittene Anzüge und elegante Schuhe«, sagte Frank, »dem anderen reicht der Stuhl, auf dem er am Tisch sitzt, auf dem ein Brot liegt und eine Flasche Wein oder eine Schüssel mit Obst steht, ein paar Äpfel und Birnen oder Weintrauben, je nachdem, was gerade wächst und was die Erde hergibt, und er schaut durchs Fenster in den schneebedeckten Garten. Mein Traum war es, ein Häuschen zu haben mit Garten und Fischteich und in der Küche am Fenster sitzend angeln zu können. Aber es langte manchmal, daß ich im Kopf

einen Rappel kriegte, und ich raste zum Bahnhof, um eine Fahrkarte nach Monte Carlo zu lösen. Der eine weiß, daß er den nächsten Frühling erleben wird, und das reicht ihm, um glücklich zu sein. Wenn es mir gut – ging, ließ ich die Sonne seelenruhig untergehen und wußte, daß ich sie morgen wiedersehen würde. Und wenn es mir nicht so gut ging – spielt jetzt keine Rolle, warum –, kam mir jeder Sonnenuntergang wie ein Weltuntergang vor. Vielleicht stimmt es ja auch, vielleicht stirbt die Welt an jedem Abend und wird morgens wiedergeboren. Aber nicht immer, und nicht für jeden.«
Und ein andermal ließ er vernehmen, daß sich jeder Mensch manchmal selbst als der einzige, der erste oder der letzte fühlt.
Dinge sind es, sagte Frank, die erklärt werden und dennoch unerklärt bleiben.
Wenn man Frank Bondy zumindest in diesem Punkt Glauben schenken konnte, dann hatte er sein Geld an den schönsten Orten der Welt ausgegeben. Er ließ seine ursprüngliche Persönlichkeit mit jener verschmelzen, die noch durch sein Geld multipliziert wurde, und konnte sich vorkommen wie ein König.
»Merkt euch, Jungs: jeder Mensch lebt auf dieser Welt mindestens zwei Leben. In dem einen spielt er mit offenen Karten, in die jeder schauen kann, und im zweiten weiß nur er selbst Bescheid. Ich hoffe, ihr wißt, was ich meine.«
Es gab aber auch vieles, was er nicht erklären konnte.
»Für den einen ist es die Dirne mit weißer Haut und einem Leib, an den man sich schmiegen kann, aber jeder hat auch seinen Baum mit den verbotenen Früchten. Vielleicht hat man euch das im Religionsunterricht ein bißchen anders beigebracht, aber es ist immer wieder das gleiche Lied. Essen, Trinken, Häuser, gute Anzüge,

Schuhe und ein wenig Spaß, ein paar kluge Psalmen und eine gute Stellung, die dir liegt und in der du nach etwas aussiehst. Für den einen ja, für den anderen nicht.«
Unter gewissen Bedingungen, so sagte er, gäbe es keinen Unterschied zwischen einem Börsianer in New York und einem Holzfäller in Zagreb. Jeder habe ein Recht auf Glück, aber keiner könne einem anderen zeigen, wo er das Glück finden oder sein Recht in Anspruch nehmen soll. Er habe in Monte Carlo Roulette gespielt und in den Nachtclubs von Rom oder Bukarest die hübschesten Schnapsbräute bewirtet.
Wenn er von Glück sprach, schien sein Lächeln durch einen leichten Schleier aus Traurigkeit hindurch. Dann sah er aus, als sei er tausend Jahre alt. Oder als glaube er selbst auch nicht mehr alles – was er aber niemals zugegeben hätte.
Er sprach von Restaurants, in denen zu essen und zu trinken serviert würde, was viele Menschen nicht kennen würden, von dem doppelt so viele noch nicht einmal wüßten, daß es dergleichen gibt. Er sagte, es sei nicht etwa so, daß man ohne diese Dinge nicht auskommen könnte, aber es sei doch gut, davon zumindest hin und wieder zu kosten.
Frank hat sich niemals eingestanden, daß dies nun alles vorbei war und daß man ihn all dessen beraubt hatte.

Dany wandte sich wieder um. Er war von den Ästen frisch zerkratzt, sein ganzer Körper war voller Schrammen. Bis über seine Knie klebte eine Masse aus Schlamm, Tannennadeln, welken Blättern und Gras. Many kam näher an ihn heran. Er folgte ihm mit so kleinem Abstand, daß er auch blindlings gehen konnte. Jetzt dachte er nicht mehr nur über Frank nach. Er sann auch darüber, daß Dany aufgehört hatte, auf tiefwachsende Äste zu achten, und daß er

gar nicht darauf achtete, wo er ging und wie er sich zerkratzen würde.
»Willst nicht ein bißchen schneller machen?« fragte der Erste.
»Ich fühl mich die ganze Zeit wie erschlagen«, sagte der Zweite.
»So fühlen wir uns beide.«
»Als hätt mich einer leergesaugt.«
Vielleicht dachte auch Dany über Frank Bondy nach, ging dem Zweiten durch den Kopf. Irgendwie merkwürdig war es, wie gleich es um ihn und Dany bestellt war. In den Lagern hatte er häufiger Brüderpaare erlebt. Mit Dany war es wie mit einem Bruder. Dany war wohl etwas stur. Aber er mischte sich nicht in fremde Angelegenheiten. Das war wohl in mancherlei Hinsicht von Vorteil.
Der Erste blieb stehen. Er lehnte sich gegen einen Baumstamm und wartete ab, bis der Zweite auf vielleicht fünf Schritte herangekommen war.
»Für eine solche Chance würden viele alles hergeben, Many.«
»Hm«, antwortete der Zweite.
»Warum schaust du nicht?« fragte der Erste.
»Ich schau wohl. Ich schau nach vorne.«
»Ich dachte, du machst die Augen zu«, sagte der Erste mit warnendem Unterton.
Der Zweite paßte auf, um nicht auch – wie ganz offensichtlich der Erste – von einem Ast erwischt zu werden. Nun hatte er den Baum erreicht, an dem der Erste lehnte.
»Wenn noch jemand abgehauen ist, so wie wir, wenn auch nicht sofort, dann werden's die Leute aus Kohens Gruppe gewesen sein«, sagte der Zweite.
»Denkst du, die sind abgehauen?«
»Ich weiß es nicht.«
»Warum fragst du?«

Der Zweite dachte darüber nach, warum Frank Bondy Kohen und seine Leute nicht gemocht hatte. Frank war der Ansicht, sie hätten grandiose Träume, denen sie, ohne viel zu fragen, das Glück anderer opfern würden.
Für die Leute aus Kohens Gruppe war das seit Jahren ein Thema gewesen. Am häufigsten im letzten Winter. Für Frank war es nur die Frage, ob man im Regen oder in der Traufe stand.
Aber Frank mochte auch die Karpatenukrainer nicht, die sich scheuten, das Wort »töten« auszusprechen – als würde es dann für sie seine Geltung verlieren –, und die daran glaubten, daß einen Menschen zu töten soviel bedeute, wie die ganze Welt zu töten. Als könnte dies nach all dem, was sie gesehen hatten, noch immer seine Gültigkeit behalten.
»Vielleicht haben sie sich alle niedermähen lassen«, sagte der Erste und meinte die Gruppe Kohens, »die hätten bestimmt ne Sitzung einberufen, bevor sie abgesprungen wären.«
»Ich hab wieder Durst«, sagte der Zweite. »Ich krieg's nicht aus den Ohren, wie 's den Lokkessel erwischt hat.«
Seine Augen waren blutunterlaufen. Die Striemen von den peitschenden Ästen entzündeten sich.
»Wir gehen wohl besser weiter«, sagte der Erste, und seine Blicke mieden die Wunden des Zweiten, weil sie ihn an seine eigenen erinnerten.
Er wandte sich um, tat einen Schritt und stieß mit dem Kopf gegen den Baum. Der Zweite wartete einen Augenblick. Der Erste rieb sich die Wunde mit der Handfläche und fluchte leise. Dann hörte er auf zu schimpfen und ging weiter.
Der Zweite lief hinter ihm her. Wir sind am Freitag, dem dreizehnten, losgegangen, dachte er bei sich. Wenn der Kalender in Frank Bondys Kopf richtig funktioniert hat.

Genau wie die Dreizehn am Seitenruder des amerikanischen Jagdfliegers. Die mit den langen Schläfenlocken aus der Karpatenukraine hielten große Stücke auf die Dreizehn. Wenn das hier gutgeht, wiederholte er in Gedanken, werde ich mehr als gute Gründe haben, an die Dreizehn zu glauben.

Die Leute aus der Gruppe Kohens glaubten an etwas anderes. Das taten auch die aus der Karpatenukraine. Dany glaubte an sich. Er war sich selbst Gebet. Frank glaubte an sein früheres Leben. Oder vielmehr an das, was er über dieses frühere Leben erzählen konnte. Sie waren nicht in der Lage, das nachzuprüfen. Und wollten es auch nicht.

Der Wald wurde jetzt dichter. Ihre Beine verfingen sich immer wieder im Unterholz. Aus dem Boden ragten durch Moos und trockene Nadeln Wurzeln und Steine.

Zwischen den höchsten Ästen schimmerte der Himmel hindurch. Er war bedeckt. Hin und wieder konnten sie einen Zapfen fallen hören. Oder einen aufgescheuchten Vogel, der über ihren Köpfen schrie und von einem Ast zum anderen flog. Später waren es fast ausschließlich Krähen.

Die aus der Karpatenukraine glaubten an ihren fröhlichen Herrgott genauso stur, wie die Leute aus Kohens Gruppe Gott aus ihren Schädeln vertrieben und an seine Stelle die Revolution gesetzt hatten.

Dany glaubte an das, was in ihm das Beste und zugleich das Schlechteste war. Was beharrlich war und hartnäckig. Er teilte seine Welt in Mutiges und Feiges, in fein und mies. Vom Rest ließ er sich nicht beirren.

Auch ich werde nur an mich selbst glauben, an das, was in mir das Beste und das Stärkste ist, aber auch an das, was weder gut noch stark ist – um den Überblick nicht zu verlieren –, an alles, was mir helfen kann. Wenn wir angekommen sind, kaufe ich mir eine Dreizehn aus Gold, wie es Bondy gemacht hat, und dazu eine Kette, so stark, daß man einen Stuhl dranhängen kann.

Er spürte, wie schwach er war. (Er versuchte, sich das Haus vorzustellen, in dem er gewohnt hatte. Häuser, in die niemand mehr hineingehen wird und in denen niemand mehr wartet. Die Klingel, auf die keiner mehr drükken wird.) Der Erste ging wieder sechs Schritte voraus.

Der Zweite hielt eine Hand schützend vor seine Augen, mit der anderen schob er die Äste beiseite. Er schätzte die Tageszeit. Sie werden so gegen vier Uhr morgens losgegangen sein, noch ehe es getagt hatte. Noch nie war es im März so kalt gewesen, und dabei bewegten sie sich doch.

»Ich krieg die Steifheit aus meinen Beinen nicht raus«, sagte er.

Er sah nur die Schuhe, die Dany trug. Das Leder war dunkel und hart geworden. Vielleicht eine Stunde lang beobachtete er die Fersen an Danys Schuhen. Noch regnete es nicht.

Eine Stunde später war er dahintergekommen, was ihn an Danys Schuhen störte. Ursprünglich waren es Leonards Schuhe gewesen. Dann hatte er selbst sie getragen. Und letzten Endes war es nicht der schlechteste Handel, die Schuhe gegen ein Stück Kohlrübe. War es möglich, daß Dany nicht so hungrig war wie er?

»Werd nicht langsamer, Many!« Der Erste schaute zurück. Das Tempo, in dem der Zweite ging, war beständig. Dann legte er ein wenig zu. Er dachte daran, wann es wohl zu regnen anfangen würde. Auch dachte er wieder an Frank.

Im Winter saßen sie in seiner Stube beieinander und überlegten die Möglichkeiten einer Flucht. »Wenn ihr eure Hoffnung als Mauer aufrichtet und wenn ihr sie so hoch macht, daß ihr nicht mehr drüberschauen könnt, dann wird euch bestenfalls schwindlig werden, und ihr stürzt ab«, hatte Frank gesagt.

Manchmal ließ er ihre Hoffnung auf die eines Tages gelingende Flucht als eine Strohpuppe erscheinen. Als würde es reichen, eine jede Hoffnung zu ergreifen, ihre Nähte aufzureißen, den Inhalt wie Sägemehl oder Stroh auszuschütten, um sie in Enttäuschung zu verwandeln. In Hoffnungslosigkeit.
Der Zweite konnte hören, wie ihm der Magen knurrte. Das wäre nichts Neues gewesen. Solange ich keine Magenkrämpfe bekomme, bin ich noch nicht so schlecht dran.
Ein deutscher Offizier hatte sich in Auschwitz-Birkenau über die Vorzüge ausgelassen, die die »regelmäßige Ernährung« dort den Menschen biete. Daß es nicht wenige gegeben habe, die hier ihre Magengeschwüre losgeworden seien. Sie waren damit noch mehr losgeworden.
Liebend gern hätte er die Genugtuung gehabt, solch einen Menschen eines Tages an den Birkenauer Trog zu stellen, die versalzene Fischsuppe hineinzuschütten, mindestens fünfzehn Portionen, und ihm zu befehlen, den Trog leer zu trinken. Einen Löffel würde er ihm nicht geben. Genau wie die es von ihnen verlangt hatten, wie Hunde zu schlabbern.
Dieser Offizier scheute weder Zeit noch Mühe, ihnen darzulegen, daß sie schon minderwertig auf die Welt gekommen seien und folglich auch dann noch dankbar sein müßten, wenn man ihnen gestattete, die Nahrung aus alten Nachttöpfen zu schlürfen. Auf seiner Brust prangte die Medaille für die Schlacht an der Ostfront 1941/42, die »Winterschlacht im Osten«. Auszeichnung für gefrorenes Fleisch, wie er selbst betonte.
In Gedanken kehrte er zu Manja Černovská zurück. Das machte das Gehen leichter. Dany ist vielleicht noch besser dran, fuhr ihm durch den Kopf, der denkt an nichts. Nur ans Gehen.

Nach einer Weile spürte der Zweite, daß es ihm heiß und kalt zugleich war, vielleicht hatte er Fieber. *Frank wird es wohl gebraucht haben, daß man ihm zuhörte. Er hat eine Verbindung gesucht zwischen seiner alten Welt und jener, die Dany und er kannten. Vielleicht stimmte es, was die Karpatenukrainer behaupteten, daß es so viele Welten gibt wie Menschen und daß bei manchen Leuten unter ihren Schädeldecken Planeten kreisten. Es tat wohl, wenn es auch ein bißchen albern war, zu hören, daß ein Gentleman in jener Welt, in der Frank Bondy gelebt hatte, so gut wie pausenlos das Wasser in der Toilette laufen ließ. Oder was für Socken ein gebildeter Mensch zur blaugemusterten oder zur einfarbigen Krawatte zu tragen hatte.*

Er spürte, daß er fieberte, ohne seine Stirn befühlen zu müssen. *Frank hatte es fertiggebracht, ihnen dreißig Minuten lang, während der ganzen Zeit, die sie auf dem Appellplatz standen und auf den Zählappell oder die Selektion warteten, zu beschreiben, wie er in Paris Absinth getrunken hatte. Geschmeckt habe das nicht, aber was das Zeug mit den Menschen angestellt habe ...*

Die aus der Karpatenukraine hatten gegen die Zeit der Öde oder gegen die Angst vor dem Tod anerzählt: Geschichten ihrer Rabbiner, die dem Leben desto mehr Freude abzugewinnen vermocht hatten, je trostloser es war. Tausende von Geschichten. Jedem Wort stand sein eigener Platz und eine Fülle von Deutungen zu.

Es war mühselig, ihnen beim Beten zuzuhören. Sie beteten viel. Manche von ihnen glaubten, daß es gar nicht darauf ankomme, zu wem oder um was man bete, sondern nur darauf, daß man bete. Da wandte sich Frank mit Widerwillen ab.

Auch sein Blick gehörte zu den Trümpfen, die er auszuspielen vermochte. In seinem Blick lag Verständnis, auch

wenn er polnische Juden nicht mochte, und ungarische oder deutsche Juden schon gar nicht. Anerkennende Worte fand er hie und da für französische Juden, für italienische oder dänische Juden. Er erarbeitete sich eine Skala, auf deren oberster Stufe immer er selbst stand.
Über die deutschen Juden sagte Frank Bondy, daß sie im Grunde ihrer Seele vielleicht noch stolz seien auf die deutschen Siege und über eine deutsche Niederlage trauern würden, als sei es ihre eigene Niederlage; als brächten nicht beide für sie allenfalls einen Trauermarsch. Als hätten sie zwei Seelen, behauptete Frank. Die eine bedauerte, daß sie Deutsche waren, und die andere verurteilte das Bedauern – auch das allerdings mit tausend Vorbehalten. Frank verachtete sie ihrer gespaltenen Seele wegen.
»Die Straßenmädchen sind tausendmal schlauer als sie«, sagte Frank Bondy, »und können jede böse Erfahrung auswerten und andere auch.«
Auch er war ein bißchen wie die Deutschen. Sagte nie die ganze Wahrheit, vielleicht gestand er sie sich nicht einmal selber ein. Doch nur in diesem Punkt war er wie die Deutschen oder wie die deutschen Juden. Und schließlich kam das in gewisser Weise der Wahrheit näher als der Lüge.
Im Laufe der acht Monate, die sie zusammen verbracht hatten, hätten sich zwischen den Halbwahrheiten Frank Bondys etliche nachweisbare Lügen finden lassen.
In Prag lebte seine Verlobte. Er gab ihm und Dany ihre Adresse für den Fall, daß ihm auf der Flucht etwas zustieße. Das war einer seiner liebsten Tricks, daß »die beste Lüge die Wahrheit« sei. Wie seine doppelseitig geschliffenen Sprichwörter, etwa von der Art, es sei besser, die Zeit in der Hölle mit einem Klugen als die im Paradies mit einem Toren zu verbringen. Die Adresse

stimmte. Und das Ergebnis war, daß sie ohne ihn gegangen waren.

Dem Zweiten kam der Gedanke, daß es gar nicht schwer gewesen war, Frank hängenzulassen, so wie sie die letzten drei Jahre schon viele Menschen hatten hängenlassen, mit denen es aus irgendwelchen Gründen nicht gefunkt hatte. Es war nicht schwer, Menschen hängenzulassen. Manchmal erinnerte man sich noch an sie. Meistens nicht mal das.

Essen, sagte er bei sich, essen, essen, essen. Alles schrumpfte auf die Vorstellung von Essen zusammen. Von den oberen Ästen aus schauten die Krähen auf sie herab. Sie lärmten, krächzten, krähten. Er gab sich Mühe, sich von den Stimmen der Vögel loszureißen, indem er an die Zahl Dreizehn dachte.

Und mit jedem Schritt fiel der Inhalt des Wortes auf ihn zurück, das er wiederholte. Essen, sagte er, als könne das irgendeine Mahlzeit zumindest näher bringen. Essen, essen, essen.

Oben zwischen den Ästen bewirkte das Licht eine Verwandlung der Farben. Grüngrau wurde es und bläulich. Vor dem dunkler werdenden Himmel hockten schwarz die Krähen. Die Wolken nahmen die Gestalt von Felsabhängen an, von Festungen, Wasserfällen. Oder von Jachten auf unruhiger See.

Der Blick des Zweiten wurde wieder von Danys Schuhen angezogen.

»Many«, sagte der Erste.

»Ich hab Hunger«, sagte der Zweite.

»Verlier die Geduld nicht. Wir ham beide Hunger, Many.«

»Kannst du die vollgefressenen Scheißvögel hören?«

Der Erste schaute nur. Er sagte kein Wort.

Der Zweite schluckte. Er stellte sich vor, wie er mal als

Kind im Wald – mitten auf einer Insel aus Moos – Butterbrot mit Erdnüssen gegessen hatte.
»Ich mag Moos«, sagte er, »aber als ich klein war, hatte ich Angst davor.«
Der Erste nahm den auf seine Ferse gerichteten Blick des Zweiten wahr, als er sich gerade umwenden wollte. Er wußte Bescheid. Plötzlich spürte er einen Stich im linken Fuß. Man sah ihm an, wie es ihn gestochen hatte. Sein Gesicht verzerrte sich, er sank in die Knie. Langsam richtete er sich wieder auf.

5 Gegen Mittag schon waren beide so erschöpft, daß sie gar nicht mehr miteinander sprachen. Nicht einmal der Wind konnte sie erfrischen. Von Zeit zu Zeit war es völlig windstill, das Rauschen in den Wipfeln hörte auf, und nur noch die Krähen waren zu hören.

Irgendwo mußte es geregnet haben. In der Luft, die dumpfer wurde, schwebten dunkle gedehnte Klänge. Auch das Licht veränderte sich.

»Die Krähen sind zum Kotzen«, sagte der Zweite.

Und dann: »Diese Scharen. Ob die hinter uns herfliegen?«

»Es gibt sie überall im Wald«, sagte der Erste, »sind harmlos.«

Many fiel die linke Ferse des Ersten auf. Der Erste verlagerte sein Gewicht im Gehen immer auf den rechten Fuß, um den linken zu entlasten.

»Ist es schlimm?« fragte der Zweite.

»Warum hattest du Angst vor Moos?«

»Irgendwas machte mich traurig. Vielleicht war's gar keine Angst.«

»Moos ist schön.«

»Tut's dir weh?«

»Nicht weiter schlimm.«

»Soll ich vorgehen?«

»Egal.«

»Willst du anhalten, Dany? Müssen wir eigentlich immerzu bergauf gehen? Wir gehen schon seit zwei Stunden bergauf.«

»Wir gehen richtig«, antwortete der Erste.

»Du verlierst unnötig Kraft.«

»Ich laß mich doch nicht von Krähen verrückt machen.«

»Denkst du nicht, es ist zu steil hier, Dany?«

»Es wird regnen. Irgendwo schifft es schon. Die Luft ist dumpf.«

»Regnet's eben«, sagte der Zweite, »du solltest dich nicht

so sehr darauf verlassen, daß ich wie ein Maultier laufe, Dany.«
»Es geht halt bergauf«, räumte der Erste ein.
»Du kannst denen nicht mal ’n Tritt verpassen«, sagte der Zweite. »Einer hab ich mal mit den Schuhen, die du jetzt anhast, Dany, so ’n Tritt verpaßt, daß sie nicht mehr fliegen konnte. Jemand wird sie mit ’ner Dohle verwechselt haben und hatte ihr die Flügel gestutzt. Diebische Vögel sind das. Nicht die angenehmsten Tierchen.«
Sie gingen dicht hintereinander. Der Zweite brauchte beim Sprechen seine Stimme nicht zu heben. Der Erste wollte fragen, wo das gewesen sei. Er fühlte aber einen schärferen Stich und kurz darauf einen zweiten, noch heftigeren.
»Was ist los?« fragte der Zweite.
»Auch Schnee kann schön sein«, sagte der Erste, »wenn er weiß ist. Moos und Schnee.«
»Hm«, sagte der Zweite.
»Meinetwegen brauchst du nicht langsamer zu gehen, Many.«
»Ist auch nicht deinetwegen.«
Es wird ein Nagel sein, dachte der Erste. Er spürte es deutlich. Hätte er sich längst denken können, daß es ein Nagel ist.
Der Wind drehte sich, die Bäume schirmten sie ab. Das Gekrächz der Krähen füllte die Luft. Wenn es so wäre, wie Dany gesagt hatte, dachte der Zweite, könnten die Krähen sie verraten.
»Zum Glück kümmert sich keiner um Krähen«, sagte der Erste, »am besten, du läßt es auch. Vergiß sie doch endlich, um Himmels willen!«
Er blieb stehen und lehnte sich an einen Baum. Er stellte sich so hin, wie es Frank Bondy einmal im Lager von Meuslowitz vorgemacht hatte – so, als raste er auf einer

Hazienda seiner südamerikanischen Freunde, mit lässiger Eleganz die Fußspitzen über Kreuz.
Er versuchte, sich mit verschränkten Armen hinzustellen, damit Many ihm nicht anmerkte, wie sehr die Ferse weh tat. In dieser Positur wollte Frank Bondy beobachtet haben, wie die Sonne im Pazifischen Ozean versank. Oder war es der Atlantische gewesen?
Der Zweite lehnte sich an den nächsten Baum. Plötzlich lächelte er müde. Auch der Erste lächelte.
»Scheiße«, sagte der Zweite.
Der Erste überlegte, ob er sich hinsetzen sollte und versuchen, den Nagel mit einem Stein zurückzuklopfen. Doch fielen ihm etwa zehn Gründe dafür ein, es nicht zu tun. Er blickte ins Moos. Er wußte, daß dadurch alles auch schlimmer werden könnte und außerdem, daß der Zweite, sobald er sich hinsetzen würde, Lust bekäme, bis zum Abend sitzenzubleiben und auszuruhen.
Alle zwei, drei Stunden versuchte es der Zweite mit Kiefernnadeln. Sie schmeckten bitter. Er bekam das nicht herunter. Alles, was er damit tun konnte, war, eine Weile darauf herumzukauen. Dann versuchte er es mit einem Zapfen. In Kiefernzapfen gab es Samen. Die könnte man essen.
»Du benimmst dich wie 'n Eichhörnchen«, sagte der Erste.
»Man könnte das ganz toll essen«, antwortete der Zweite.
Der Erste schwieg wieder.
»Was werden wir essen?«
Der Erste schwieg weiter.
»Ich würd ne ganze Menge Abstriche machen«, sagte der Zweite.
»Hör auf, Many!«
Auch der Zweite schaute ins Moos. Von den Würmern hätte er eine ganze Menge verputzen müssen. Er wußte, daß Dany nichts Rohes hinunterkriegte. Nicht nur wegen

der Leute in Gleiwitz und dem, was man den ganzen Winter über sie erzählt hatte. Im Lager hatten sie es mal mit einer Katze probiert. Dennoch wäre er bereit gewesen, eine Menge darauf zu setzen, daß inzwischen auch Dany alles essen würde.

Er dachte an Eichhörnchen. Eine verrückte Idee. Eichhörnchen waren viel zu flink, als daß man sie hätte fangen können. Und Eichhörnchenkadaver zu fressen – dafür gab es andere im Wald. Das wußte auch Dany.

»Solange ein Mensch nicht wahnsinnig wird, ein bißchen zumindest, wie die Leute von Gleiwitz, ekelt er sich davor«, sagte er.

Vielleicht ist auch das Fieber nur ein Schritt in den Wahnsinn, dachte er.

»Wir sind noch immer viel zu verwöhnt, Dany«, sagte er.

Der Erste versuchte, das linke Bein nur leicht auf den Boden setzend, sich vom Baum zu lösen. Auf die Ferse trat er lieber nicht, aber er wollte auch nicht, daß sich der Zweite hinsetzte und ihr Weg damit für heute beendet sein würde. Er ging auch deshalb weiter, damit Many keine Gelegenheit mehr hätte, auszumalen, was man alles roh essen könnte.

Der Zweite schritt hinter dem Ersten her. Die Stimmen der umherfliegenden und herumhockenden Vögel, das gedehnte *krah* und *kerrah* und *err*, senkten sich über den Wald.

Man konnte Dany ansehen, wie weh der Fuß ihm tat. Der Zweite hatte begriffen, daß Dany nicht ohne Not daran erinnert werden wollte. Der Erste dachte daran, wie ungerecht es war, daß die Krähen fliegen konnten, wohin sie wollten, und daß es ihnen auch am Fressen nicht mangelte.

»Auf jeden Meter, den wir hinter uns haben, kommt ein Schritt und ein Viertel, Many«, sagte der Erste.

Und dann: »Wir gehen richtig. Ich hab ne Nase dafür, wie

’n Tier, Many. Wir gehen richtig und verhältnismäßig schnell. Auch den Regen haben wir hinter uns gelassen.«
Der Zweite schwieg. *Er rief sich die Gestalt jenes Menschen ins Gedächtnis, der in Theresienstadt Krähen gefangen und gegessen hatte. Ein Basketballspieler, den ein SS-Major aushielt, bis er in dessen Abwesenheit von der Kommandantur aus nach Auschwitz-Birkenau verfrachtet wurde, in einem Viehwaggon, auf dem mit Kreide ein W für »Weisung« geschrieben war. Jeder, der in einem Waggon fuhr, auf dessen Tür ein solcher Großbuchstabe und ein Kreuz stand, bekam am Zielbahnhof gleich eine Kugel verpaßt. Der Mann hatte Krähen eine besondere Kraft zugeschrieben, weil es hieß, daß sie hundertfünfzig Jahre lebten. Sie pickten sich das Beste aus Wald und Feld zusammen.*
Es war jetzt lange nach Mittag. Unentwegt hatte er die letzten Stunden ans Essen gedacht, daran, wie schade es war, daß die Menschen nicht wie die Krähen sind. Und er dachte darüber nach, warum Dany nicht den linken Schuh ausziehen wollte.
»Daraus können wir errechnen, wieviel wir schon geschafft haben«, sagte wieder der Erste.
»Ich hätte es lieber im voraus berechnet, Dany.«
»Wenn wir angekommen sind, wird es egal sein.«
»Hast du wenigstens ne Ahnung, wo wir sind?«
»In Deutschland.«
»Immer noch in Deutschland?«
»Besser, als vergast oder erschossen zu sein, Many.«
Der Zweite hatte nur die Befürchtung herausgehört, sie würden die Strecke nicht noch einmal schaffen, die sie bis dahin geschafft hatten.
»Schlimm?« Er schaute auf den Fuß des Ersten.
»Hast schon gefragt, Many. Kümmer dich nicht drum. Ich kümmer mich auch nicht drum.«

Der Zweite blickte ihn fragend an. Der Erste blieb stehen. Bis in Höhe seiner Stirn war Harz den Baumstamm, an den er sich angelehnt hatte, heruntergelaufen. Die Tropfen blieben an seiner Stirn kleben. Der Nagel in dem Schuh des Ersten hatte eine Veränderung bewirkt. Sie wußten es beide.

»An deiner Stelle würde ich doch drauf achten«, sagte der Zweite.

»Worauf? Ich sag dir, ich bin wie ein Tier.«

»Auf den Nagel, oder was du da hast.«

»Ach, du weißt wohl, was das ist!«

»Bin doch nicht blind, Dany. Ich kann's mir denken. Wenns 'n Nagel ist, hast du die besten Chancen für ne Blutvergiftung.«

»Ich komm auch mit ner Blutvergiftung an.«

»Mit ner Blutvergiftung würdest du wohl kaum ankommen.«

»Du weißt doch gar nicht, was ich da habe.«

»Dann schau nach, Dany. Schau nach, solang noch Licht ist.«

»Dazu brauch ich kein Licht.«

»Wieviel, meinst du, ham wir heut geschafft?«

»Sind ziemlich spät losgegangen.«

»Um vier Uhr morgens, Dany.«

»Läßt sich schlecht abschätzen. Und anders als durch den Wald können wir nicht gehen.«

»Vielleicht wußte Frank, warum er geblieben ist.«

»Es bringt nichts, jetzt die Wut an ihm rauszulassen.«

»Ich laß gar keine Wut raus, Dany. Ich bin müde. Ich bin so müde wie du.«

»Er ist nur ein mieser Schlauberger, kein Allwissender, Many.«

»Hm.«

»Es macht mir nichts aus, wenn die Miesen abkratzen.

Alle Miesen sollten abkratzen. Damit sie denen nicht im Weg stehn, die nich mies sind.«

»Vielleicht hat er's gewußt.«

»Was?«

»Na, das hier.«

»Er wär gar nicht bis hier gekommen. Drum ist er geblieben, Many.«

»Willst du dich nicht ein bißchen setzen?«

»So lang ohne Essen, das hätt er nich ausgehalten, Many. Hätte auch das Moor und das Unterholz nicht ausgehalten. Den Berg schon gar nicht. Und in der Nacht die Kälte nicht, Many. Fieber und Müdigkeit, das hätt ihn fertiggemacht. Hätt er nich ausgehalten, die lange Strecke, so wie du und ich.«

»Vielleicht ham die ne neue Lok geschickt. Dann könnt er den Rest fahren.«

»Den Rest wohin?«

»Weiß nich. Irgendwohin. Vielleicht finden sie dort ne bessre Gelegenheit zum Abhauen als wir, Dany. Irgendwo näher zur Grenze.«

»Ich würd nicht mal mehr seiner Uhr trauen, Many.«

»Und wenn ihm der Siebenbürgener nen Tip gegeben hat, und sie ham zusammen was ausgeklüngelt? Daß er ihn nach dem Krieg versteckt, wenn sie zusammen 'n sichres Versteck finden. Frank wär imstande, den rumzukriegen.«

»Die wer'n sie erschossen haben, Many. Selbst wenn die ne neue Lok geschickt und sie irgendwohin gefahren hätten, dann doch nur, um sie dort zu erschießen, Many. Hast du Fieber?«

»Kommt nur vom Laufen und vom Hunger. Is weiter nix.«

»Hätt er nich ausgehalten, ohne zu schlafen, ohne zu essen. Und immerzu laufen. Hätt er nich ausgehalten zu frieren und zu laufen, ohne auszuruhen, und immerzu laufen. Is schon zu alt dafür.«

»Ich hab keine größre Schießerei gehört, Dany. Nur die auf uns. Und die vom Flieger.«
»Der Berg hat uns abgeschirmt.«
»Scheiß Berg.«
»Sie haben sie wohl nicht wild werden lassen vor Hunger, Many. Schau nur, was der Hunger aus uns macht. Wer'n sie erschossen haben, sobald wir im Wald warn, bevor sie auf die Idee kommen könnten, uns zu folgen. Und wenn nicht, dann hat er's bestimmt geschafft, die Uhr irgendwo einzutauschen.«
»Wogegen?«
»Gegen sonstwas für sich, Many. Jede Wette, daß man sie erschossen hat? Von allen Dingen fürchten die die Menschen am meisten. Erst dann kommen die Seuchen. Am meisten die Menschen, denen die was angetan haben. Die legen keinen Wert auf Zeugen. Bei Seuchen haben die nur Angst, sich anzustecken. Die konnten's sich nicht leisten, sie am Leben zu lassen – so hungrig, wild und verwirrt, Many.«
»Wenn die die Strecke frei bekommen mußten, haben die bestimmt ne Lok mit Bautrupps geschickt, Dany.«
»Vielleicht ham die nicht mehr so viele Loks. Und die Luft ist voller Amis.«
»Laß gut sein.«
»Drei Jahre lang hab ich drauf gewartet, und davor noch drei Jahre, daß ihnen die Puste wegbleibt.«
»Bis jetzt hatten die jedenfalls genug von allem, was sie brauchten, um uns zu erledigen.«
»Aus dir würde keine vernünftige Seife mehr, Many.«
»Aus dir auch nicht.«
»Das ist gewesen, Many. Vieles von dem, was gewesen ist, ist schon anders. Und wir beide wissen das am besten, Many.«
Sie gingen wieder dicht hintereinander, der Erste einen

Schritt voraus. Er trat mit dem rechten Fuß voll auf, der linke Fuß berührte den Boden nur mit der Spitze. Er ließ es sich gefallen, als der Zweite nach einer Weile einen größeren und schnelleren Schritt tat, damit sie nebeneinander gehen konnten. Sie liefen jetzt Seite an Seite. Der Erste hinkte auffällig. Der Körper des Zweiten glühte vor Fieber.

»Am Moosbewuchs und daran, wo ein Baum dichter wächst, kannst du erkennen, wo Norden ist. Gibt massig Wälder hier überall. In denen sind wir sicher.«

»Ich würd doch anhalten, Dany.«

»Im Osten liegt Prag. Was ich wissen müßte, wär nur, wie weit im Osten. Wir haben mit Frank drei Übergänge durchgesprochen. Einmal hab ich auch Kohens Leute nach den Übergängen gefragt. Wenn wir erstmal so weit sind, wird's einfacher.«

»Is mir egal.«

»Schätze, das werden so hundertfünfzig Kilometer sein.«

»Was wir hinter uns haben, mit eingeschlossen?«

»Drei, vier Tage und drei, vier Nächte vielleicht noch, Many. Oder fünf. In diesem Tempo sind es zwanzig Kilometer pro Tag mit nem bißchen Nacht. Oder etwas mehr. Wir gehen nicht nach Schildern, Many. Sind meistens Berge und Wälder und keine Wege. Das macht alles so unsicher. Selbst wenn wir bergab gehen, insgesamt steigt die Landschaft noch, Many. Das heißt, daß wir auf die Übergänge zugehen. Aber wir sind noch längst nicht dort. Dann gehn wir nur noch bergab, Many.«

»Das hoff ich«, sagte der Zweite, »ich weiß nur, daß du für heute bewohnte Gebiete versprochen hast.»

»Kriegste morgen, Many. Verlaß dich drauf. Wir gehn richtig. Aber heute werden wir was auftreiben.«

»Wo denn, wenn wir immer nur durch Wald gehen?«

»Irgendwas muß dort passiert sein, das ist alles, was ich dir dazu sagen kann«, sagte der Erste nun, »ich hätt nich dabeisein mögen. Muß übel gewesen sein.«

Beide wußten sie, daß es nicht nur das Schicksal der Menschen aus dem Zug war, was sie beunruhigte. Je weiter sie sich vom Zug entfernten, desto häufiger kehrten ihre Gedanken dorthin zurück. Der Zug gehörte zum Gewesenen. Dort war nichts von dem, was erst kommen sollte. Dort hatten sie gewußt, wie sie sich verhalten mußten und was zu tun war. Der Zug war etwas, das wirklich war, und nicht etwas, das erst kommen sollte. Und was es verhindern konnte. Vielleicht war dies der Grund, daß der Erste nicht anhielt und daß ihn der Zweite dazu auch nicht mehr nötigte.

Sie spürten, daß sie jeder Schritt weiter vom Zug fortführte.

»Meinst du, die ham sie erschossen?« fragte der Zweite, als könne es ihm eine Art verdrehter Erleichterung bieten.

»Sie ham jetzt Ruhe, das is alles, was ich dazu sagen kann. Aber die Art von Ruhe, auf die ich vorläufig gern verzichte.«

»Ich hoffe, der Flieger hat dem Siebenbürger den Kopf durchlöchert.«

»Es wundert mich, daß wir nix abgekriegt haben.«

»Ich hab Fieber.«

Der Erste antwortete nicht.

»Weißt du, daß der rumänische Schweinehund, dieser Sohn einer deutschen Hure, mit mir gesprochen hat, als wär ich schon tot? 'ne Stunde lang hat er mir in seinem bescheuerten Rumäniendeutsch geschildert, daß ich – in chemische Bestandteile zerlegt, wenn sich in der Seifenfabrik jemand mit mir solche Mühe machen würde – gerade mal zwei Mark fünfzig wert sein würde. Selbst wenn ich nicht nur achtzehn wäre, sondern noch neunzehn werden sollte. Das Schwein, das gierige, hat es sogar in Kronen berechnet. Als in ihren Seifenwerken aufbereitete Leiche hätt ich ’n Wert von fünfundzwanzig Kronen. Der wußte, wieviel das in Schweizer Franken, in amerikanischen Dollars und in englischen Pfund ausmacht. Und selbstverständlich, wieviel Lei er dafür kriegen würde. Der hat überhaupt nur ans Geld gedacht. Ist in ’n Krieg gegangen, weil er geldgeil war und rechnen konnte. Nach dem, was er sagte, ist’s vor allem Wasser, woraus wir bestehen, du und ich. Das sei günstig für die Seifenproduktion. Und was es an Eisen in uns beiden gibt, reicht für nen kleinen Nagel.«

»Was von ihm übriggeblieben ist, reicht also kaum für ’n Gewehrabzug«, sagte der Erste. Das Wort »Nagel« hätte er lieber nicht gehört.

»Das hoff ich«, sagte der Zweite. »An Kalk gibts in mir so wenig, daß du damit nicht mal den Klodeckel im Theresienstädter deutschen Kasino weiß tünchen könntest. Salpeter vielleicht grad mal genug, um ein Kätzchen zu vergasen. Aus meinem Phosphor könntste vierundzwanzig Streichhölzer machen. Aber aus Fett und Wasser dreieinhalb Kilo Seife. Deswegen machen die Seife aus uns.«

»Vergiß es.«

»Ich habs in der Nase. Ständig Seife. Selbst wenn ich durch den Wald laufe.«

»Trotzdem. Ich an deiner Stelle würd’s gut sein lassen, Many.«

»Drum ham die aus meinem Alten Seife gemacht. Wollten Geld verdienen«, fuhr der Zweite fort, während der Erste neben ihm herhumpelte und so tat, als bemerke er Manys gerötetes Gesicht nicht. »Sein Wintermantel hat ihnen gefallen. Seine Uhr. Sein Trauring. Seine Krawatte. Ham aber auch seine Unterhosen, seine Socken und die verwaschenen Taschentücher nicht verschmäht. Drum ham die Seife aus ihm gemacht. Damit die sich auch unsere Prager Wohnung, die Möbel, das Geschirr und Vaters italienische

Mandoline – alles untern Nagel reißen konnten. Die Pelzhandschuhe. Und die dreitausend Kronen, die sich meine Alten in zwanzig Jahren für alle Fälle zusammengespart haben.«

»Sag mal, bist du nicht 'n bißchen heiß, Many?«

»Hab Fieber. Schwamm drüber, Dany.«

»Sieht schwer nach ner Entzündung aus, Many.«

»Sag dir doch – Schwamm drüber. Und Kohlenstoff, Dany. Das Siebenbürger Schwein hat überlegt, wieviel Bleistifte sie aus mir machen können. Aus Milan Oppenheimer und Zdenek Pick ham se nen Lampenschirm gemacht, weil die zarte Kinderhaut hatten. Der is vielleicht in Rumänien nicht mal zur Schule gegangen, Dany. Konnte doch nich mal schießen. Bloß laden, den Abzug drücken und den mit scharfer Munition geladenen Gewehrlauf polieren. Zum Glück ham uns nur noch die größten Nieten unter ihren Soldaten bewacht. Nur damit du nich denkst, der hat absichtlich danebengeschossen. Wie kommt es nur, daß es in den letzten vier Jahren so viele Arschlöcher zu was gebracht haben, Dany?«

Der Erste überlegte, wie hoch das Fieber des Zweiten sein mochte. Und was es für sie beide, für ihn selbst und für Many, bedeutete.

Die Augen des Zweiten glänzten. Seine Pupillen verschwanden hinter einer trüben Hautschicht. Schweiß rann ihm die Stirn hinunter. Kalter Schweiß auf heißer Haut.

»Der Transsilvaner schämte sich nicht, seine Fresse mit Seife aus jüdischen Mädchen zu waschen. Die ham ihre Bunker voll damit. Vorräte für zwanzig Jahre. Wenn man Blut wie Wein trinken könnte, Dany, die würden's in Fässer und Flaschen abfüllen und in ganz Europa und auf allen Kontinenten vertreiben, überall, wo auch nur ein Deutscher lebt.«

Er sprach leise, fast zischend.

»Ich sag dir, du fieberst. Laß doch gut sein, Many. Streng dich nich an. Hat kein Sinn, daß wir beide uns das gegenseitig erzählen. Ruhn uns lieber aus, bevor wir weitergehn. Könn' auch Schluß machen für heut, wenn du willst. Oder solln wir laufen, bis es ganz dunkel is, Many?«
»Die würden dein und mein Blut wie ihren Wein nach Australien, nach Neuseeland, meinetwegen auch nach Nordamerika exportieren.«
Der Erste ging weiter; er dachte nicht daran, anzuhalten. Man konnte darüber reden oder schweigen, konnte *Es* auf sein Gehirn drücken lassen oder *Es* durch ein Loch im Hirn hinauslassen. Man konnte sich einen Vorwurf machen, daß man daran, und sei's als Opfer, beteiligt war. Das alles führte zu nichts.
»Is mir egal, Many, und wenn du noch Feuerland dazunimmst. Solang ich in diesem Wald bin und laufe, solang wir – du und ich – hier laufen, so lang wird keiner mein Blut irgendwohin exportieren.«
Auch er sprach leise, ohne sein Gesicht Many zuzuwenden. Es war, als sprächen sie miteinander, zu den Bäumen und doch jeder nur zu sich selbst.
»Wenn ich mein heutigen Verstand vor drei oder fünf Jahren schon gehabt hätte, selbst wenn ich da noch klein war, ich hätt das Beil genommen und dem ersten Deutschen, der seine Nase bei uns zur Tür hereingesteckt hätte, den Schädel gespalten«, sagte der Zweite. »Ich hab's nich geglaubt. Aber die ham's mir beigebracht«, flüsterte er.
Zuweilen blies ihnen der Wind von der Seite ins Gesicht. Wenn sie dem Wind ausweichen wollten und sich abwandten, sah es aus, als suchten sie etwas im Wald. Am Licht sahen sie, daß der Tag sich neigte.
»Ich fürchte auch, daß sie jetzt Ruhe haben«, sagte der Zweite. »Wer sich nicht wehren kann oder abhauen, den bringen die um.«

»Die ham's nich mal mehr geschafft, sie für die Seife mitzunehmen«, fügte der Erste hinzu, als sei das tröstlich.
Der Erste hielt sich an einem Baum fest. Er sank in die Knie, so daß sich der Zweite die Frage verkniff, die er sich selbst gerade gestellt hatte, nämlich, wie sich seine kleine Schwester hätte wehren können oder wie sie hätte abhauen sollen. Wie Dany machte auch er keinen Unterschied mehr zwischen Frank Bondy, kleinen Mädchen und den armen Ausgelieferten aus dem Frauenlager.
»Willste meine Mütze haben, Many?« fragte der Erste.
Der Zweite hob den Blick, der vor einer Weile auf seine Schuhe gefallen war.

Er dachte an Leonard. Es war eine längst schon abgeschlossene Geschichte. Inzwischen konnte er wie ein Puzzle zusammensetzen, was vorausgegangen war, wie es geschehen war und warum.
Leonard war Mutters jüngerer Bruder, Jahrgang 1900. Den älteren Bruder Karel hatten die Nazis in Mährisch Trübau gesteinigt, gleich nachdem sie das Sudetenland besetzt hatten, weil er eine Werkstatt mit einer Drechselbank hatte. (In der Zeitung stand allerdings, er habe Hühner verbotswidrig mit Korn gefüttert und sei daher »seiner gerechten Strafe zugeführt worden«.)
Leonard war ein sehniger Maschinenbauingenieur. Lange war er unverheiratet geblieben. Er hatte es lediglich zur Verlobung mit einem Fräulein Gusta Gloss gebracht, die von ihrer Jugendblüte auch schon eine ganze Weile getrennt war und die, als sie die Nürnberger Gesetze, die für ihren Verlobten galten, ungünstig fand, sich für eine Deutsche erklärte und seine Habseligkeiten, Uhr und Ring, mitgehen ließ, noch bevor Diebstahl zum Gesetz erhoben wurde.

In Birkenau brachte Leonard sein rabenschwarzes Haar, das einen blauen Schimmer hatte, die Rettung, dazu sein hochgewachsener starker Körper und die Tatsache, daß er sich seit eh und je in jede Arbeit stürzte. Seine Haut war bräunlich wie die der afrikanischen Juden, seine jüdische Nase war von eindrucksvoller Größe, und bei Fragen nach seinem Alter konnte er es sich ohne weiteres leisten, fünfzehn Jahre zu unterschlagen.

Als er Leonard im Lager wiederbegegnet war, lag seine glatte Haut schon in Falten. Seine Augen waren traurig, als sei er bereits gestorben und betrauere sich selbst, und seine schaufelgroßen Hände verrieten, daß er längst mehr verausgabt hatte, als er an Kräften hatte.

In Birkenau wählte ihn der deutsche Ingenieur ebenso wie Many und Dany für die Arbeit in Deutschland aus. Er betastete dabei Leonards Muskeln, schaute ihm in die Augen und überschlug in Gedanken, ob dieser Mensch die Kosten seines Transports wieder einbringen würde.

Während eines Schneesturms, der – sie waren bereits in Deutschland – das ganze Gebiet lahmlegte, kam die Stromspannung ins Schwanken. Die Meister löschten das Licht an den Maschinen, um diese nicht ausschalten zu müssen, und Leonard schnitt auf zwei Drehbänken gleichzeitig an Kopf und Mantel von Handgranaten. Man hatte ihm die alten Schneideklingen aus Schwedenstahl nicht ausgetauscht, und da er immer wieder nachschleifen mußte, erhöhte er die Drehzahl, um das Versäumte nachzuholen.

Gegen Abend riß er sich einen Stahlspan in den Zeigefinger. Er hatte keine Lust, die Wunde mit dem eiskalten Wasser auszuspülen. Statt dessen sog er sie mit den Lippen aus. Er spuckte das mit Maschinenöl vermischte Blut aus, und bald hatte er die ganze Geschichte vergessen.

Onkel Leonard hatte nie zu seinen Lieblingsverwandten gehört. Er war von einer beinahe monströsen Größe und Stärke, und seine Mandelaugen blickten mit Strenge auf die Kinder. Als Leonard noch bei ihnen in Prag gewohnt hatte, hatte er mit seiner heiseren Stimme immer furchtbar laut gegurgelt. Seinen Schrank hielt er stets verschlossen, obwohl es Papa gar nicht gern sah, wenn jemand in seiner Wohnung etwas abschloß. Sein Werkzeug war das einzige, woran Leonard sein Herz hängen mochte. Er ließ es ungern offen liegen und noch weniger gern hätte er es verliehen.

Einmal hatten Many und seine kleine Schwester ihm zum Geburtstag gratuliert. Es war, als gingen sie, einen Riesen zu beglückwünschen. Weil Many seine Mama – der Onkel sagte, seine Schwester – geärgert hatte, hatte Leonard nur Manys Schwester eine silberne Fünfkronenmünze gegeben; Many würde seine erst bekommen, wenn er sich besserte.

Bekommen hat er sie nie. Aber als sie sich hier begegnet waren, sagte Leonard, Familie sei Familie und sie müßten zusammenhalten, weil ihm Many einmal aus der gemeinsamen Beute ein Stück Kohlrübe überlassen hatte. Er gab sie dem Onkel zuallerletzt und war froh, daß man in einen Menschen nicht hineinsehen kann, wenn er Gutes tut, ohne dabei viel Gutes im Sinn zu haben. Indirekt hat er es auch der Mutter wegen getan, aber Leonard wußte das Stück Rübe zu schätzen, weil es eine Rübe war und weil er sie von Many bekommen hatte.

Am dritten Tag begann die Wunde lästig zu werden. Nach zehn Tagen hatte sich die Infektion in Leonards ganzem Arm ausgebreitet. Many begleitete ihn zur Krankenstation.

Leonards Rechte faulte so schnell, als wolle sie Rekorde

brechen. Man konnte es mit bloßem Auge verfolgen. Der Stationsmediziner, ein Knochendoktor, bezeichnete das als eine Gangräne. Er gestattete Leonard, sich ins Bett in der Ecke zu legen, machte ihm aber keine großen Hoffnungen; er ließ nur verlauten, daß er hier für die Selektionen selbst zuständig sei.

»Wenn's einmal schwarz geworden ist, können wir nicht mehr viel ausrichten«, sagte er fachmännisch und freundlich, »es sei denn, du läßt dir den Arm abnehmen.«

Leonard brauchte nicht zu befürchten, daß der Knochendoktor keine Erfahrung hätte; der amputierte, wann immer er konnte. Tatsächlich aber war es ihm noch nie gelungen. Und zugleich war er der Mensch, von dem es abhing, ob der Leichenkarren um Leonards Körper schwerer würde.

Dann fragte er Leonard, wo er die schönen Schnürschuhe herhabe. Es war ein hübscher blonder Mediziner, und – wer weiß? – wäre der Krieg nicht gewesen, hätte er vielleicht sein ganzes Leben in ruhig geordneten Bahnen durchwandern können, wäre vielleicht nie in diesen peinigenden Widerspruch mit sich selbst geraten, wäre nie gezwungen gewesen, herauszufinden, wer er war und wer er nicht war, und sich dafür genau anzuschauen.

Sein Körper war schlank und sein bleiches Gesicht nicht unangenehm; soweit es ihm möglich war, achtete er auf seine saubere Erscheinung – und er amputierte, was er konnte. Er war vom Sägen besessen. Bei jeder Gelegenheit sägte er Finger, Hände, Füße ab, und sein bevorzugtes Gesprächsthema war ein Hund, dem ein deutscher Chirurg einen zweiten Kopf auf den Hals genäht hatte; der Hund war aber verreckt, denn während die eine Schnauze Knochen fressen wollte, hatte dem anderen

Kopf der Sinn nach Trinken gestanden. Und Gelegenheiten zum Sägen fand er genug. Alles heilte er mit seiner Säge. Den Alkohol, den er von deutschen Ärzten bekam, trank er aus, und zum Sägen kam er meist betrunken.
Leonard ließ er einige Tage liegen. Es wurde allmählich klar, was er damit bezweckte; selbst wenn er daran geglaubt haben sollte, daß er durch Amputation von Leonards Arm den Rest retten könnte – er hatte damit keine Eile.
Leonards Arm wurde von den Fingerspitzen bis zur Achselhöhle schwarz. Als es die Drüsen erfaßt hatte, konnte der Mediziner sicher sein, daß er die Schuhe bekommen würde.
Was neben Leonards Rumpf in Bandagen lag, war nicht mehr sein Arm. Es stank derart, daß man neben Leonard weder sitzen noch stehen konnte. Im Bett nebendran lag ein Junge aus der Karpatenukraine, dem der Mediziner alle drei Stunden wüste Mengen von Eiter aus dem Oberschenkel drückte.
Dem Jungen erzählte der Mediziner, er sehe aus wie Jesus, sofern Jesus goldblonde Locken und in schneeweiße zarte Haut eingefallene Augen gehabt hätte. Er musterte die Hände des Knaben, als wolle er sie mit den Handflächen nach oben an den Türrahmen der Krankenstation nageln, deren – wenn auch nicht uneingeschränkter – Herrscher er war, als eine Art Verzierung oder Symbol.
Auch der Junge konnte den von Leonard ausgehenden Gestank nicht ertragen und wandte sich ab.
Der Mediziner täuschte Ekel vor, hörte auf, Leonards Verband zu wechseln, und ließ ihn liegen, wie er war. Aber Leonard starb und starb nicht. Es schien, als schöpfe er aus dem Karren, der gebracht wurde, um die Leichen zu holen, die Kraft, am Leben zu bleiben. Das

Kommen und Gehen des Karrens war wie ein Dynamo, mit dem Absterben der anderen schien sich das scheidende Leben Leonards immer von neuem aufzuladen. Er rang mit diesem am Knochen schwarz gewordenen Klumpen Fleisch, als ringe er auch noch mit etwas anderem.

Und dann, als das blonde Unschuldslamm aufhörte, Leonard die Essensration zuzuteilen (so wie er auch die des Jungen aus der Karpatenukraine einbehielt), ließ der Onkel Many an sein Bett holen.

Schon zuvor hatten Many und Dany ihm zweimal Kartoffelsalat aus der Kantine gebracht; die Salatmarken bekam man für zusätzliche Arbeit in der Fabrik, und Dany hat zweimal auf seinen Anteil verzichtet. Aber der Gestank machte es schwierig, den Onkel zu besuchen.

»Nimm dir meine Schuhe«, sagte Onkel Leonard. Das sagte eine andere Stimme als die, die ihm in besseren Zeiten die silberne Fünfkronenmünze verweigert hatte. Es war eine andere Verbissenheit in ihm als diejenige, die ihn in Prag in Zeiten der Not dazu gebracht hatte, das Fett vom Schinken wegzuessen, was Papa zu der Bemerkung gebracht hatte, daß nur ein Kamel tagelang ohne Essen und Trinken auskomme.

»Was soll ich damit, ich brauch doch keine zwei Paare«, antwortete Many.

»Und ich werde das eine nicht mehr brauchen.«

»Da hast du die letzten Nachrichten nicht gehört«, flüsterte Many, »es dauert vielleicht keine drei Monate mehr.«

»Drei Monate?« fragte Leonard, als würde er fragen, wie lange er fliegen müsse, um zum Mond zu kommen.

»Vielleicht nicht mal mehr das«, sagte Many.

Leonard war am 13. April geboren, als das Jahrhundert anfing und wohl alle meinten, es würde ein großes Jahr-

hundert werden. Hätten sie sehen können, wohin es führen würde, wären sie vielleicht gern umgekehrt, wenn das denn möglich gewesen wäre. Aber Leonard dachte nur noch an sein und Manys Schicksal. In der Familie führte man auf die »Dreizehn« zurück, daß er ein solcher Pechvogel war. In besseren Zeiten war in der Familie getuschelt worden, er hätte sich doch besser mit Vaseline-Lilly – einer entfernten Cousine – verloben sollen. Die hatte einmal ein unbekannter Herr gebeten, ihm aus der Apotheke für einen Taler Vaseline zu holen; für ihre Mühe sollte sie paar Groschen bekommen, und der Herr wollte solange vor der Apotheke auf ihren Schulranzen aufpassen. Darin waren ihre Bücher, das Lineal sowie Kleider und Schuhe zum Umziehen. Es war ein neuer Ranzen, und der Mensch hat lange darauf aufgepaßt, nur wußte niemand wo. (Einem anderen Fräulein hatten die Eltern untersagt, Leonards Brautwerbung anzunehmen, nachdem des Fräuleins Tante ihn am Samstag hatte rauchen sehen.)

»Vielleicht«, gab Leonard zu. »Für dich ist es Morgen und für mich schon Mitternacht.«

»Du sollst nicht übertreiben«, sagte Many und hielt sich die Nase zu.

Im Bett nebendran lag der Junge aus der Karpatenukraine im Sterben. Wenn Many nicht ihn anschauen wollte, mußte er Leonard anschauen, weil er nicht ständig auf den Boden oder an die Decke glotzen konnte. Er bemühte sich, nicht zu gierig auf die Schuhe zu starren. Es waren schon damals bessere Schuhe als die, die er anhatte.

»Was willst du denn anziehen, wenn du aufstehst?« fragte er Leonard. »Im Frühling wird es bestimmt besser.«

»Frühling«, sagte Leonard. Er sprach kaum noch.

Many fügte hinzu: »In der Fabrik haben sie den Wetterbericht aus dem Radio in die Hallen durchgegeben. Sie rechnen mit Tauwetter. Wenn die vom Wetter reden, lügen sie nie. Ab Montag wird es wärmer.«
»Wärmer«, wiederholte Leonard.
Many fühlte sich wie ein Schwein, weil er wußte, daß bei allem, was wichtig war, die Schuhe immer noch wichtiger waren als dies andere. Das Reden strengte Leonard an. Many konnte sich denken, wieviel Mühe es ihn gekostet haben mußte, ihn holen zu lassen und dies jetzt loszuwerden.
»Ich war schon drüben«, sagte Leonard leise, »ich weiß, wie es ist. Ich werde wieder zurückgehen.«
Many lächelte ihn an.
»Wenn du sie nicht nimmst, wird dieser Schweinehund sie nehmen«, sagte Leonard weiter, »seit zwei oder drei Tagen schon gibt er mir nichts zu essen.«
Das war Leonards längster Satz. Many wußte, daß Leonards Schuhe mitzunehmen gleichbedeutend war damit, ihm das letzte Fünkchen Hoffnung zu nehmen. Es kam dem Schlag gleich, mit dem er die Brücke zerstören würde, auf der sich Leonard bewegte und über die er – wie er gesagt hatte – noch einmal zurückgekehrt war. Er wollte ihn nicht sterben lassen, bevor auch das letzte Fünkchen Hoffnung verglommen war. Dabei konnte er Leonards Gestank nicht ertragen und hatte es plötzlich eilig.
»Ich hätte schon sterben können, in der Früh«, flüsterte Leonard, »ich hab's nicht getan, damit du dir die Schuhe holen kannst.«
»Mach keinen Unsinn, es sind deine einzigen Schuhe«, wiederholte Many, »sei vernünftig. Du wirst doch keinen Kinderkram reden wollen. Ich werde dafür sorgen, daß du zu essen bekommst.«

»Ihm gibt er es und mir nicht«, flüsterte Leonard. Seine Augen beschrieben eine winzige Bewegung in Richtung auf den Jungen aus der Karpatenukraine zu.
Seit jenem Nachmittag war es, daß Many den Anblick toter Menschen mied. Wenn er konnte, wich er auch dem Anblick verreckter Tiere aus. Tote Menschen zu sehen, ertrug er nicht. Lange hatte er Angst gehabt, auch nur Kranke anzuschauen. Und das, weil er den Anblick Leonards nicht hatte ertragen können, als dieser noch am Leben war. Das machte er sich zum Vorwurf. Innerlich stritt er mit sich selbst. Er empfand es wie eine Prüfung, die man bestehen konnte oder auch nicht.
Und später beurteilte er auch andere danach und wußte, wer besser war und wer schlechter. Der Junge aus der Karpatenukraine war vielleicht schon tot. Sie wußten, daß ihn der Mediziner eh noch einige Tage liegenlassen würde, damit er seine Essensrationen einstecken konnte. Und von Leonards Bett breitete sich dieser Gestank aus.
»Mach schnell«, flüsterte Leonard.
Many stand auf, um dem Gestank zu entkommen. Er ging zu dem Blonden. Die Schuhe unter Leonards Bett rührte er nicht an. Den Chirurgen fand er vor dem Eingang. Er war dabei, seinen Burschen mit einem Essenspaket ins Frauenlager zu schicken. Many sagte dem Mediziner von der Leber weg, was er von ihm hielt. Und daß er schleunigst all das Fressen von Leonard rausrücken solle, das er sich seit Donnerstag unter den Nagel gerissen hätte, sonst könne er von Many was erleben.
Der Chirurg sah zerbrechlich aus. Sah aus wie einer der Typen, von denen Frank Bondy zu erzählen pflegte, daß sie vor lauter Herumhängen in den Bars kaum eine

Nacht zum Schlafen kämen. Statt zu antworten, schlug das Bleichgesicht Many die Faust mit einem Karneolring ins Auge und beförderte ihn auf den Boden neben dem Zaun.

Er sagte: »Das Leben ist wie ein Fluß. Ein Fluß mit elektrischem Strom.«

Bis Many an jenem Tag von seiner Zwölfstundenschicht – von sechs Uhr abends bis sechs Uhr morgens, die Woche davor war es andersherum gewesen – zurückgekehrt war, hatte jemand Onkel Leonard zum Drahtzaun gebracht. Leonard hatte es beim dritten Versuch geschafft, wie man später erzählte, erst als es anfing zu regnen. Die Verbrennungen reichten aus, um mit seinen Mandelaugen auch die Gangräne zu töten.

Kranke, die noch gehen konnten, waren gekommen, um es Many zu erzählen. Sie erzählten ihm auch, daß der Chirurg bereits Leonards Schuhe trage. An diesem Tag, in dieser Nacht brachte Many zum ersten Mal in seinem Leben einen Menschen um. Bis dahin hatte er sich zur Gleichgültigkeit gegenüber denen gezwungen, die töteten und die es, so wie sie sich verhalten hatten, selbst verdienten, getötet zu werden. Dies aber war ein Mord, wenn auch vorläufig nur einer in Gedanken. Er mordete. In seiner Phantasie brachte er den Mediziner ums Leben, um es später auch in Wirklichkeit zu tun. Im Lauf dieses Tages und in dieser Nacht brachte er ihn hundertmal hintereinander um. Damals begriff er zum ersten Mal, daß der Mensch geboren wird, um zu töten oder um sich töten zu lassen.

Hier ging es nicht mehr um Ausnahmesituationen. Nicht wie bei denen aus der Karpatenukraine oder den Leuten von Kohens Gruppe, von denen Frank Bondy gesagt hatte, daß sie aus dem Verkehrten das Normale und aus dem Normalen das Verkehrte machten. Er hörte auf,

sich der Täuschung hinzugeben, daß alles, was geschah, einschließlich der Deutschen und ihrer Lager, nur eine – wenn auch eine große und nicht enden wollende – Ausnahme war. Er besann sich und begriff, daß der Mensch nur geboren wird, damit er lernt, sich zu wehren, oder um sich töten zu lassen. Mit der Demütigung fing das an. Immer wird ein Mensch oder werden die Menschen erst gedemütigt und dann umgebracht. Das gilt wie eins und eins. Sicher wie Nacht und Tag.
Er tauschte seine Schicht. Wartete bis zur Dämmerung. Kletterte aufs Dach, mit einem Stein in der Hand. Dort wartete er, bis der Mediziner herauskommen würde. Er kroch bis zur Dachrinne, das Blut schoß ihm zu Kopf, und seine einzige Sorge war, daß er nicht von gegenüber, von den Wachtürmen aus, gesehen wurde. Es regnete in Strömen. Er lauerte geduldig. Er wußte bereits, daß Töten genauso zum Menschen gehört wie das Atmen, das Hören, das Sehen. Er wußte auch, daß Es *unter vielen, vielen Schichten schlummert. Nur damit der Mensch früher oder später lernt, sie herunterzureißen und* Es *freizulegen; auf daß er lernt, damit zu leben, weil er damit leben muß. Das war sowieso in ihm, wäre in ihm auch dann gewesen, wenn* Es *nicht freigelegt worden wäre, wenn er* Es *nie kennengelernt oder* Es *nie an sich erfahren hätte, weil er nicht dazu gezwungen war.*
Er wollte den Augenblick nicht verpassen, in dem die Tür knarrte. Er wünschte sich, des Mediziners Schädel knirschen zu hören. Es war eine tausendmal vollbrachte Sache.
Er tat es nur deshalb nicht, weil der Mediziner nicht in den Regen hinausging. Er mußte es auf morgen verschieben, wenn er keine Lungenentzündung bekommen wollte. Er wußte aber, daß er es tun würde.
Geschehen ist etwas anderes. Dany hatte Leute zusam-

mengetrommelt, und sie zerrten den Chirurgen in den Regen hinaus. Sie brauchten ihm nicht zu sagen, warum. Sie verschlossen ihm den Mund. Nahmen ihm Schuhe und Kleidung weg. Warfen ihn nackt gegen die Drähte. Schlank und weiß federte er von den Drähten zurück wie von einem Netz. Dreimal warfen sie ihn. Dann wälzten sie ihn buchstäblich mit Tritten an den Zaun, weil er sich ständig drehte und wand und versuchte, den Drähten fernzubleiben.

In dem einzigen Augenblick, in dem sie ihn nicht mehr hielten und er hätte schreien können, schrie er nicht, sondern flüsterte den eigenen Namen. Er verfing sich mit dem Kinn und den zarten Händen im Draht. Der Strom hatte ihn schon verbrannt, und er sagte nichts mehr.

Dany hatte bereits gewußt, daß existieren auch töten können heißt. Der Mediziner verendete an der gleichen Stelle wie einige Stunden zuvor Onkel Leonard. Sie ließen ihn dort liegen. Es sah aus wie ein Selbstmord. Seine Sachen teilten sie sich, und die Schuhe gaben sie Many.

Es war wie eine Trauerfeier für Onkel Leonard – die Vollstreckung der Rache und seines Letzten Willens.

»Willst du meine Mütze wirklich nicht?« wiederholte der Erste.

»Nein«, antwortete der Zweite.

Der Erste schwieg. Er zog sich die Mütze über die Ohren.

»Je länger wir im Wald sind, desto mehr komme ich mir vor wie ein Tier. Aber das war ich schon vorher.«

»Willstes wirklich nich gut sein lassen, Many?«

»Mein Bauch ist wie ausgeleiert.«

»Das ist nichts weiter. Das kommt davon, wie wir laufen.«

»Das kommt davon, daß wir nicht essen.«

»Besser nich dran denken, Many.«
»Er fühlt sich so schwer an. Als würd ich Steine drin mitschleppen.«
Es begann zu regnen. Der Regen fiel erst sacht, dann immer dichter. Der Erste fand einen Stock und stützte sich darauf. Etwa eine Stunde gingen sie im Regen. Als er so stark wurde, daß sie kaum noch etwas sehen konnten, hielten sie an.
»Die bringen Leute um, damit sie deren Sachen an sich reißen können«, sagte plötzlich der Zweite.
»Ja«, stimmte der Erste zu. »Und?«
Sie verkrochen sich unter eine Tanne mit breitem, dichtem Geäst und festem Stamm, kauerten sich in die bemoosten Wurzeln. Für eine Weile bot die Tanne Schutz. Nur wenn der Wind den Regen schräg vor sich her trieb, halfen auch die dichtesten Äste nicht.
Ihre Gesichter berührten fast den Tannenstamm. Zunächst umspülte das Wasser sie nur. Der Zweite fühlte, wie es ihn erfrischte. Dem Ersten fiel dabei ein, daß das Wasser, wenn es durch Mütze und Haar den Nacken hinabgeflossen war, über Rücken und Bauch und weiter durch die Hose in die Schuhe lief, schließlich auch die Wunde unter der Ferse ausspülen würde.
Beide dachten zunächst daran, wie gut der Regen war und was er alles heilen würde. Es regnete so heftig und so ausdauernd, als würde das Wasser über sie ausgegossen. Sie schmiegten Gesicht und Körper noch enger an den Stamm, jeder von einer Seite. Das Wasser war überall um sie herum.
Es war nicht anzuhalten. Sie wehrten sich auch nicht mehr gegen den Regen wie zuvor, der Zweite durch Abschirmen des Gesichts, besonders der Augen mit den Armen, mit gespreizten Fingern, und der Erste durch das Senken seines Kopfes.

Der Erste nahm seine Mütze ab. Sie waren durch und durch naß. Der Regen traf ihre Köpfe, Rücken, Schultern. Mit trotziger Wut hielt der Zweite jetzt dem Regen das Gesicht entgegen. Der Erste stand auf einem Bein, das andere Knie an den Stamm angelehnt, damit der kranke Fuß ruhen konnte, ohne daß er das Gleichgewicht verlor. Der Zweite kniete, die Stirn gegen die Rinde gepreßt, am Baum nieder. Er lehnte seinen Kopf an. Sein Nacken glänzte vom Wasser. Die Lumpen klebten an seinem Körper. Längst hatte das Wasser nichts Erfrischendes mehr; er schauerte vor Kälte.

Schließlich sackte der Erste auf dem Boden zusammen. Es war, als würde sie der Regen prügeln. Es schien, als sei der Erste im Regen eingeschlafen. Wie der heftige Guß auf Äste, Kronen und Wipfel, wie er auf die Erde trommelte, erzeugte er einen seltsamen Klang. Der Erste kam sich vor wie in einer Welt, die er gar nicht kannte.

Es goß, als wolle es nie wieder aufhören. Der Regen peitschte auf sie nieder. Zuweilen öffnete der Zweite den Mund wie ein Fisch. Er schnappte zwischen den Tropfen nach Luft und preßte kniend beide Handflächen gegen sein Gesicht. Dann kauerte er sich wieder an den Baum. Der Erste hielt sich liegend am Baumstamm fest, als würde er ihn umarmen. Sie hörten nur das Trommeln des Regens.

Es regnete gut zwei Stunden. Und mit einem Mal hörte der Regen auf. Die Wolken begannen sich zu zerstreuen. Die Sonne schien wieder. Es war später Nachmittag, das trübe Licht vor dem Regen hatte den Tag kürzer erscheinen lassen, als er in Wirklichkeit noch war.

Die Sonne schien auf den Wald. Die Strahlen drangen durch die Spitzen von Tannen und Kiefern, durch das Geäst des Unterholzes. Sie fielen golden auf grüne Blätter, auf Nadeln und Baumstümpfe. Alles verwandelte sich.

Die ertrunkene nasse Welt des Waldes verschwand schwebend in Dunst- und Nebelwolken, die zum Himmel stiegen. Golden schimmerndes Licht senkte sich auf die Grüntöne der Nadeläste, der Steine, des Mooses, des Grases und der Baumrinde, auf die bräunlich zerfurcht aus dem Boden ragenden Wurzeln. Die Tropfen strahlten wie Seifenblasen oder Kristalle.

Nadeln und Holz und Blätter trieben in den Rinnsalen zwischen den Stämmen.

»Scheiße«, sagte der Zweite. Es klang, als würde ein Junge aus der Karpatenukraine betend seinen Gott beschwören.

»Sintflut«, sagte der Erste.

Es sah aber anders aus. Über den bis in die Höhe – oder Tiefe – des Alls geläuterten Himmel spannte sich wie eine Brücke zwischen zwei oder auch tausend Bauminseln und unsichtbaren Sternen der Regenbogen.

Keiner von beiden beachtete ihn. Aber es war ein Regenbogen, ein bunter Bogen aus Tropfen und Sonnenstrahlen.

»Ich fühl mich wie nach einem Boxkampf«, sagte der Zweite.

»Ich wie ne Wasserleiche«, sagte der Erste.

Der Zweite entfernte das Wasser aus seinen Ohren, Augen und Nase.

»Jetzt möcht ich Frank sehen«, sagte der Erste, »mit allem, was ihm seine Oma hinterlassen hat. Seine Oma war ne Nutte.«

»Wo hast'n das her?«

»Er hat's selber ausgeplaudert. Im Fieber. Sie ist im Wohlstand alt geworden.«

»Jemand hat gesagt, daß sich seine Mutter das Leben nahm.«

Über Frank wußten alle immer alles und nichts. Die Stimmen der Vögel kehrten zurück. Die Sonne wärmte noch nicht, aber sie schien, und das Wasser rann nur noch dünn an den Steinen herab. Am Boden bildete es Rinnsale, neue Bäche, umspülte abgefallene Äste und Blätter. Es floß an hochragenden Wurzeln und Steinen herunter, an Baumstümpfen entlang und versickerte im Reisig, im Moos, zwischen den Blättern. Es sammelte sich in großen Lachen und verschwand nach und nach im weichen Waldboden.

»Ja«, sagte der Erste. Was er damit meinte, sagte er nicht.

Nebliger Dunst bildete sich, stieg durch die Wipfel nach oben. Und mit den aufsteigenden Nebelschwaden verflüchtigte sich zusehends der Regenbogen. Hin und wieder schüttelte der Wind einzelne Schauer aus den Baumkronen. Äste und Baumrinde glänzten wie Schlangenrücken.

»Es ist erst Nachmittag«, sagte der Zweite.

Der Erste öffnete seine Lippen, sprach aber nicht. Vielleicht redet er mit dem Wasser, dachte der Zweite. Wer weiß, was er ihm erzählt. Wonach er es fragt.

Der Zweite hockte auf seinen Fersen. Am Körper wrang er jedes Stück seiner Kleidung aus, bis zu dem Hemdzipfel.

Der Erste wrang seine Mütze aus. Er versuchte sich hinzusetzen und lehnte seinen Rücken an den Baum, musterte den Himmel, schaute auf die lichter werdenden Nebelschwaden. Der Wald umgab sie mit etwas Geheimnisvollem, was sich nicht auflöste. Es war nicht zu fassen.

»Meinst du, wir werden bis zum Abend trocken?« fragte der Zweite.

Und dann: »Willst du das nicht auswringen?«

Der Erste begann, sich langsam auszuziehen. Man sah seinen dürren, feuchten, nackten Körper. Alle Knochen und Rippen traten hervor.

Als letztes zog er sich die Lumpen an den Füßen und die Schuhe aus. Mit dem linken Schuh beschäftigte er sich eine gestrichene halbe Stunde, bis er es ihm gelang, ihn vom Fuß zu kriegen.
Als der Gesang der Vögel lauter wurde, erinnerten sie sich an die Krähen. Die rauschende Stille des Waldes wurde eins mit dem Wind. Der wurde stärker und ließ wieder nach, wie in Wellen. Im Wald waren sie ganz allein.

6 Am frühen Abend, noch bevor sie unweit der Stelle, an der sie der Regen erwischt hatte, eine Lichtung fanden, die mit hohem dichtem Gras bewachsen war, schien es, als wollten ihnen die Krähen länger auf der Spur bleiben als am Tag zuvor. Ihr *krräh* und *krrah* senkte sich ins Geäst über ihren Köpfen, auch wenn die Vögel unsichtbar blieben.

Der Erste tat so, als sei das mit seinem Fuß, solange er gehen und sich auf den Stock stützen konnte, nicht weiter aufregend. Der Zweite konnte sich leicht vorstellen, daß Dany sich ausgeruht hatte und nun auch gar nicht mehr nach dem Fuß sehen wollte, bis sie angekommen wären, wo immer das war. Selbst als er nach dem Regen die Schuhe ausgezogen hatte und die Entzündung sehen konnte, hatte er das mit unbeteiligter Miene getan. Der Zweite wußte, daß Danys Wille stark genug war, um sich etwas einzureden. Es kam ihm vor, als sei mit dem Wasser etwas aus ihm entwichen. So ungefähr mußte das sein, wovon der Siebenbürger in Andeutungen gesprochen hatte.

Die Lichtung, auf der sie sich fanden, war klein. Bäume und Gebüsch schützten sie von allen Seiten zumindest gegen den Wind. Es sah nicht so aus, als würde es in der Nacht noch einmal regnen. Ein Stück weiter lagen Stanniolstreifen, die amerikanische Flugzeuge abgeworfen hatten. An die fremden Flieger zu denken, die gar nicht wußten, wo überall ihre Stanniolstreifen gelandet waren, sorgte für ein angenehmes Gefühl der Distanz. Am Rande der Lichtung lagen vom Gewitter niedergestreckte Tannen mit abgeschlagenen Ästen und vielleicht ein halbes Dutzend Baumstümpfe, die vermodert, bemoost und von Pilzen bewachsen waren. Zwischen den Wurzeln waren neue Bäumchen und hohes Kraut gewachsen, das nun vertrocknet war.

Am andern Ende der Lichtung stand ein halbverfallener Futtertrog. Damit die Krippe für das Rotwild nicht umfiel, wurde sie an der Rückseite von einem langen behauenen Ast gestützt. Sie kippte leicht nach vorne über.
Erst allmählich und dann immer geschwinder ging die Sonne unter, anders als vorhin, als der Regen so plötzlich begonnen und wieder aufgehört hatte. Am Himmel stieg der Mond empor.
»Hier«, sagte der Erste.
»Ist recht«, stimmte der Zweite zu.
»Sieht gut aus.«
»Ja.«
»Wir übernachten im Trog«, sagte der Erste.
»Is mir egal.«
Der Zweite setzte sich neben den Futtertrog. In dem Holzkasten lagen einige Zapfen. Er versuchte, die Samen herauszupulen. Die Eichhörnchen waren ihm bereits im vergangenen Winter zuvorgekommen. Es war, als lebten sie ständig in verschiedenen Realitäten, von denen sie nur die eine, die gewesene, wahrnahmen, weil das Gegenwärtige so weit entfernt wirkte, selbst wenn sie darauf gestoßen wurden; die dritte, der sie entgegengingen, stand nur wie ein Traum vor ihnen.
Die beiden nahmen alle drei Realitäten wahr, und doch hatte jeder ein anderes Verhältnis dazu; ihre Wahrnehmungen streiften einander nur.
Der Erste lehnte sich seitlich an eine Tanne und zog sich zunächst den rechten Schuh aus. Er spürte den Blick des Zweiten. Zuerst wischte er sich Nadeln, Sand, Schlamm und Lehm zwischen den Zehen am rechten Fuß hervor. Das brauchte Zeit.
Nach einer Weile begann er, den Schuh vom linken Fuß zu ziehen. Mehrfach sog er die Luft zwischen den Zähnen hindurch. Der Zweite legte sich die Arme um den Leib, um

sich zu wärmen. Er stopfte sich eine trockne Beere in den Mund.

Der Erste prüfte die Schuhe eingehend. Es war kein großer Nagel. Die Spitze ließ sich im Leder der Sohle kaum ertasten. Aber seine Ferse war geschwollen.

»Er ist zu kurz, als daß ich ihn abschleifen könnte«, sagte er.

»In der Früh wird's geschwollen sein.«

»Warum hast du ihn nicht abgeschliffen?«

»Denkst du vielleicht, ich bin auf'm Nagel gelaufen? Du denkst doch nicht, daß ich vom Nagel was wußte?!«

Auch der Erste legte sich hin. Eine geschlagene Stunde schwiegen sie. Es war kalt. Und sie wußten, daß ihnen noch kälter werden würde. Dem Zweiten fuhr während dieser Stunde mehrfach durch den Kopf, daß Dany nun denken müßte, er habe von dem Nagel gewußt. Der mochte die ganze Zeit drinnen gewesen sein, doch hatte er wirklich nichts davon gespürt. Er wird das Leder durchstoßen haben, weil Dany größer und schwerer war als er und weil die Schuhe inzwischen ausgelatscht waren. Aber er war viel zu müde, um jetzt darüber zu sprechen.

Sind vielleicht mal gute Schuhe gewesen. Haben schon einer Menge Leute Pech gebracht, dachte er.

»Wie dein Frank Bondy immer sagte. ›Ihr seid noch jung, Jungs, glaubt alles, was man euch erzählt‹«, sagte der Erste unvermittelt.

Seine Stimme klang, als habe er eine unausgeheilte Grippe hinter sich. Klang gereizt. Aber anders gereizt als sonst.

»Für ihn schrumpfte die ganze Weisheit auf zwei Märchen zusammen – auf ›Die Zündhölzer‹ und ›Des Kaisers neue Kleider‹«, fügte der Erste hinzu. »Vielleicht hatte er recht.«

»Weißte Dany, vielleicht ists besser, wenn du dich nur an das erinnerst, was dir deine Mutter immer sagte«, sagte endlich der Zweite.

»Sie sagte immer: ›Iß Scheiße, trink Wasser, und du wirst ein reicher Mann.‹ «
»Daran kann ich auch nich mehr glauben«, flüsterte der Zweite.
Bis Mitternacht leuchteten die Sterne. Dann verschwanden sie hinter einer Wolkendecke. Es wurde kalt. Es wurde noch kälter, als sie sich hatten vorstellen können. Sie konnten nicht einschlafen. Auch in der letzten Nacht war es kalt gewesen, doch da konnten sie schlafen. In der Finsternis sahen die Bäume gespenstisch aus.
»Schläfst du?« fragte der Zweite.
»In der Früh werd ich ihn schleifen.«
»Komm näher zu mir.«
»Mir is auch kalt.«
»Kannst du nicht näher zu mir rücken?«
»In der Früh werd ich mir was ausdenken«, wiederholte der Erste.
»Ich fühl mich so komisch, als würde ich nur träumen über mich. Als sei ich und gleichzeitig gar nicht. Oder als sei ich es, aber auch noch jemand anders.«
»Red keinen Unsinn. Du fieberst und dir is kalt. Das is alles.«
»Ab und zu ist mir, als würd ich gar nichts fühlen. Nicht wegen Hunger oder Kälte. Nein, daß ich bin oder nicht bin, aber auf keinen Fall etwas empfinde. So würd ich auf mich selbst schauen. Es ist, wie Leonard gesagt hat: ich bin schon drüben gewesen und werde dorthin zurückkehren, und ich solle doch die Schuhe nehmen.«
»Meinst du, du hast Fieber?«
»Weiß nicht, is mir auch egal. Jedenfalls nich so 'n Fieber, bei dem du schwitzt und dir heiß is.«
»Es ist Fieber aus Erschöpfung, Many.«
»Jetzt weiß ich, was Leonard meinte. So fühlste dich, wenn du nichts mehr empfindest. Die Leute, die gegen die

Drähte gesprungen sind oder unter den Zug, sie waren erschöpft oder es ödete sie alles an, aber vielleicht haben sie nichts empfunden. Ich kann mir vorstellen, wie sie sich fühlten.«

»Ist dir wirklich so kalt?«

»Komm zu mir, Dany.«

»Wir sind wie Füchslein.« Der Erste rückte näher.

»Mir is ständig so kalt.«

»Bist auch so 'n kleines Füchslein, Many. Geht ganz leicht, dich aufzuwärmen.«

»Tut's dir weh, wenn du liegst? Die Ferse, mein ich.«

»Eigentlich nicht, Many.«

»Aber mir is ständig so kalt, Dany. Ich fühle mich, als wär ich bei mir selbst zu Besuch. Es ist komisch. Als würd mich die Hälfte von dem, was mich angeht, gar nix angehen. Manchmal geht mich überhaupt nichts mehr was an. Ich weiß jetzt, was Nichts ist.«

»Laß gut sein.«

»Ich seh so viele Dinge, während ich nichts sehe. Wie ein umgekehrtes Nichts, Dany. Wenn ich mir bloß die Bäume hier anschaue, Dany. Orte, Menschen, Dinge, die geschehen sind. Und manchmal, was vielleicht noch geschehen wird. Dinge, von denen ich meinte, sie schon vergessen zu haben. Dinge, von denen ich meinte, sie nie gesehen zu haben.«

»Was für Dinge denn?«

»Zum Beispiel die Küche in unserer alten Wohnung, Dany. Zum Beispiel das Hemd. Ein frischgewaschenes Hemd, das Mutter in meinen Schrank gelegt hat, und ich konnte es, wann immer ich wollte, herausnehmen. Zum Beispiel der Dezemberabend, an dem sie Teig fürs Zuckergebäck ansetzte, und dann hat sie gebacken, und es roch durch die ganze Wohnung. Brot und ne Tasse Milch, Dany.«

»Sag mal, könntste das lassen, Many? Krieg davon Magenkrämpfe«, sagte der Erste.

»Die tausend Dinge und Leute und all das andere, das schrumpft immer wieder auf zwei, vielleicht drei zusammen. Und wer nicht Bescheid wüßte oder nicht hier im Wald wäre wie wir beide, könnte darüber vielleicht die Nase rümpfen – aber die paar Sachen sind so herrlich, Dany. Brot, oder ne Tasse Milch, ein frischgewaschenes Hemd.«

Der Erste rückte ganz nahe an den Zweiten heran.

»Wald in der Nacht. Is immer ’n bißchen seltsam«, sagte er.

Der Mond wanderte hinter den Wolken. Zuweilen lugte er durch Risse in der Wolkendecke hervor.

»Bin froh, daß es nicht regnet«, fügte der Erste hinzu.

»Hast du Angst vor Wasser, Dany?«

»Warum sollte ich Angst vor Wasser haben, Many?«

»Ich kannte in Prag ein Mädchen, die phantasierte, sie würde unter Wasser leben wie ein Delphin und sie tauchte nur auf, um sich mit ihrer Familie zu treffen. Und zugleich fürchtete sie sich vor dem Wasser. Hatte Angst vor der Kraft, die das Wasser hat.«

»Das Wasser?«

»Wo schaust du hin?«

»Da drüben muß Osten sein, Many.«

»Vielleicht.«

»In der Früh schau ich mich nach etwas Eßbarem um. Wir ham den Wahnsinnsvorteil, daß wir was zu trinken haben.«

»Mhm.«

»Muß mich besser drauf konzentrieren.«

Und dann: »Siehst du immer noch die Dinge, Leute und Orte, Many?«

»Mhm.«

»Vielleicht schaffen wir fünfzehn oder zwanzig. Im Ernst. Mit diesem Stock kann ich gut laufen.«

Und dann: »Ist ein guter Stock. Da siehst du, was so 'n Stück Holz bewirken kann. Aber in der Früh, fällt mir jetzt ein, nehme ich hier den Stock, der den Futtertrog stützt. Ist ein Eichenast.«
»Mir ist fürchterlich kalt.«
»In Prag kauf ich dir 'n Ofen, Many, und zwar einen, in dem noch Feuer ist.«
»Mein Opa soll echt Öfen verkauft haben. Meine beiden Omas sollen eine tolle Phantasie gehabt haben. Sie konnten sich alles vorstellen, was ihnen einfiel.«
»Wirst du von ihnen geerbt haben, Many.«
»Es ist kalt von unten«, sagte der Zweite leise.
»Die Erde ist noch kalt.«
»Das hat kein Ende, nur Hunderte von Anfängen.«
»Es kann nicht mehr so lange dauern, Many.«
»Meinst du die Nacht?«
»Ich meine das alles, Many.«
»Erinnerst du dich, wie Leonard auf den Frühling wartete?«
»Ich glaub eher, du hast drauf gewartet, Many. Es ist manchmal umgekehrt, was der Mensch will und was er sagt. Wie ich, bis ich dem ungarischen Rabbiner auf die Schliche gekommen bin. Ich konnte mich nicht damit abfinden, daß ein Rabbiner aussehen könnte wie er. Aber eigentlich überzeugte ich ständig nur mich selbst. Es war dann gar nicht mehr der ungarische Rabbiner, um den es ging. Es ging um mich. Darum, daß ich ihn durchschauen kann wie andere Leute auch.«
Der Zweite suchte eine bequemere Position zum Liegen. Für eine Weile betastete er im nächtlichen Dämmerlicht seine Finger. Es erinnerte ihn an die Menschen aus Gleiwitz. Zuallererst aßen sie, das hatten sie Bondy erzählt, die eignen Finger.
Er spürte, daß der Zweite wahrnahm, wie er seine Finger

betrachtete, und daß er nervös wurde. Er nahm immer alles zugleich auf.
Die Nacht raunte im Gleichklang von Nebel und Wind. Klänge der Bäume, der Gräser, der Tiere.
»Vorhin hab ich neben den ersten Baumstümpfen hier Reisig gesehen, Dany.«
»Das bringt uns auch keine Rettung.«
»Wir könnten uns zudecken.«
»Dann hol sie ran, wenn du meinst, Many. Ich rühr mich nich vom Fleck. Wegen blöder Äste werd ich nicht aufstehen. Kannst dich doch nicht mit kaltem feuchten Holz wärmen!«
Der Zweite holte nur die allernächsten heran. Sie deckten sich beide mit dem Reisig zu.
»Das Mädchen, von dem ich dir erzählt hab, sie behauptete, das Wasser würde sie wärmen oder schützen. Würde alles von ihr wegspülen, was sie nicht wollte.«
»Mhm.«
Der Erste zitterte vor Kälte, als hätte das Fieber nun auch ihn erwischt. Sie lagen dicht nebeneinander. Verborgen unter dem Reisig. Der Wald rauschte in Wellen.
»Du bist heiß«, flüsterte der Zweite.
Und dann: »Vielleicht ist es besser, wenn du so heiß bist.«

Der Zweite erinnerte sich jetzt wieder daran, wie das mit ihren Körpern war, als sie schon in der Munitionsfabrik von Meuselwitz bei Leipzig gewesen waren, als sie die erste Schicht hinter sich hatten und heiß duschen durften.
Dem Körper wohnte ein Geheimnis inne, das in einem ganz bestimmten Augenblick in Erscheinung trat, als seien die Haut und die Sinne winzige Antennen, die unzählige unsichtbare und unbekannte Sender und Empfänger miteinander verbanden, und jener Augen-

blick, den sie nicht vorauszusehen vermochten, ähnelte doch ihren Vorahnungen.
Vielleicht auch einer seltsamen Unrast, ausgelöst von etwas, das in der Luft lag und doch unerreichbar war. Ein unbekanntes, irgendwie angenehmes Gefühl, das die Haut wie Luft oder unsichtbare Strahlen umfließt, seltsamerweise aber gleichzeitig auch innerlich zu spüren ist. So als schwimme ein Mensch unter Wasser und könne dabei atmen und als wisse er gar nicht so recht, wie ihm geschieht.
Dabei war es etwas anderes, wenn er fieberte, wenn ihm kalt war, wenn er Angst und Hunger hatte; es war, als käme das aus einem Bereich, der mehr mit Erregung, mehr mit Sicherheit zu tun hatte. Die Anfänge davon steckten schon in der Zeit, als er zwölf oder dreizehn oder fünfzehn gewesen war. Es hatte mit Frauen zu tun, oder eher mit der Vorahnung von Frauen, die noch in der Zukunft waren und gleichzeitig mit ihnen, mit Dany und mit ihm, wenn sie weniger erschöpft waren.
Er wußte, mit welcher Art Phantasie das verbunden war. Es steckte im Körper beider Jungen, oder auch in jedem einzelnen, wenn sie allein waren, und es genügte, es mit dem Körper eines Mädchens zu verbinden, mit dem Gedanken an diesen Körper.
Einmal nachts, als sie in ihrer Baracke in der Finsternis auf ihrem Strohsack nebeneinanderlagen, damals nach dem Duschen, da war es zum ersten Mal aufgetaucht, wie winzige Tröpfchen kam es, die angenehm überall auf die Haut niederprasselten. Auf einmal wurde die Finsternis noch finsterer als zuvor, dafür konnten sie Dinge spüren, die nicht zu sehen waren. Sie hatten sich aneinander gewärmt. Sie waren sauber und wußten es, wußten, daß sie sich voreinander nicht zu ekeln brauchen. Für einige Augenblicke lehnte sich in beiden das auf, was

ihre Körper über das bloße Existieren hinaus ausmachte, über das, was sie während der Arbeit darstellten. Es lehnte sich das auf, womit sie spielten und was sie nicht ganz verstehen konnten.

Es war ganz anders, als darüber zu reden oder zu hören, wie Frank Bondy oder die Leute aus Kohens Gruppe darüber redeten. Er hatte Dany damals mit den Händen berührt und Danys Hände ihn. Dann kauerte sich Dany zusammen. Sie waren nackt. Und Dany blieb neugierig liegen, voll nie gekannter Spannung, ob Many es tun würde. Und Dany hatte ihn mit seinem Mund berührt, als wolle er das Finstere überwinden, indem er dagegen anstürmte.

Es war das Unbewußte, das den Verstand Vernebelnde, als wäre alles gleich. Sehnsucht. Begehren. Angst und Hunger gehörten dazu.

Nur zu einem kleinen Teil auch Mut. Aber jetzt war es eingeschlafen, weil sie müde waren und Hunger hatten und weil ihnen kalt war. Ein Echo war jedoch da, in dem es flüchtig anklang. Sie waren einander nahe. Auch damals war es eingeschlafen, in jenen seltsamen Halbschlaf gefallen, der wie Vergessen anmuten mag, der aber in Wirklichkeit halb aus Vergessen und halb aus Erinnerung besteht, weil sie es schon einmal erlebt hatten und wußten, wie seltsam es ist. Morgens, als sie aufstanden und zur Arbeit liefen, taten sie, als habe sich alles im Licht aufgelöst, wohl damit sie sich nicht voreinander zu schämen brauchten. Eine Ahnung von Scham gehörte auch dazu.

»Versuch zu schlafen, Many, sonst sehen wir in der Früh aus wie Fliegen«, sagte der Erste.

»Meine Zähne klappern«, sagte der Zweite.

»Laß gut sein, Mensch.«
»Du hast nicht so viele Zähne, Dany, deswegen klappern sie nicht so«, flüsterte der Zweite.
»Ich sag dir, laß gut sein. Laß auch meine Zähne gut sein, Many.«
»Es drückt hier und kratzt.»
»Ach, sei doch nicht so zimperlich, Many.«
»Glaubst du, Dany, ich hätte Bescheid gewußt über den Nagel?«
»Vergiß es, Many, wirklich. Oder wir kommen in der Früh nicht vom Fleck. Vergiß es, oder wir verlieren unsere Kraft und verrecken. Überschätz es nicht. Und unterschätz es auch nicht. Wenn du wegen des Nagels einen Streit anfängst, werden wir uns über tausend andre Dinge auch streiten.«
»Hast du wieder Angst?«
»Nicht wie du, wegen der Finsternis und der Bäume, Many.«
Der Erste spürte sein eigenes Fieber wie das Fieber von Many. Es hatte sie aufgewärmt, er wollte aber nicht darüber reden. Der Zweite begann zu schwitzen. Der Erste schwitzte bereits.
Der Zweite versuchte sich vorzustellen, daß sie sich anstatt mit dem feuchten mit einer dicken Schicht trockenen Reisigs zugedeckt und diesen dann angezündet hätten. Oder irgendwer hätte sie angezündet, nicht ahnend, daß sie darunter lagen.
»Ich hab schon paarmal an Leonard denken müssen, Dany.«
Der Erste zitterte, wie zuvor Many, vor Hitze und vor Kälte zugleich.
»Meinst du, jemand wird den Sommer noch erleben?« flüsterte der Zweite wieder.
»Wir beide, Many«, flüsterte der Erste.

Der nächtliche Wald, das Geäst und der Himmel oben, der Reif und der Schlamm unten, alles wirkte so eigenartig. Man konnte es erkennen, aber das änderte nichts. Alles war seltsam, fern und schön. Wie etwas ihnen Fremdes, etwas, das sie nichts anging. Es ging sie aber an. Sie waren ja hier. Und sie waren allein hier. So wie Tiere, Vögel, Bäume, Reif oder Sterne alleine sind. Wieder lauschten sie den Klängen des Waldes.

»Warum zitterst du so, Dany?«

Und als der Erste schwieg: »Der deutsche Meister, Dany, der mit den drei Söhnen bei der Luftwaffe, die er alle verloren hat, der hat mir mal gesagt, ich sähe dem einen ähnlich, der über London krepiert ist. Er trug nen Brillanten auf ner Schleife.«

»Einmal hab ich ihn gesehen, wie er an der Werkbank betete, als er irgend so 'n Würfel für die Werkzeughalle geschliffen hat. Er flüsterte: ›Wo sind sie, wo sind sie bloß alle?‹ «

»Hab ich auch erlebt, daß er manchmal vor sich hin geflüstert hat, wenn er glaubte, daß ihn keiner sieht. Der Sohn, dem ich ähnlich sein sollte, wurde samt seines Stuka an irgendeiner Kathedrale zu Mus.«

»Das hat der ungarische Rabbiner auch mal gefragt, Many. Wo sind sie, wo sind sie bloß alle? Is das nicht komisch, daß alle die gleiche Frage stellen?«

Er lag nicht bequem und fügte hinzu: »Eine seiner Marmeladeschnitten würde jetzt guttun, Many.«

»Hol doch gleich zwei statt einer, Dany«, flüsterte der Zweite.

Der Zweite zog ein paar Zweige heran und schob sie dann wieder weg.

Er sagte: »Manchmal denke ich über die Deutschen nach, ohne die es noch schlimmer wäre, Dany. In meinem doofen Kopf liegen die Deutschen und die Juden so nahe beieinander. Vielleicht, weil wir so lange zusammen waren. Manchmal hat es mir Mut gemacht, Dany, daß es auch Deutsche gibt, die da nicht mitmachen. Obwohl, bei manchen hat es bis zum letzten Jahr oder bis zu diesem Frühling gedauert. Riskiert haben sie noch immer so viel, als seien sie selbst Juden.«

»In der Früh hast du ganz andere Sachen erzählt«, flüsterte der Erste.

»Es ist ständig beides, Dany.« Der Zweite versuchte, seine steifen und starren Muskeln zu lockern. Er suchte nach einer bequemeren Lage für seinen Rücken.

Er dachte an all das Essen, das er und Dany sich je besorgt und geteilt hatten. Und an das, was sie nicht geteilt hatten. Und an Menschen, die jetzt, wie sie, in irgendeinem anderen Wald lagen. Unter anderen Wolken, anderen Sternen, unter einem Mond von anderer Gestalt. Damit kehrte seine Erinnerung zu Frank Bondy zurück.

»Ich denk manchmal über die andern nach, Dany, als würd ich sie aus ihren Klamotten holen und beklauen.«

Es fiel ihm ein, wie Bondy gesagt hatte, daß ein Mensch, der sich bewähren will, wie ein Haus sein muß, das immer mehr zu bieten hat, als man für gewöhnlich erwarten würde. Es gibt welche, die eine Lösung darin suchen, schon während des Bauens beispielsweise den Keller oder den Dachboden auszulassen oder einen Korridor oder Türen und Fenster. Und dann stellt sich heraus, daß das Dach undicht ist. Bondy hatte auch gesagt, man solle niemandem wegnehmen, worauf man selbst nicht verzichten möchte. Also niemandem den Mann oder die Frau ausspannen. Das würde einem eines Tages heimgezahlt werden. Die Schwierigkeit mit Bondy war nur, daß man ihm nicht trauen konnte. Für sich selbst hatte er andere Regeln aufgestellt als für die anderen. In dem Punkt glich er den Deutschen.

»Wenn wir angekommen sind, werde ich alles vergessen, Dany. Ich werde jeden treten, der versuchen sollte, mich daran zu erinnern, Dany.«

»Ich werd dich dran erinnern. Werd dir Nazi-Lieder vorsingen.«

»Dir werd ich's erlauben, Dany.«

Dann sagte er: »Es hätte auch schlimmer kommen können, Dany. Das ist das Merkwürdigste und Einfachste, was ich kapieren kann. Wir beide wissen, was noch schlimmer hätte kommen können.«

»Warum schläfst du nicht lieber, Mensch?«

»Weiß nich. Kann wohl nich.«

»Denk an nichts, Many. Auch nicht an Frank. Denk jetzt nich ans Essen. Und auch nich an ne Decke oder an Wärme und Wasser. Es ist schlimmer, wenn du daran denkst.« Und wußte selber, daß dies unmöglich war. »Auch ich hab Frank schon sein lassen. Wir ham beide Fieber. Morgen in der Früh ist es vorbei. Du bist wie ne Katze, Many. Sind beide wie Katzen.«

»Ich könnte mich ruhig auch unter die Lok legen, Dany. Ich hab's in Meuselwitz schon geübt, wie man neben der Rampe auch mal drei oder vier Stunden unter der Lok liegen kann. Nur der Dampf kann dir eins auswischen, wenn später die Klamotten, auch die an den Füßen, und die Haut zu Eis werden. Aber erst ist das angenehm, wenn dich der Dampf einhüllt und dich wärmt.«

»Gleich wenn's dämmert, gehn wir los, Many.«

Der Zweite dachte daran, wieviel besser es war, unter der Lok zu liegen, als sich mit schweren gewalzten Blechplatten durch den Frost zu schleppen, die Platten immer stapelweise, ohne Handschuhe, die Hände nur in Jute eingewickelt; wie gut das war, auch wenn jemand anderer die Plattenbündel, die er liegenließ, wegschleppen mußte.

»Erinnerst du dich an den rothaarigen Piepel, Many?« fragte der Erste im Flüsterton, als der Zweite schon lange geschwiegen hatte.
»Dunkel«, antwortete der Zweite langsam. Er wußte, worüber der Erste reden würde. »Wie ist er dir jetzt wieder eingefallen?«
Der Erste flüsterte: »Erinnerst du dich, wie mich das Engelchen an der einundzwanzigsten Baracke im Zigeunerlager um Vaseline angehauen hat? Ob nicht die Leute aus den tschechischen Transporten welche haben könnten? Daß ich, wenn ich ihm welche beschaffen würde, am Donnerstag, wenn Brot und Wurst ausgeteilt würden, schon sehen würde, daß ich dabei nicht schlecht wegkäme?«
»Er hatte halt ne hohe Meinung über die Transporte tschechischer Juden, Dany. Und er hätte wetten mögen, daß du noch nicht weißt, was es für einen Unterschied macht, nichts zu fressen zu haben vor dem Abendessen, während oder danach. Kann mich auch erinnern, daß er dir nie was gegeben hat.«
»Kostete mich verflixt viel Mühe, für ihn nen Tiegel Vaseline aufzutreiben, Many. Da wußte ich noch nicht, daß man in Auschwitz und in Birkenau alles besorgen kann, wie in einem Hafen. Ich hab dort damals ein paar Dinge gesehen, die ich seitdem nicht wieder gesehen hab und auch nicht davon gehört, Many.«
»Frank Bondy hat sie dir gegeben, soweit ich mich erinnern kann, Dany.«
»Er hat sie mir gegeben, weil man sie ihm eh weggenommen hätte.«
»Laß sein, Dany. Laß gut sein.«
»Er wollte, daß ich für ihn weitere Knaben auftreibe. Daß höchstens einer von hundert ne Chance hat, das hatt er mir nich gesagt. Und daß ich auch so einer werde. Er wollte

mich zum Loch und zum Lockvogel gleichzeitig machen. War toll durchdacht. Er war so ein kluges versautes Engelchen. Frank nahm ihn dann in Schutz, aber wohl nur, um mich zu ärgern. Obwohl er sagte, daß es zwar keinen Vorteil bringe, daß ich aber trotzdem nie einen treten solle, der schon auf dem Kreuz oder auf der Schnauze liegt. Und dann noch, daß man sich über Feigheit wunderbar unterhalten kann.«

»Nun mal ehrlich, willste nich endlich schlafen? Überschlaf es. Obwohl, ich kann auch nicht schlafen. Kann nich schlafen, weil mir kalt ist.«

»Der Bursche war immer hungrig, Many. Einer wie wir beide und doch ein bißchen anders als wir beide«, flüsterte der Erste. »Er gab mir den Rat, das Wasser aus dem Latrinenhahn nicht nur deswegen nicht zu trinken, weil es Rostspuren hat, sondern auch weil die Gift hineinstreuen. Als wüßte das nicht jeder. Und dann erzählte er mir von Dingen, für die es noch keine Worte gibt. Außer vielleicht die Worte Angst, Hunger, Durst. Oder Grauen, Schmerz, der Wunsch zu krepieren. So fühlte er das. Abgesehen davon, daß er überleben wollte. Er glaubte nicht daran, daß er so lange durchhalten würde wie die andern Piepel. Seine Alten waren schon durch den Schornstein geflogen. Aber solange er die hatte, war er glücklich, ein Piepel zu sein. Er war eifersüchtig auf andere Piepel. Ihm war bange, am nächsten Tag nicht hübsch genug zu sein. Nicht mehr der appetitliche, mollige und saubere Knabe zu sein, den sich der deutsche Kapo einst ausgewählt hat. Der grüne Kapo war wegen Mord in Birkenau gelandet. Davor war er in irgendeinem Berliner Knast eingelocht. Seit Dezember 1933 hielt man ihn in Ketten, hielt ihm aber gleichzeitig ein Stück Zucker vor. Sie schleppten und verschickten ihn von einem Lager zum anderen, wie einen Bären. Ich hab ihn gesehen, sah wirklich aus wie ein Bär. Hielt sich grundsätzlich nur Piepel bis fünfzehn. Wenn der Piepel fünfzehn wurde und anfing, reif zu werden, gab er ihn weg. Er konnte überschlagende Stimmen nicht leiden. Dabei tat jener Piepel so, als wüßte er nicht, daß er mit dem ganzen Harem aus Piepeln, die er seinem Liebling besorgt hatte, an unserer Ration mitfrißt. Er fütterte den Alten mit Knaben, die sich als Ersatz- oder Gelegenheitspiepel eigneten, nur um ihm selbst nicht so oft ins Blickfeld zu geraten, und tat so, als sei seine wichtigste Mission, Faktotum zu spielen.«

»Du wirst ihn doch jetzt nicht noch bedauern wollen, Dany!?«

»Ich bedaure ihn kein Stück, das wär das falsche Wort. Ich sag nur, daß ich ihn ständig vor mir sehe, wie ihm davor graute, mager und häßlich zu werden, zu knochig oder umgekehrt zu fett, und er würde ein zu rundes Ärschlein bekommen oder eins, das nicht rund genug ist. Und daß ihn der alte Raubmörder, der sein grünes Mörderzeichen auf seiner gestreiften Uniform wie eine militärische Auszeichnung trug, eines schönen Morgens nach der Selektion wie ein Stück Ruß durch den Schornstein fliegen läßt.«

»Ich hoffe, er ist durchgeflogen, Dany. Für das, was er geklaut und was er verschuldet hat. Und was würde er denn im normalen Leben machen, wenn er jemanden treffen würde, der wie du und ich weiß, daß er ein Piepel war?«

»Ich bedauere ihn nicht und will auch mich selbst nicht bedauern, Many. Er wollte unersetzlich sein. Er wollte begehrt werden, aber nie nur auf seine eigenen Kosten. Aber er wußte auch, daß er das nicht erreichen würde, wenn er nicht dem Alten seinen Arsch oder seinen Spitzmund jeden Tag, möglichst morgens und abends, hinhalten würde.«

»Wir wissen doch, was gespielt wird, Dany. Ich kapier ja, daß er jemanden vor sich schieben wollte, um sich zu dekken und nich gleich den ersten Schlag abzukriegen. Und kapier auch, warum du's mir flüsterst, Dany. Ich weiß doch selber, daß es Besseres und Schlimmeres gibt, als dieses blöde kalte Reisig. Als diesen windigen kalten Wald.«
»Besseres oder Schlimmeres«, wiederholte der Erste, »ich hab nicht geahnt, daß es noch mal zurückkehren würde. Und am Anfang dachte er wohl, daß überall unterschiedliche Regeln gelten, auch wenn es immer die gleichen sind.«
»Wir zwei sind besser, Dany. Du und ich.«
»Vielleicht. Manchmal.«
»Vielleicht war er nicht mal schwul, Dany.«
»Das kann ich nicht wissen. Er kam ins Lager wie wir beide, Many. Mädchen hat er nur durch den Draht gesehen. Der Kapo hat ihn noch aus den Duschen herausgeschwindelt, nach einer schnellen zusätzlichen Selektion, der seine Eltern ursprünglich entgangen waren. Der Bursche wollte auch mich als Seelenklo und als Lockvogel und was weiß ich noch alles. Er ist durch die Kammer gegangen, aber das Gas ist zu ihm nicht vorgedrungen, weil er so klein war und man sie so eng aneinandergepfercht hatte, daß zwischen ihnen kein Tropfen mehr hätte durchfallen können. Und als sie dann dabei waren, die Leichen abzuspritzen, stellte sich heraus, daß er quicklebendig war wie ein Schmetterling. Und da ist er auf den Kapo gestoßen, der es witzig fand, so ein Schicksal, vergast zu werden und es zu überleben. Die übrigen Kinder, welche die grünen Zyklonkristalle nicht erreicht hatten, steckte er dann zurück unter unsere Leute, für die schon die nächste Ladung Gas vorbereitet war. Ich würde wohl auch, wenn bereits die grünen Kristalle runterfallen, alles tun; so wie Kinder im Bettchen den eigenen Kot essen, wie meine

kleine Schwester. Er erzählte mir noch, wie man ihnen gesagt hatte, sie sollten geduldig sein, es gäbe genug für alle. Immerfort erzählte er's mir. Vielleicht gab er damit nur an. Wollte vielleicht, daß auch ich damit angeben kann und gleichzeitig ihn bewundern und bedauern. Oder daß ich ihn für einen kleinen Götzen oder was halte.«

»Wir ham Glück gehabt, Dany, daß sie uns später rangenommen haben und daß wir stark sind, wenn auch mager. Und daß wir Metallarbeiter waren. Und auch deswegen, weil der grüne Kapo nichts lieber hatte als rothaarige Knaben.«

»Er erzählte mir, wozu er die Vaseline braucht. Und daß es mit Vaseline weniger weh tut. Der Raubmörder kam nicht auf seine Kosten, bis er ihn nicht zerrissen hatte. Aber er durfte nicht mit einem Zucken zeigen, daß es ihm vielleicht weh tut. Die Tränen kullerten ihm das Gesicht herunter, aber der Schwule dachte vielleicht, es seien Glückstränen. Und er fraß mir die Wurst vor der Nase weg, genau dreimal hintereinander, bevor er sie mir gegeben hätte. Er erzählte mir, was er alles herunterschlucken mußte, und daß es dann zumindest weniger weh tut. Aber von der Wurst gab er mir keinen Bissen. Da hab ich ihm wenigstens gesagt, daß er zuviel frißt und fett wird.«

Der Zweite wußte genau, was jetzt folgen würde. »Ich weiß. Und dann geohrfeigt.«

»Ich hab dir wohl nicht erzählt, welche Angst ich danach hatte, in die Baracke zurückzukehren, weil sich sein grüner Liebhaber an mir rächen könnte. Und Angst davor, wie er es anstellen würde.«

»Zufälligerweise hast du's mir erzählt, Dany. Vielleicht nicht die Einzelheiten. Ich dachte wirklich, das is für dich längst gestorben.«

»Noch nicht tot genug. Aber ne Menge Dinge sind in mir schon gestorben. Dies hier wollte ich loswerden, es kommt aber immer wieder zurück. Er ging meinetwegen durch den Schornstein.«

»Recht geschah's ihm, Dany.«

»Ohne Zähne war er nicht mehr so hübsch. Ich hab ihm einige ausgeschlagen, obwohl, er hat mir meine drei vorderen auch rausgehauen. Das werf ich ihm nicht vor. Und mir werf ich's auch nicht vor. Aber von hier aus, wir zwei allein im Wald, weit von dort, sieht es so aus, als hätt ich ihn eigenhändig in den Schornstein gejagt.«

»Manche mußten in den Schornstein, Dany, und es ist mir lieber, daß er es war, als wenn du oder ich es gewesen wären.«

»Ich mag's nicht, Leute in den Schornstein zu jagen, auch nicht, wenn es indirekt ist, Many. Das ist alles.«

»Du würdest selber rankommen, Dany. Schon weil du keine Zähne hast.«

»Bloß, daß ich mir vielleicht noch welche machen lassen kann, Many.«

»Er hätte kein Piepel sein dürfen. Oder dir die Wurst geben können, wo er sie dir versprochen hat und du ihm die Vaseline besorgt hast. Das war normal. Entweder er oder du. Ich sehe das von hier aus gar nicht so schrecklich«, flüsterte der Zweite, »das warst doch nicht du, der die Karten gegeben hat.«

»Ich war halt seitdem nicht mehr so stolz auf mich, wie ich's gern gehabt hätte.«

»Und da sagst du mir, ich sei zimperlich, Dany?«

»Viele Piepel werden's wohl nicht überleben, Many.«

»Recht geschieht's ihnen«, wiederholte der Zweite, »du brauchst nicht zu flüstern, Dany. Wir sind allein hier.«

»Ist wohl immer noch etwas geschwollen«, sagte der Erste.

»Wenn du's in Ruhe läßt, ist's in der Früh besser.«

»Wir ham Glück gehabt, daß keiner auf die Idee kam, aus

uns Piepel zu machen, Many. Und daß wir die Tricks nicht zu lernen brauchten, die man von ihnen erwartet hat. Einmal erzählte er mir, wie lange er's im Mund halten mußte, bis ihm der Grüne erlaubt hat, es runterzuschlucken. Und daß er später davon geträumt hat. Und daß wir nicht in' Schornstein gekommen sind, wo es so viele Leute schon hinter sich haben.«

»Ich denk schon längst über andre Dinge nach, Dany. Oder zumindest denk ich nicht mehr so viel an die alten. Und wenn's mir nicht so kalt wäre und ich nicht so 'n Hunger hätte, wär ich vielleicht glücklich, Dany.«

7 Sie schmiegten sich so dicht aneinander, daß sie sich nun flüsternd unterhalten konnten. Zuweilen klang ihr Flüstern wie das Rauschen des Windes in den Wipfeln. Es war dunkel, sie konnten einander kaum erkennen, gerade schattenhafte Umrisse, und wenn einer flüsterte, so erschien dessen Schatten dem anderen wie eine Spukgestalt.

Zuweilen schien es, als seien die Zweige, die sie bedeckten, durch ihre Körperwärme wärmer geworden. Aber es gab wohl nicht genug davon. Die Zweige waren immer noch kalt und feucht.

»Auch Frank hat immer gesagt, daß wir uns an Zeiten erinnern, die es nie gegeben hat«, flüsterte der Zweite.

»Ich erinnre mich auch an das, was erst kommt, wie du vorhin gesagt hast.«

»Weißt du noch, wie ich dir erzählt hab, daß mein Papa im Ersten Weltkrieg in den italienischen Dolomiten war? Auch dort soll's tagsüber wunderschön gewesen sein und in der Nacht bitter kalt. Jetzt glaub ich's ihm, nachträglich. Es gibt ne Menge Sachen, Dany, die ich erst jetzt glauben kann, wenn die Menschen längst tot sind, die mir davon erzählt haben. Herrliche italienische Lieder ham sie gesungen mit selbstgemachten Texten. Und er hat sich dort für 'n Appel und 'n Ei ne Mandoline gekauft. Die ham uns die Deutschen weggenommen.«

»Ich erinnre mich an den kleinen ungarischen Rabbiner. Soll fünfzig Kilo abgenommen haben in vierzehn Tagen. Die Klamotten schlotterten an ihm, und er hatte Angst, daß die ihn deswegen durch den Schornstein jagen werden. Einmal ham die uns in die Baracke getrieben, weil sie Jagd auf die Russen machen wollten. Ham uns ganz nach hinten, in die Ecke gepfercht. Der Rabbi nahm mich in' Arm, als wär ich sein Kind. Und dann fing er an, mich vollzuquatschen.«

»Sag mal, Dany, du hast mir doch gesagt, das sei alles tot in dir. War bloße Angabe, oder was?«

»War keine Angabe.«

»Dann mach's tot, Dany. Wenigstens für diese eine blöde kalte Nacht. Ich bin so müde.«

»Du warst in dem Monat in den Buna-Werken, Many. Aber ich war Tag und Nacht zusammen mit dem kleinen Rabbi. Er flüsterte mir ein, Gott sei ein Kindermörder. Ich sollte glauben, daß es keinen Gott mehr gibt. Damit er selbst daran glauben konnte. Oder Gott sei was anderes. Er drängte mich zuzuschauen, wenn montags die deutschen Soldaten zur Selektion marschierten. Oder wenn sie ins Familienlager gingen. Ich sollte sehen, wie Eltern ihre Kinder vorschieben, oder wie sich Söhne hinter ihren Vätern, Töchter hinter den Müttern versteckten, nur damit man nicht sie auswählt und damit sie ne halbe Stunde länger am Leben bleiben. Und er redete mir ein, daß ich doch sehen könne, wie Gott einen Menschen vom anderen trennt und die Menschen einander zu Fremden und Feinden macht. Daß er's aber so hinbiegt, als würden das die die Menschen einander selbst antun. Er hat ne Menge Behauptungen aufgestellt, Many. Zum Beispiel, Gott würde sich rächen. Und ein andermal: es sei nur ne Bewährung. Und jeder müsse beweisen, ob er standhält. Das schlimmste war, daß mich der kleine Rabbi an Papa erinnerte, Many. Sein Kopf war ähnlich rund, seine Augen blau, seine Stimme weich und freundlich. Das war, kurz nachdem Papa durch den Schornstein geflogen war. Er flog anstelle von einem, der verstanden hatte, es für sich zu richten. Und dann hat er mir Brot geklaut, der Rabbi.«

»Wenn's dir nicht kalt wär, würdste dich gar nich an ihn erinnern, Dany. Wenn's dir gutginge, würdste dich an ne Menge Sachen nich erinnern. Wenn dir der Ungar Brot geklaut hat, dann war er kein Rabbi. Dann war er auch einer von den Verrückten.«

Der Wald war kalt und feucht. Alles biß sie und stach. Die Finsternis wurde immer dichter, verschlang die Umrisse auch der allernächsten Bäume. Es gab nur noch die Stimme der Nacht, die Stimme der Bäume und ihr Geflüster.

Der Zweite mußte an die Nacht denken, die für ihn die schlimmste gewesen war, so konnte er die gegenwärtige besser ertragen. *Das war im September, als sein Papa durch den Schornstein flog. Alles was er tun konnte, war zusehen. Und er träumte von Luftangriffen der Alliierten, die ihre Bombe just über seinem Strohsack abwerfen würden, damit es mit der Sicherheit geschehen würde, mit der nur die gewissesten Dinge geschehen, der Wechsel von Tag und Nacht, das Wehen des Windes, Wärme und Kälte, Eis und Schnee. Sich vorzustellen, wie ein Mensch innerhalb des Bruchteils einer Sekunde unter dem glühenden Kern einer Bombe verendet, war fast wunderschön.*

Lange lauschten sie den Klängen der fortschreitenden Nacht, die sie zuvor mit dem Klang ihrer eigenen Stimmen bezwingen wollten, obwohl auch in ihren Stimmen immerfort etwas anderes mitschwang.

Der Zweite flüsterte: »Ich kannte in Prag ein paar angenehme Schwulenkneipen und Schwulenclubs, Dany. Wer weiß, ob man dort noch verkehren kann? Wenn es soweit ist und wir sicher sein können, daß wir unter uns sind, können wir einen gemeinsamen Namen annehmen und wie zwei Brüder leben. Ich möchte Flieger werden oder so einen Rennwagen fahren, von dem Frank erzählt hat und du auch, als du sagtest, daß du's auch gerne tun würdest.«

Der Erste schmiegte sich an. Und weiter lauschten sie dem Rauschen des Waldes. Es war ihnen, als spürten sie, wie die Zeit zwischen den Bäumen hindurchströmte, das schon gewesene wie das noch kommende Leben. Die Stimme des Waldes schwoll an und ebbte wieder ab, in Wellen, die hin- und herwogten und trotz der Gezeiten beständig waren in ihrer Anwesenheit, jenseits aller Worte.

»Dunkelheit kann gut sein«, flüsterte der Zweite.

»Kannst du dich erinnern, Many, wie der zweite Deutsche im Waggon gesagt hat, nachdem wir schon drei oder vier Tage ohne Essen waren, daß der Mensch ist, was er ißt, und daß er zur Schule gegangen sei und daß das nicht auf seinem Mist gewachsen sei?«

»Vielleicht ist der Mensch alles, auch das, was er nicht zu essen bekommt«, flüsterte der Zweite.

Es ging ihm durch den Kopf, wie gut es war, daß sie einander berührten, aber nicht sehen konnten. Wo sie doch aussahen wie zwei verstümmelte Vögel. Man kann entweder aufgeben oder nicht aufgeben. So einfach ist das. Es war gut und schlecht zugleich, daß sie jetzt so allein waren, wie an der Grenze zu einer anderen Welt, abgetrennt von allem, damit sie sich auf den Kampf gegen die Müdigkeit konzentrieren konnten, auf den Kampf gegen die Erschöpfung und auch gegen die Angst.

»Es bleibt hier lange dunkel«, sagte der Zweite nach einer Weile. Er meinte etwas anderes. Mit einer Antwort des Ersten rechnete er nicht.

In Gedanken sah er voraus, wie sie künftig immer genau wüßten, was es heißt, wenn jemand friert, wenn einer durstig ist und hungrig und sich ängstigt. Was Wärme heißt und was ein Dach überm Kopf. Was ein Bett bedeutet. Eine Tasse, ein Teller, ein Löffel. Was es heißt, weder vor Menschen noch vor Tieren Angst zu haben.

Oder keine Angst davor zu haben, von einer anderen Mutter entbunden worden zu sein. Immer noch war es möglich, auf die dunklen Bäume zu starren und in Gedanken ganz weit zu schweifen und auf das Gegenwärtige zurückzublicken, als sei es bereits vergangen. Das Vergangene wurde für ihn zum Künftigen.

Er begleitete die Cernovská nach Hause. Sie hatte sich in den drei Jahren kaum verändert.

»Eure Wohnung ham die beschlagnahmt mit all den Sachen, die sie darin gefunden haben, gleich nachdem ihr weggekommen seid, Many«, sagte sie. Sie roch nach Lavendelseife.

Er lächelte ihr zu, als wolle er sagen, die Sachen sind nicht so wichtig – abgesehen von dem, woran sie einen manchmal erinnern, und davon, daß sie mehr als bloße Sachen sind, wenn man sie mit Geld gekauft hat, das man mit Arbeit verdient hat.

»Die ham ne großartige Technik entwickelt, um an die jüdischen Sachen ranzukommen«, fügte sie hinzu. »Zum Beispiel, als ihr schon weg wart, da ham die ne Tanzparty für die übriggebliebenen jüdischen Jungs und Mädchen erlaubt. Ham auch gesagt, daß alles, was im ausländischen Rundfunk über euer Schicksal gesendet wird, erfunden und erlogen ist, und daß alles in Ordnung ist. Sie selber sind dort mit ihren Frauen und ihren Püppchen erschienen. Sie sind aber nur gekommen, damit sich ihre Begleiterinnen an den jüdischen Mädchen und denen, die mit ihnen gekommen waren, die Klamotten auswählen konnten, die sie gerne hätten, wie bei ner Modeschau. Kannst dir denken, daß eure Leute das Beste angezogen hatten, was in ihren Schränken hing. Und die deutschen Hasi-Schätzchen ham sich's gleich an ihnen und manchmal mit ihnen ausgewählt, wenn du weißt, was ich meine. Obwohl sie's meistens nicht gleich beschlagnahmt haben – das taten nur die

Gierigsten –, sondern erst ’n Tag später, mit vorbereiteten Listen, mit Amtsstempel, ordentlich, wie die Nazis nun mal sind. Ein Kopftuch, eine Brosche, einen Ring oder einen Mantel, Bluse oder Handschuhe – die kurzen oder die bis zum Ellenbogen, wie sie in den Tanzkursen getragen werden –, Damenschuhe und die Dinger, auf die wir so stolz sind und mit denen wir uns noch eitler und noch weiblicher fühlen können.«

»Alles ham die geklaut«, stimmte er ihr zu. Und hatte wieder gelächelt, als sei das für ihn kein Thema mehr.

»Ham nur andere Worte benutzt, Beschlagnahmung ham die gesagt für Klauen oder Endlösung für Mord. Alles umgedreht. So, wie ich abends meine Seidenstrümpfe zum Lüften wende.»

»’n alter Hut. Sie ham den Worten den Inhalt geraubt und sich darauf verlassen, daß man Menschen zuletzt an alles gewöhnen kann. Da hast du dann das Gefühl, du bist und bist zur gleichen Zeit auch wieder nicht. Du sagst die Wahrheit, und es ist, als würdest du lügen, und umgekehrt. Ich fühl mich ständig, als würd ich von nem andern Planeten zurückkommen.«

»Ich würd die in den Zoo sperren, anstelle von Hyänen und Geiern. Oder mit ihnen zusammen.«

Dann sprachen sie nur noch über angenehme Sachen.

»Das taillierte Kamelhaarjackett steht dir ganz toll, Many«, sagte sie. »Wir sollten mal zusammen ausgehen. Ich hoffe, daß du mich ausführen wirst. Du ahnst gar nicht, Many, wie traurig es ohne dich im Gelben Schwimmbad war.«

Doch dann fragte sie: »Was ist eigentlich mit deiner Mama passiert, Many?«

»Frag lieber nicht«, sagte er mit mildem Lächeln.

»Und mit deinem Papa und mit deiner kleinen Schwester Anna?«

»Ham die umgebracht.«

»Kaum zu glauben, Many, daß sie dich nicht umgebracht haben. Nur, manchmal frag ich mich, wieso ihr die nicht im Gegenzug auch umgebracht habt, Many. Daß jeder von euren Umgebrachten mindestens einen von denen mitgenommen hätte?«

»Ich weiß nicht. Hätte bestimmt was für sich. Nur daß meiner kleinen Schwester keiner rechtzeitig beigebracht hat, wie man umbringen muß, wenn man nicht selbst umgebracht werden will. Mit den Erwachsenen ist's was anderes. Die Besten ham sich gewehrt. Einige haben sich mir auf diese Weise ins Gedächtnis geprägt wie das Gesetz. Für sie war der Widerstand ihr erstes und ihr letztes Recht, aber auch ihr Gewissen. Und mit dem Gewissen ist es wie mit dem Herzen: du kannst nicht ein Stück davon herausschneiden und erwarten, daß der Rest so funktioniert wie vorher das ganze Herz. Die Deutschen ham für jeden toten Deutschen nicht zehn, nicht hundert, nicht tausend und nicht zehntausend, nein, Hunderttausende und Hunderttausende von unseren Leuten getötet, und ich glaub nich, daß je einer die gigantische Zahl genau erfahren wird. Alte. Männer und Frauen. Kinder. So daß jeder Mann oder jede Frau, die einen Deutschen umgebracht haben, damit rechnen mußte, daß der Terror nicht nur auf sie zurückfällt. Wenn mal der Schlußstrich gezogen sein wird und alle Umstände berücksichtigt sind – und das wird für alle Freunde und Feinde der Nazis nicht nur erfreulich sein –, wird es eine ganz schöne Menge von Leuten sein, die es vermochten, heimzuzahlen, was ihnen widerfuhr, oder zu bewahren, was man ihnen nehmen wollte. Damit mein ich nicht nur Sachen, all die Mäntel, Tücher, Broschen und den Rest.«

»Es hat dir wirklich selten was so gut gestanden wie das

Kamelhaarjackett, Many. Es sind andere Sachen als die, von denen wir früher geredet haben«, fügte sie hinzu.
»Ich hab vorher vieles nicht gekannt, Manja. Das läßt sich erklären. Ich hab phantastische Menschen getroffen. Vielleicht waren sie besser als ich, sie hatten aber nicht so viel Glück wie ich und Dany und wie lange Zeit auch Frank Bondy. Am längsten hielten jene durch, die an keinem Glauben hingen, der sie schließlich hätte verwirren können. Die, die sich nicht so viel eingebildet haben und die Dinge nahmen, wie sie sind.«
Und er dachte dabei an das, was Frank Bondy zuweilen zu sagen pflegte, nämlich daß alles, was geschah, nur geschehen konnte, weil es unter uns so viele Dummköpfe gibt.
Manja Cernovská war hübsch, obwohl sie in den drei Jahren, in denen er sie nicht gesehen hatte, etwas rund geworden war. Sie hatte schöne weiße Haut und abgrundtiefe Augen; und ihn ergriff, wenn sie ihn anschaute, die alte Vorahnung, daß das, was ihn mit ihr erwartete, eine Menge an ihm wiedergutmachen würde. Früher hatte sie nie so eng anliegende Kleider getragen.
»Meinst du, Many, daß wieder jemand kommen könnte und zu dir sagen: He du, Many, zieh das Jackett aus! Meinst du, daß ihr noch mal dort hingehen würdet, wo ihr wart? Es hat nämlich kaum einer geglaubt, daß ihr überhaupt noch zurückkommen könntet. Manchmal wollten es die Leute nicht glauben, nicht mal, weil sie es euch gegönnt hätten – obwohl es auch solche gab –, nein, aus Angst vor den Gewissensbissen, wenn ihr zurückkommen würdet.«

»Kannst du dich an den Morgen in Polen erinnern, Dany, bevor man uns für den Transport nach Deutschland ausgewählt hat?«

»Klar«, erwiderte der Erste flüsternd.
»Da sind wir schon einen Monat in Auschwitz-Birkenau gewesen.«
»Was willst du jetzt damit?«
»Wir wußten fast nichts von dem, was los war. Im gewissen Sinn war's vielleicht gut, nichts zu wissen. Manchmal war's um so schlechter, je mehr man wußte. Weißt du, was ich meine? Es war ein herrlich sonniger Tag. Angenehm warm. Es war der sechsundzwanzigste von den achtundzwanzig Tagen, die wir dort verbracht haben. Am achtundzwanzigsten sind wir abgefahren, wenn du dich erinnerst. Auch das ein herrlich sonniger Tag. Die Tage, die für uns am wichtigsten waren, sind immer schöne Tage gewesen.«
»Ans Wetter kann ich mich noch erinnern, aber mit dem Rest, da isses nich soweit her, das sagte ich dir schon.«
»Das Schlimmste ist es, was dich zwingt, nur an dich selbst zu denken. Damit saugt es sich in dir fest. Du wirst damit auch zum Schlimmsten.«
»Und?«
»Und am Tag hat der Aufstand im Sonderkommando begonnen. Im Krematorium Nummer vier.«
»Daran kann ich mich durch Zufall erinnern. Da ham die nämlich den ganzen Tag auf jeden geschossen, der sich nur einen Schritt vom Appellplatz entfernte. Vor allem im Frauenlager haben die gewütet. Führten ihre Hunde an langen Leinen. Ham viel mehr Leute umgebracht, als die aus dem Sonderkommando Deutsche umgebracht hatten.«
»Sie haben den Ofen Nummer vier in die Luft gesprengt. Das war herrlich. In diesem Ofen ist nie wieder verbrannt worden. Etwas ist ihnen gelungen, wenn es auch nicht viel war. Aber sie dachten nicht nur an sich selbst. Da steckt der Haken. Ich erinnre mich noch genau. Ich hatte dort

eine Bekannte. Sie erzählte mir, daß sie dann, als wir schon weg waren, noch die Öfen Nummer zwei und Nummer drei teilweise zerstört haben – das hat sie von slowakischen Häftlingen gehört. Die hatten sie schon ne Zeitlang vorher vermint gehabt. Dynamit und die Zündschnüre bekamen sie von den Frauen aus dem Frauenlager geliefert, die man dann gehängt hat. Aber das wer'n sie nur so gesagt haben, weißt ja, wie das is. Wollten sich Mut machen. Sie würden auf das Signal zum allgemeinen Aufstand warten, sagten sie. Bloß, daß sich denen aus Krematorium Nummer vier keiner angeschlossen hat.«

»Es haben sich immer alle auf eigene Faust erhoben. Jeder hatte Angst, daß es zum Massaker würde. Als hätte nicht alles sowieso zum Massaker geführt. Bloß, hätten sich alle denen vom Sonderkommando angeschlossen, dann wären wir beide wohl nicht abgefahren und wären nicht hier. Seltsam, wie alles mit allem zusammenhängt. Und wie der Zufall, der einen andern tötet, dir das Leben rettet.«

»Also wirklich, woran du noch denken kannst!« flüsterte der Erste.

»Ich denk daran, weil es von so kurzer Dauer war. Und weil es herrlich war. Ich wollte gar nicht glauben, daß es möglich ist, so was zu vollbringen. Sie haben den Hochspannungsdraht zerrissen, damit möglichst viele fliehen können. Aber die meisten blieben in den Stacheln hängen und wurden wie Stoffpuppen niedergeschossen. Die schossen aus drei Maschinengewehren, im Kreuzfeuer.«

»Das ganze Sonderkommando wußte, daß es am Tag danach ausgewechselt und durch den Schornstein gejagt wird.«

»Trotzdem.«

»In Treblinka bei Warschau soll es ganze elf Minuten gedauert haben. Das hat Frank Bondy von den polnischen Frauen erfahren, denen es wiederum jene erzählt haben, die von dort in die Kanalisation geflohen sind. Vorbereitet haben sie's angeblich jahrelang. Manch ein Aufstand dauerte nur eine Minute.«

»So ne Minute muß herrlich sein«, seufzte der Zweite.

»Was der dänische Schiffer in der Kleinen Festung vollbrachte, dauerte vielleicht noch weniger als ne Minute.«

»Daran kann ich mich auch erinnern. Auch das war herrlich, Dany.«

»Kommt drauf an, was du herrlich nennst.«

»Es kommt nicht nur auf die Dauer an. Obwohl, die Zeit spielt schon ne Rolle.«

»Warum hast du davon angefangen?«

»Weil wir so lange unterwegs sind.«

»Wir sind gar nicht so lang unterwegs, Many.«

»Daß wir so lang unterwegs sind, und das auf eigene Faust, das muß doch etwas bedeuten; du weißt, was ich meine.«

»Ist mir egal, was es ist.«

»Weißt du nicht, was ich damit sagen will?«

»Nein.«

»Es wär gut, wenn in der Früh ein schöner sonniger Tag käme.«

»Könnte doch sein, Many.«

Der Zweite sagte nichts mehr. Er wußte, daß ihnen bis zum Morgen nicht warm werden würde. *In manchen Nächten, als er und Dany im Kohlekommando in Auschwitz-Birkenau waren, hatten sie sich an der Rückwand des Krematoriums gewärmt. Es war die Wand, die immer warm gewesen war. Sie konnten sich daran nur nachts und nur für jeweils ein paar Minuten wärmen. Sie preßten das Gesicht, Brust und Bauch und die Schenkel gegen die Ziegelsteine, alles auf einmal. Hinter der Mauer dröhnte das Feuer. Es klang, als verbrenne dort eine Sonne. Sie standen nebeneinander, er und Dany.*

Schließlich war es das Beste, was es im Kohlekommando gab. Reden war nicht nötig. Auch da war es, als klauten sie die Wärme. Sie wußten, daß es ihnen leid täte, wenn die Mauer abkühlen würde. Und sie kannten den Grund dafür, daß die Mauer noch nie kalt geworden war.

»Streichhölzer«, flüsterte der Zweite. »Hätte ich Streichhölzer, würde ich den ganzen Wald anstecken.«
»Da bin ich aber froh, daß du keine hast«, antwortete der Erste, »meinst du, ich hab Lust zu verbrennen?«
»Mich aufwärmen«, schob der Zweite nach.
»Hol dir von mir 'n bißchen Wärme, Many, und aufwärmen wirst du dich, wenn wir losmarschiern.«
»Ich würd ihn eh gern anstecken. Kannste dich an die letzte Selektion erinnern, wo wir dabei waren?«
»Sag mal, willst du nicht wirklich mal von was anderm reden?«

Der Zweite dachte an den Vater mit zwei Söhnen, neben dem sie gestanden hatten. Drei Wochen lang hatten sie nebeneinander gestanden, jeden Tag, hin und wieder dreimal am Tag. Einer der Söhne hatte arg abgenommen. Vor der letzten Montagsselektion hatte der Vater zum Sohn gesagt, sie sollten vielleicht besser getrennt stehen. Er spüre es in den Knochen, daß sie nicht zusammenstehen sollten. Für ein paar Tage könne es keine Bedrohung werden. Der Junge fragte ihn direkt: »Also du willst, daß ich durch den Schornstein gejagt werde?« Und der Vater gab zurück: »Also du willst, daß man uns dort alle durchjagt?« Schließlich standen sie getrennt. Zwischen so viele Menschen hatte sich die Angst gestellt. Die Menschen fürchteten sich ebenso vor dem Alleinsein wie davor, zusammenzusein. Und manchmal hatten sie dann niemanden und nichts mehr, um sich zu stützen. Was das Erste und das Letzte ist – Kinder, Familie, Vater und Mutter – konnte von der Stütze zur Last werden.

Der Zweite schwieg, durchgefroren fühlte er den warmen Körper des Ersten neben sich. Seinen ganzen Körper überzog Gänsehaut.
Auf einmal vernahm er Lärm. Aber der Wald war still. *Es hörte sich an, als würden auf das ganze Waldgebiet Bomben fallen. Ein Lichtschein aus Silber und Aluminium. Sonnenfinsternis. Durch den Raum rollte das Dröhnen der B17-Bomber, wie sie es aus Deutschland kannten, aus den am dichtesten besiedelten Regionen, und es dröhnte nun wie das Echo, das es mit sich brachte. So war es auch, als man ihn und Dany leihweise in die Werkzeughalle der Munitionsfabrik in Dresden geschickt hatte.*
Der Wald wich zur Seite und brachte ihn wieder dorthin zurück, wo er neben Dany lag.
Das erste, was er und Dany damals taten, war, Arbeitshosen aus dem Schrank des Meisters herauszuholen – das eine Paar gewaschen und das zweite bereitgelegt zur Wäsche.
Im letzten Augenblick ertappte sie der Abteilungsleiter, der im schwarzen Overall aus Drillich und mit einem Hakenkreuzpfannkuchen am Aufschlag. Sie konnten sehen, daß er unter dem Overall einen Revolver trug, noch bevor er mit seiner Hand hineingriff. Auf den ersten Blick sah man, daß er zu der Sorte von Menschen gehörte, die Frank Bondy »einen wunderschönen Menschen« nannte. Er taxierte die Leute, als kenne er nur zwei Arten: seinesgleichen von der nordisch arischen Rasse, und den Rest aus den Unterrassen jeder Couleur; er würde wohl nie jemanden schlagen, nur um sich nicht

dreckig zu machen; geschossen hätte er ohne zu zögern. Dany hatte gelernt, die Menschen einzuschätzen, wie ein Tier im Dschungel die Gefahr auf Anhieb einschätzen kann. Dany gelang es immer, Gefährliches vom Ungefährlichen zu unterscheiden und umgekehrt, und riskierte darum hin und wieder eine Menge – aber er hatte sich noch nie geirrt.

Die Luger des Abteilungsleiters war eine Neunmillimeter; seine Bewegung mag schnell gewesen sein, aber Danys Flucht aus der Halle war noch schneller. Mit der Arbeitshose in der Hand rannte Many hinter Dany her.

Im gleichen Augenblick heulten die Sirenen, die sechzig Sekunden langen Intervalle verkündeten einen Angriff der höchsten Alarmstufe, feindliche Verbände im Raum Leipzig und Dresden.

Und schon während des ersten Intervalls hatte der Abteilungsleiter andere Pflichten, als zwei mit einer Arbeitshose flüchtige Fremdarbeiter festzunehmen.

Der Luft- wie der Erdraum füllten sich mit Explosionen. Ein Volltreffer erwischte die Halle. Es gehörte nicht viel Scharfsinn dazu, zu begreifen, daß dort der Abteilungsleiter geblieben war.

Es war keiner der üblichen Luftangriffe. Es war so etwas wie ein Antlitz, das gewöhnlich verborgen war und das die Menschen nun zum ersten Mal sahen. In wenigen Stunden ließ das Feuer die Elemente in eins verschmelzen – Erde, Wasser und Luft. Die Grenzen lösten sich auf. Es brannten die Häuser und die Straßen, selbst die Elbe fing Feuer. Und immer neue und neue Bomben explodierten. Die Leute rasten zum Fluß, als sei brennendes Wasser das einzige, wo man Rettung finden könnte.

Auch er und Dany fanden sich an der Elbe. Außer den Bomben warfen die Flugzeuge noch einen Brandstoff ab,

nicht zu löschen, kein Mensch hatte das zuvor kennengelernt. Die Stadt glich einem steinernen Vulkan, durch dessen Öffnungen glühend das Innere der Erde emporgedrungen war und in dem alles so gründlich zusammengebacken wurde, daß die Welt nie wieder so aussehen würde, wie sie zuvor gewesen war.
Die Glut erfaßte die Häuser von oben und von unten mit dem Sturm, der die Stadt wie ein Erdbeben heimsuchte. Es wäre vielleicht möglich gewesen, die Phosphorflammen mit Sand zu löschen, dazu hätten die Deutschen allerdings die Sahara und zusätzliche zwölf Millionen Häftlinge zum Umschippen benötigt.
In der Elbe sah Many einen stromabwärts, dem unsichtbaren und fernen Meer entgegensegelnden Kaninchenstall mit offener Tür, allmählich sinkend, gefüllt mit Tieren. Tausende von Menschen, aber vielleicht auch Zehntausende versammelten sich auf einer riesigen Wiese und bildeten so ein neues Ziel für die nunmehr zurückkehrenden Bombenflieger.
Many sah jetzt in der Dunkelheit die Kaninchen in der Elbe, mit roten Augen, ertrinkend. Die Explosionen, die er innerlich sah, waren wunderschön und kehrten als Echo der ursprünglichen Explosionen zurück. *Sie verschmolzen mit dem Rauschen des Waldes, als besäße jeder Baum einen Doppelgänger, mit Ästen statt Armen und Beinen, mit Kronen statt Köpfen, Haaren und Mündern.* Er lauschte der Stimme der Äste. Er stellte sich Deutschland vor, in die Knie gezwungen.
Als sie es Frank geschildert hatten, meinte auch er, die Deutschen seien zahmer geworden, wenn auch nur für einige Tage, seitdem hing es aber schon in der Luft. Frank sagte: »Der Mensch steht zu vielen Dingen wie zum Krankenhaus, Jungs. Solange er es selbst nicht erlebt, läßt es ihn so gut wie kalt, aber sobald er davor-

steht, kriegt er's Zittern und weiß bald über bange Gefühle fast so viel Bescheid wie jener traurige Romancier. Ihr wißt doch, wen ich meine.«

Sie wußten es ebensowenig, wie sie später nicht begriffen, worauf er hinauswollte, als er sagte, daß »Juden so lange zu den Verlierern gehörten, solange sie die Niederlage als notgeborene Tugend hinstellten, statt jeden Feind vom Erdboden zu fegen«. Und dann sagte er, daß »der Sieg eine genauso langfristige Angelegenheit ist wie die Niederlage. Beides muß man pflegen wie den englischen Rasen oder die Tränen der Schmerzen des Verlusts.«

»Jungs«, sagte er, »wißt ihr, was mein größter Irrtum war? Jemals jemandem erzählt zu haben, ich hätte mit dem Provisorium Schluß gemacht.«

Die Leute aus Kohens Gruppe behaupteten, er rede krauses Zeug. All die aus der Entfernung durch Milde verklärten Erinnerungen an Laster und Sattheit umkreisten seine Person wie auf einer unsichtbaren Umlaufbahn. In solchen Fällen verhüllte er das Gesicht mit seinem stillen Lächeln.

»Dreimal könnt ihr raten, Jungs, was es ist, was aus den Menschen die größten Dummköpfe macht.« Er beantwortete solche Fragen niemals selber.

Damals verbrannten dort, wo sie waren, auch viele Frauen, Männer, Greise und Kinder zu Asche. Und Frank mußte man jenen zuzählen, die es ihnen ohne zu zögern gegönnt hatten. Es war wohl etwas anderes, sich das durch den Lagerstacheldraht anzusehen, als es von Berlin aus oder aus den Flugzeugen zu betrachten. Vielleicht war es eleganter, von oben zuzuschauen. Aber nur diejenigen, die ihre Haut riskiert hatten, die bis dorthin geflogen waren, und andererseits die, die schon seit langem, seit Tagen, seit Wochen und seit Jahren in Lagern aller Art jede Sekunde gebrannt hatten – nur sie konnten beurteilen, ob es gerecht war oder ungerecht. Und vielleicht hätten die, welche damit angefangen hatten und jetzt selber brannten, früher wissen sollen, was gerecht gewesen wäre.

Bomben, Franks Sprüche, der brennende Fluß und die ertrinkenden Kaninchen mit den roten Augen, das alles verwandelte sich wieder in Wipfel rauschender Bäume.

8 Nach einer Weile kam es dem Zweiten so vor, als liege er in einem feuchten Ameisenhaufen. Selbst durch die Kleidung begann es ihn am ganzen Körper zu jucken. Er wußte nicht, ob er eingeschlafen war, und wenn, wie lange er geschlafen hatte. Dany lag neben ihm und klammerte sich mit beiden Händen an seinem Nacken fest, wie ein Kind bei der Mutter. Aus nächster Nähe atmete er ihm ins Gesicht hinein. Das linke Bein hielt er gebeugt, um es nirgends anzustoßen. Der Zweite spürte, wie es in dem Bein pochte. Die Dunkelheit hielt an und sie war dicht.
»Wie spät kann es sein?« fragte leise der Zweite.
»Weiß nicht, Morgen ist's noch nicht«, antwortete der Erste, »man kann die Sterne nicht sehn.«
»Du hast gesagt, wir wollen früh aufbrechen, Dany.«
»In der Dunkelheit würden wir uns an den Bäumen wundschlagen. Verlaufen würden wir uns.«
»Ich hab mich etwas erholt. Du?«
»Gestern hat es uns umgehauen. Es ist kalt. Es ist zu feucht hier.«
»Wenn's dunkel ist, muß ich mir immer was vorstellen, dann kann ich's überwinden.«
Allmählich begann es, grau zu dämmern. Plötzlich wußten sie beide: daß sie geflüstert hatten und was sie geflüstert hatten, war das einzige, was ihnen half, mit der Finsternis fertig zu werden. Es machte die Kälte nicht wärmer, es machte die Dunkelheit nicht heller, aber beides war in ihrem Flüstern vorhanden. Das Flüstern vermochte weder das Fieber noch die Abschürfungen, noch die Wunden, noch das eiternde Fleisch im Fuß des Ersten aus der Welt zu schaffen, aber es verjagte die Angst.
Und außerdem dämpfte oder minderte und linderte es noch dieses Etwas, das mehr war als nur Angst und nicht einfach durch Umkehrung in sein Gegenteil verwandelt werden konnte.

Der Erste schob den Reisig, der ihre Köpfe bedeckte, mit einer Schwimmbewegung beiseite. Das Fieber des Ersten hatte nachgelassen, während der Zweite glühte und seine Augen glänzten.

»Ich hab das alles so von der Nähe gesehen, Dany.«

»Du bist etwas heiß. Aber du weißt ja selber, wie schnell das vergeht.«

»Es reicht, wenn ich mit geschlossenen Augen liege. Tagsüber komm ich zurecht damit. Aber nach so ner Nacht bin ich froh, wenn ich's hinter mir habe. Wenn ich liege, flitzt es vor meinen Augen, als stünde ich vor einem Zaun und schaute hindurch, während auf der anderen Seite ein Zug vorbeifährt, Waggons eines langen Transportzugs an mir vorbeiflitzen. Oder als seien wir ständig unterwegs, gehen, hoch und runter. Bergauf, bergab.«

»Das kommt dir nicht nur so vor, Many. Es geht ständig bergab. Da kannst du Gift drauf nehmen.«

»Oder die Beine, Dany.«

»Aber nicht beide, Many. Zumindest eins mußt du in Ordnung halten.«

»Es dämmert schon.«

»Sieht so aus, als würde es nicht regnen.«

»Wieso heulst du nie, Dany?«

»Willst du wirklich, daß ich dir darauf antworte?«

»Vergiß es«, sagte der Zweite, »es juckt mich überall. Auf mir wachsen Pilze.«

»Das wirst du aushalten.«

»Es juckt, als wenn mich Würmer fressen würden.«

»Du bist voller Lehm.«

»Wir gehen schon wieder im Zickzack-Kurs«, sagte der Zweite nach einer Weile.

»Das macht nichts.«

»Abhänge«, sagte der Zweite.

»Stimmt«, antwortete der Erste.

»Berge.«
»Stimmt.«
»Auf und ab.«
»Hm.«
»Wenn alles vorbei ist, will ich hundert Jahre von Bergen nichts mehr wissen.«
»Einige Berge sind niedriger. Sieh's mal von der anderen Seite.«
Später fügte er hinzu: »Als wir in den Transport gegangen sind, baute mein Alter mit der Jüdischen Baueinheit in Prag SS-Kasernen, und Mutter, Schwester und ich, wir wurden nach Theresienstadt vorausgeschickt. Die Deutschen ham versprochen, daß sie Familien nicht auseinanderreißen werden. Es war das erste Mal, daß ich Vater hab weinen sehn. Er hatte Angst, er würde uns nie wiedersehen. Wer weiß, vielleicht hat er geahnt, was uns erwartet, und wollte, daß wir da zusammen durchgehen oder gemeinsam fliehen, aber nicht, daß es jeden von uns einzeln erwischt. Und es war auch zu spät, um etwas dagegen zu unternehmen. Es sei denn, wir hätten in der Küche den Gashahn aufgemacht. Er sagte zur Mutter nur, sie solle auf uns aufpassen. Dann hat er Mutter umarmt und geküßt und uns umarmt und geküßt. Er ist in unserer alten Wohnung geblieben. Vielleicht fanden's manche Nachbarinnen gut, daß er dort allein geblieben war. Dann hat er alles getan, damit man ihn uns hinterherschickt. Er hat ein paar Leute in der Jüdischen Gemeinde und andere bei den deutschen Behörden bestochen, um zu uns kommen zu können. Er hat alle unsere Wertsachen verkauft und unser ganzes Geld dafür eingesetzt, auf die Transportliste zu kommen. Es ging über seine Kräfte, allein in Prag zu bleiben, während wir schon in Theresienstadt waren, und er hatte keine Ahnung, wohin man uns von dort noch weiterschicken könnte. Dann ham die natürlich unsre Wohnung

beschlagnahmt. Als wir uns in Theresienstadt wiedergefunden hatten, und bevor die uns erneut auseinandergerissen haben, hab ich gedacht, es wär vielleicht besser gewesen, wenn er nicht geheult hätte.«

»Es gibt Dinge, an die sich der Mensch lange erinnert.«

»Lange Zeit war Papa für mich der liebe Herrgott. Und plötzlich schaute er zu, wie wir gehen, und heulte nur. Damit hörte es auf. Ich hab mich gefragt, wie er uns so gehen lassen konnte, wenn es auch nicht nur seine Schuld war.«

Der Zweite schwieg. *Einmal wollte Frank Bondy von ihnen, daß sie in der Fabrik für seine Polin, die er im Frauenlager von Meuselwitz kennengelernt hatte, eine Decke oder ein Stück Jute auftrieben; er wollte sie ihr geben, damit sie sich wenigstens ein kleines bißchen vor der Kälte schützen könnte. Sie erklärten ihm, das ginge nicht. Seine Antwort war, es komme alles aufs Wollen an. Zusätzlich zu all seinen Sprüchen waren dies seine vier Grundregeln: Zuerst kämpfst du, weil du siegen willst. Dann weißt du schon, daß du nicht siegst, du kämpfst aber trotzdem, weil es für dich noch wichtig ist. Drittens kämpfst du aus Trägheit, weil man es dir beigebracht hat, weil du es dir selber beigebracht hast, weil du dich daran gewöhnt hast und weil es von dir erwartet wird. Und dann kommt das vierte: du kämpfst nicht, du hast verloren.*

Sie haben für ihn ein Stück Jute organisiert, und er überreichte es der Polin, als sei es eine königliche Schleppe.

»Ich staune, daß du's so lange nicht aus dem Kopf kriegst, Dany«, sagte er nach einer Weile. Er war froh, daß das Feuchte unter ihm kein Ameisenhaufen gewesen war. »Die Chassidischen glaubten wohl genau wie Frank Bondy, daß sie ewig sind. Und wenn sie mit ihrem Glauben verreckt sind, sind sie vielleicht ewig, Dany.«

»Die werden sie so schnell niedergeschossen haben, daß die's nicht mal geschafft haben, sie zur Seife zu verarbeiten, Many, das wird mir heute noch klarer als gestern. Frank hat mich an all das erinnert, selbst wenn er wahrscheinlich davon gar keine Ahnung hatte. Auch er spielte manchmal den kleinen Gott. Wie mein Vater. Ich wartete nur noch darauf, daß alles auffliegt. All das Gerede um Strohhalme. Für jede Jahreszeit nen Spruch. Das Sprücheklopfen erinnerte mich an ein U-Boot. Wann immer sich eine Chance bot, tauchte es auf und paradierte. Und wenn sich das Ziel verflüchtigte, verschwand es wieder unter Wasser, aber nie endgültig. Es wartete nur auf die nächste Gelegenheit.«

Der Zweite antwortete wieder nicht, als sei der Angriff gegen Frank Bondy in Wirklichkeit gegen ihn gerichtet gewesen. Er konnte sich denken, warum, und gleichzeitig verstand er es nicht richtig. Dany verließ sich vor allem auf seine Kraft, auf seinen Willen und auf sein Glück. Wenn ihn eins davon verließ, in der Nacht, im Loch in der Ferse, das ihm weh tat, dann mußte – noch bevor sie wieder aufbrechen würden –, Frank herhalten, auch wenn Frank Bondy bereits, wie sein Vater, eine Leiche war. Er wußte genau, daß es Many nicht die Bohne ausmachte, wenn er seine Wunden an Leichen heilte.

»Was hatte er von all dem, was er wußte, und von all dem, was er schon erlebt hat? Wem hat es geholfen, wenn er sich pausenlos darüber ausgelassen hat?«

Er schwieg eine Weile.

»Selbst in dem, was er seine Hoffnungen nannte, war er ein U-Boot. Ja, seine Hoffnung, es würde ein Wunder geschehen und alles ein gutes Ende nehmen, erinnerte mich an ein U-Boot.« Der Erste tobte. Der Zweite verstand nicht, wie eine Leiche jemanden zum Toben bringen kann, wenn man Frank Bondy schon mit Gewißheit für eine Leiche halten konnte.

Manchmal, dachte der Zweite, bedeutet Schweigen soviel wie Reden. Es kommt drauf an. Er starrte in die Bäume. Wen kümmerte es noch, was Wahrheit war und was Lüge, was oben und was unten, was lebendig und was tot war? In allem war Wahrheit und Lüge enthalten, oben wie unten, und alles, was lebte, war auch tot, und umgekehrt. In allem steckte noch zusätzlich etwas verborgen, von dem aber keiner was wußte. Solange Dany sich nicht rührte, hatte es keinen Sinn, sich in Bewegung zu setzen.

Er und Dany hatten damals Kohle in die Küche geschleppt, und Dany suchte überall nach seinem Vater. Aber Birkenau und Auschwitz waren wie eine riesige Stadt, ein Megalager, und er hätte über ganz andere Beziehungen verfügen müssen, um über Leute aus der Schreibstube oder aus dem Untergrund etwas zu erfahren. Später hörten die alten Hasen auf, ihm zu antworten, als er sie nach seinem Vater ausfragte, und schließlich gab Dany es ganz auf.

Die Verbrennungsöfen aller sechs Krematorien arbeiteten auf vollen Touren, weil sie die Transporte aus Galizien und Siebenbürgen verarbeiteten, so daß die anderen für einige Monate eine Atempause hatten.

Der Lagerkommandant war mit einer Hohen Kommission aus Berlin beschäftigt. Wenn diese Kommissionen auftauchten, bekamen alle einige Löffel mehr als Ration. Der Kommandant sprach zweimal täglich sein Grußwort, und es klang abgeschlafft: »Geht baden, Juden. Wir wissen, wie das ist. Was euch nach der Reise am meisten fehlt. Ich verspreche euch, daß das Wasser warm sein wird. Wir wollen euch nichts von dem entbehren lassen, was ihr gewohnt seid. Wir wollen, daß ihr alle arbeitet. Wir erwarten von euch militärisches Auftreten. Ohne Disziplin kann man keinen Krieg führen, und wir wollen gewinnen. Wer es begreift, mit dem werden wir gut auskommen. Wer es nicht begreifen will, mit dem werden wir auch fertig. Spart Wasser! Sperrt das Wasser ab, während ihr euch einseift. Spült euch erst nachher ab. Nach euch kommen andere dran. Die dasselbe bekommen wollen wie ihr. Alles klar? Nun: Frauen separat zu meiner Rechten, Männer separat zu meiner Linken. Kinder unter vierzehn und Frauen und Männer über fünfundvierzig bleiben in der Mitte. Bringt es nicht durcheinander! Eure Klamotten hängt ihr jeder auf einen Haken und merkt euch die Nummer. Die Schuhe und den Tascheninhalt legt ihr auf die Bank unter eurem Haken. Es kann nichts verlorengehen. Die Handtücher werden wir heute ausnahmsweise verteilen, nachdem ihr mit dem Bad fertig seid. Auch die Seife ist ausnahmsweise nicht rechtzeitig angekommen. Deswegen bekommen je vier Personen nur ein Stück Seife. Wir bitten dafür um Verständnis. Aber das Wasser, ich sagte es schon, wird warm sein. Die Öfen sind schon eingeheizt. Jetzt! Ich gebe euch zwei Minuten!«

Alles lief wie am Schnürchen. Es klang, als spräche ein Offizier zu seinen Soldaten, als wiederhole er mit heiserer Stimme jeder Einheit dasselbe, aber keine von ihnen würde es zweimal zu hören bekommen, bis auf die Adjutanten, die es vielleicht tausendmal hören würden, die sich aber nichts mehr dabei dachten. Mütter und Väter drängelten die Kinder zur Eile, außerdem trieben manche Gruppen und Grüppchen einander an. Die Umkleideräume waren mit hohen Wänden aus dem gleichen Material voneinander getrennt, das in militärischen Baderäumen verwendet wird, und sie trennten zumindest teilweise Frauen, Männer und die Alten mit Kindern voneinander.

Dany und Many mußten sich das während der ganzen

Zeit, in der sie von dort, vom zentralen Kohlelager, Kohle wegfuhren, zweimal täglich anhören.
Dann ging der Hohe Kommissar mit seiner Begleitung einige Schritte auf die Eichentür des Baderaumes zu, in der sich ein rundes Bullauge befand.
Was sie sahen, war die Familie eines frommen Mannes aus dem osteuropäischen Gebirge, noch weiter im Osten als die Karpaten, ein Bärtiger mit Frau und sieben Kindern.
Der Kommandant trug dem Kommissar seine Erläuterungen mit einer ähnlich sachlichen Stimme vor, mit der er vorhin zu den Leuten sprach, die jetzt unter den Duschen waren. »Es verkörpert alles, woran die Juden glauben.«
Der Hohe Kommissar. Es war etwas anderes, es zu hören, und wieder etwas anderes, es aus unmittelbarer Nähe zu beobachten, getrennt nur durch die Glasscheibe, wenn es auch eine dicke Scheibe war, die mit bloßen Händen, auch mit den kräftigsten, nicht zu zertrümmern gewesen wäre.
Der Kommandant fügte hinzu: »Es ist für sie ein Bestandteil des Glaubens, der weder im Gas erstickt noch in den Flammen verbrannt werden kann – so glauben sie. Er glaubt, daß aus seiner Nase Rauch steigt und aus seinem Mund Feuer glüht. Im Grunde genommen wird er in einigen Minuten recht bekommen.«
Der fromme Mann hatte vier rothaarige Töchter, die jetzt schon kahlgeschoren und nackt waren, und drei schwarzhaarige Söhne. Dem Greis hatten sie den Bart ungeschoren gelassen. Sonst waren sie alle an allen denkbaren Stellen kahlrasiert. Der Jüngste hielt die Seife in der Hand und musterte sie, als hätte er noch nie eine leichte Schaumseife mit den eingeprägten Buchstaben UVA-DU und einer Nummer gesehen.

Die Älteren daneben waren ihre Eltern und Großeltern. Sie senkten ihre Köpfe, weil sie sich schämten, und ließen ihre Augen hin- und hergleiten, da sie sich in einer Situation fanden, in der sie noch nie gewesen waren, und nach irgendwelchen Hinweisen suchten, die Entschlüsselung bringen könnten.

Der Kommandant sagte: »Was sie vor der Vergasung am meisten befürchten, ist, daß wir sie von ihren Familienangehörigen trennen würden. Und so lassen wir sie, soweit es geht, meistens bis zum letzten Augenblick beisammen. Sie denken, daß es nicht bis zum Schlimmsten kommt, solange sie beisammen sind. Solange sie beisammen sind, entgeht ihnen der Sinn der Endlösung. Und dann, wenn es einigen von ihnen dämmert, sind sie wiederum froh, daß sie beisammen sind, wenn auch schon von der jenseitigen Seite, und daß sie die Endlösung zumindest gemeinsam erfassen und gleichermaßen erwischen wird. Jede Familieneinheit gleicht einem Schiff, das dem unentrinnbaren Untergang entgegenstrebt und auf dem man sich zunächst gegenseitig ermuntert, daß man doch nicht ertrinken müsse, und dann, wenn ihnen das Wasser schon bis zum Mund reicht, sind sie erleichtert, daß sie zumindest gemeinsam untergehen, als sei das mit einem Trost verbunden.«

Der Kommandant übermittelte dem Hohen Kommissar seine Beobachtungen über die Verwandlung von Stärke zu Schwäche und umgekehrt, als lasse er sich über Insektenvertilgung aus und ohne zu wissen, daß er hinter der Wand Lauscher hatte – das Kohlelager befand sich direkt hinter der Wand, gegenüber dem Bullauge, an dem sie standen.

Es war nichts Neues mehr, obwohl es der Hohe Kommissar als neu empfunden haben mag. »Die Liquidierung verläuft bei Transporten, auf denen ganze Familien

zusammenbleiben, wie in diesem Fall«, fuhr der Kommandant fort, »viel reibungsloser und mit minimalem Personalaufwand – höchstens sechs bis acht Männer – als bei Transporten, die aus diffus zusammengesetzten Elementen bestehen. Sie glauben wohl an eine besondere schützende Kraft der Familie. Es genügt, sie zusammen zu lassen, und sie sind nicht mehr in der Lage, daran zu glauben, daß es sich um die letzte Phase der Endlösung handelt, wie sie übrigens an die erste auch nicht geglaubt haben. Es reicht aus, ihnen einen oder zwei Tage vor der Endlösung auf Kosten derer, die noch leben, eine Portion Brot oder Wurst zusätzlich zuzuteilen, die Wäsche auszuwechseln, sie länger schlafen oder kürzer arbeiten zu lassen oder den Krankenpflegern anzuordnen, jedem eine Tablette Vitamin C zu verabreichen, und sie sehen darin nichts als die endgültige Bestätigung ihrer Meinung, sie würden bald dorthin zurückkehren, wo sie hergekommen waren. Sie glauben nie, daß wir sie töten wollen. Sie sind nicht in der Lage zu begreifen, warum. Sie schenken dann auch den Schwarzmalern aus den eigenen Reihen kein Vertrauen. Und jeder Tag, jede Stunde, die wir sie länger am Leben lassen, jede Ration Brot oder Brei, jedes Wäscheschnürchen und die Anwesenheit ihrer Familienangehörigen lassen sie an etwas anderes glauben als an das, was sie in Wirklichkeit erwartet. Bis auf seltene Ausnahmen kommen sie hier mit der Sanftheit von Lämmern an. Eine Ration zusätzlich, ein freundliches Wort bewirken mehr als martialisches Verhalten der bestausgerüsteten Einheiten, deren Waffen uns an anderen Fronten mehr Nutzen bringen.«
Sie blickten beide in das kleine runde Fenster. Manche dahinter beteten. Die Kleinsten – soweit es sich von ihren Lippen ablesen ließ – sagten, daß sie nicht sterben wollten, als setzten sie sich mit etwas anderem als mit

der Endlösung auseinander. Durch das Bullauge betrachtet, wirkte es lächerlich, wie sie – von den Kleinsten bis zu den Ältesten – am Leben hingen.
Der Alte schwieg die meiste Zeit. Dann wurde das Licht ausgemacht. Und bevor die anderen zu brüllen anfingen, sagte der Alte ein einziges Wort, das wegen des Gebrülls, das, wie immer, nach fünf Minuten verstummte, von außen nicht zu verstehen war.

Sie waren bereits wach. Allmählich begannen die Bäume den Schatten der aufgehenden Sonne zu werfen. Die Sonne würde allmählich höher steigen, aber bis dahin würde es kalt bleiben, erst danach würde die Hitze kommen. Der Zweite hätte sich eher die quälende Mittagssonne als die schwache Morgensonne gewünscht. Auch jetzt würden sie sich noch nicht aufwärmen können. Kalt war es hier. Auch dem Ersten war es wohl kalt. Er betrachtete den Tau, der aus dem Zusammenspiel von Sonne und Schatten hervorging, ehe die Sonne die Baumwipfel golden überziehen würde.
Erst als sie sich aufsetzten, stellten sie fest, wie steif sie durch das Liegen unter dem Reisig geworden waren.
»Mir ist, als hätte ich eine Sekunde lang geschlafen«, sagte der Zweite.
»Was mich betrifft, brauchen wir keine Sekunde länger hierzubleiben, Many«, sagte der Erste. Den Schuh hatte er aber noch nicht an, und es war klar, daß ihm das Anziehen nicht leichtfallen würde.
Der Erste bearbeitete zunächst etwa fünf Minuten lang den vorstehenden Nagel mit einem Stein. Dann versorgte er die entzündete Ferse. Er drückte den Eiter aus und wischte ihn an Blättern und Moos ab. Das Moos war rein und feucht.

9 Langsam erhob sich der Erste. Von seiner Ferse strahlte – heftiger als am Tag zuvor – ein hartnäckiger Schmerz das Bein hinauf. Im Liegen hatte er nichts gespürt.

An schattigen Stellen hielt sich noch Schnee. Während des Vormittags fiel kein einziges Wort übers Wetter.

Nach einigen Stunden ragte die Spitze des Nagels wieder hervor. Es war ein Versteckspiel, was er mit seinem Fuß und mit dem Nagel veranstaltete. Nur daß die Spannung, die in dem Spiel von Anfang an gesteckt hatte, ständig wuchs. Der Schmerz steigerte sich, auch wenn er kein Wort darüber verlor.

Der Stock, den er vom Futtertrog mitgenommen hatte, erwies sich als hilfreich. In der Stille und ohne Regen wirkte der Wald ganz anders. Zunächst benutzte er zwei Stöcke. Dann warf er den einen weg und stützte sich auf den längeren. Von Zeit zu Zeit hielt er ihn mit beiden Händen fest.

Der Weg führte heute, anders als gestern, größtenteils bergab. Der Zweite brach das Schweigen.

»Kannst du dich an den Slowaken erinnern, an das Muskelpaket vom Sonderkommando? Ein Kumpel hat ihm erzählt, morgen würden die seine Mutter ins Gas schicken. Ob der Slowake denn nichts für sie tun könne? Und was war die Antwort des Slowaken? ›Wir ham alle ne Mutter.‹ Nich sein Freund allein, wollte er sagen, alle hätten eine Mutter. Und der andere starrte ihn an, hörte nicht auf, ihn anzustarren, worauf das Muskelpaket noch sagte: ›Wenn du mich noch einmal so anschaust, nehm ich ne Eisenstange und bearbeite dich so, daß du keinen mehr so anschauen wirst. Was meinst du wohl, wo wir sind? Was meinst du denn, was ich tun kann? Für meine eigene Mutter konnt ich auch nichts tun. Und alles, was die Kumpels für mich tun konnten, war, daß sie mich in eine andere Schicht eingeteilt haben. Und daß sie mich ins Lager mit den Zyklonbüchsen einsperrten. Willst du auch dort eingeschlossen werden? Wann wird sie denn hergebracht?‹ Da sagte ihm der Kumpel, daß die Selektion für den nächsten Morgen in der Früh angesetzt war. Und zu guter Letzt bot ihm der Slowake das einzige an, was ihm für den Freund einfiel. ›Willst du, daß ich dich zu ihr in die Duschen schmuggle? Das ist das einzige, was ich wirklich für dich tun kann.‹ Und es war, als würde ihn der Gedanke überraschen, als wäre er selbst froh gewesen über einen solchen Vorschlag, als seine eigene Mutter vergast worden war.«

»Du behältst immer die seltsamsten Geschichten, Many.«

»Was is so seltsam daran?«

»Warum schaust du zurück? Warum drehst du dich ständig um und schaust zurück? Fast könnte man meinen, daß du nicht daran glaubst, wo wir hingehen.«

»Das ist es eben, daß ich dran glaube. Wenn ich mich umdrehe und zurückschaue, dann ist es, als sagte ich zu all den Geschichten, tschüs ihr Geschichten – jetzt kenn ich euch noch, aber in ein paar Tagen oder Wochen fang ich ein neues Leben an, und das werd ich ohne euch anfangen wollen.«

»Ich glaub, das ist den Geschichten, von denen du redest, ziemlich egal.«

»Aber so ist es doch: alles mögliche fällt mir ein. Geschichten, die zugleich pervers und völlig normal sind.«

»Ich denk an die Klamotten, die ich mir kaufen werde, wenn wir in Prag sind, Many. Und an die Schuhe.«

»Da mag ich auch drüber nachdenken, Dany.«

»Ich stell mir Sachen vor, die sich ein Mädchen vorstellt, Many.«

»Ich auch, Dany. Ich kenn ’n paar Läden in der Sterba-

Passage. Und in der Perlová-Straße auch. Ich weiß schon, wo man gute Klamotten kriegt.«

»Vergiß bloß nicht, dich entlausen zu lassen, bevor du gute Klamotten anprobierst.«

»Ich hätte nie gedacht, wie oft ein Mensch sich entlausen lassen muß«, sagte der Zweite.

Er wurde so müde, daß ihm nicht danach war, über all die Gründe nachzugrübeln, aus denen der Erste vom Schmerz in seinem Fuß schwieg. *Er erinnerte sich an den Spruch von Frank, als sie ihn einmal bei einer geringfügigen Notlüge ertappten, über die sich keiner mehr aufregen würde. »Was sollen wir tun in einer Welt, in der auch unsere besten Kumpels lügen, weil es jeder tut und weil das Lügen schon zum Wesen des Menschen wurde, so wie es früher dazu gehörte, die Wahrheit zu sagen?« Und er hatte dabei gelächelt, ganz sanft und traurig, und seine Lüge erschien zumindest nicht mehr so plump. Auch wenn man wußte, was den anderen erwartet, sagte man zu ihm: ›Bis heute abend!‹ Selbst wenn alle wußten, daß ihn niemand je wieder zu Gesicht bekommen würde. Und das geschah nicht nur vor dem Eingang zu den Duschräumen, an der Selektionsrampe oder auf dem Weg von einem Lager zum anderen.*

Das hatten sie in den deutschen Lagern gelernt, aber – wie Frank sagte – gewisse Grundvoraussetzungen dafür hatte es schon früher gegeben. Dabei war es mit der Feigheit und mit einer Menge anderer Dinge dasselbe wie mit den Lügen.

Dany erschien das Ganze, als seien die Karten gezinkt, und er war nicht bereit, das Spiel mitzumachen, obwohl so viele andere Menschen mitspielten, und vielleicht war es das, womit Dany die Leute früher an sich zog. Many erinnerte sich, daß die Menschen viel früher aus dem gleichen Grund auch für ihn selbst etwas übrig hatten.

War es das, weswegen sich auch Frank an sie beide gehalten hatte?
Und schließlich lernten sie auch, sich mit jedem Schmerz abzufinden, denn – wie alles andere – hatte auch der Schmerz verschiedene Aspekte. Und so sprach Dany nicht über den Nagel in seinem Schuh. Er schwieg, als könne das Sprechen darüber und über die Wunde in seiner Ferse tödlich für ihn werden.
Von Zeit zu Zeit schaute der Zweite hinauf in die Wipfel der Bäume. Er dachte an Vogelnester und die Eier darin. Aber da fiel ihm ein, daß es März war und zu früh für Eier. An den niedrigeren Ästen klebten hier und dort Spinngewebe aus dem Vorjahr, zerfetzt von Regen, Wind und Schnee. Tote Spinngewebe.
Später am Nachmittag lief ihnen ein Fuchs über den Weg. Der Himmel bezog sich wieder. Unverändert weit entfernt blieb der Waldrand. Es schien, als verfolgten sie ein Ziel, das sich von ihnen mit eben der Geschwindigkeit entfernte, mit der sie sich ihm näherten.
»Ich seh die Sonne nicht mehr«, sagte der Zweite endlich, als riefe er es dem Ersten klagend zu.
»Wir gehen ostwärts, der Westen ist drüben«, antwortete der Erste. Als würde er zugleich angreifen und sich verteidigen.
»Auf der Straße würden wir uns ne Menge Umwege sparen.«
»Das kommt drauf an, wo wir sind, Many. Wir sind noch viel zu tief in deutschem Gebiet.«
»Das ständige Klettern hält uns auf.«
»Nu mach mal 'n Punkt. Ich bin auch nicht in diesen Wald verknallt, wenn du das meinst!«
»Auf der Straße hätten wir uns ne Mitfahrgelegenheit suchen können.«
»Du fängst an zu stinken.« Der Erste wechselte das Thema.

»Mensch, Prag«, hauchte plötzlich der Zweite.
»Many, wach auf. Wir sind in Süddeutschland.«
»Was meinst du, wie weit mag es wohl noch sein, nach Prag?«
»Meine Mutter hat immer gesagt: Frag mich nicht, wenn du nicht willst, daß ich dich belüge.«
»Willst du laufen, bis es finster wird, Dany?«
»Zumindest noch ein Stückchen.«
»Welches Stückchen? 's wird schon dunkel.«
»Komm, mindestens bis hoch auf den Berg vor uns.«
Erbittert schlichen sie nebeneinanderher. Der Erste humpelte stark.
»Fühlst du dich nicht wohl?« fragte der Zweite.
Er hatte offensichtlich Angst vor der Antwort, die er erwartete. Er schaute den Ersten nicht an, um nicht sehen zu müssen, wie der ihn anschaute.
»Nein«, antwortete der Erste langsam. »Bist du sicher, daß das Moos auf der Nordseite der Bäume wächst?«
Der Wind blies ihnen ins Gesicht.
»Es pfeift wie beim Teekochen, nicht, Many?«
»Ich hab Magenkrämpfe.«
»Gestern hatte ich welche.«
»Mir schwellen die Augen zu.«
»Diesen Berg noch, und dann Schluß für heute, Many.«
»Die Sonne ist weg. Hat keinen Sinn weiterzugehen.«
»Ein Stück noch.«
»Ich weiß nicht, wo das herkommt.«
»Vom Hunger, Many. 's ist harmlos.«
»Meinst du, ich bin ein verwöhnter Waschlappen?«
»Vielleicht.«
»Wieviel ham wir heut geschafft?«
»Hab's nicht gezählt.«
»Was haste dann gezählt?«
»Schritte, Many.«

»Ich geh nicht im Dunkeln. Im Dunkeln kannste alleine gehn, wenn du willst.«
Der Erste schaute ihn an.
»Ich bin ganz zerhauen und zerschunden«, sagte der Zweite leise.
»Sind wir beide, Many.«
»Du hättest den Schuh gleich am Anfang ausziehen sollen.«
»Und barfuß gehn?«
Wieder antwortete der Zweite eine Weile nicht. Dann fragte er: »Bis wohin willst du noch?«
»Vom letzten Gipfel hab ich oben ne Lichtung gesehn. Aber erst oben.«
»Halt dich an mir fest, Dany. 'n Wald, der sich länger zieht, könnt sich keiner ausdenken.« Der Zweite nahm Dany bei der Hand. »Ich werd sehen, wo ich Wasser auftreiben kann. Damit du's wenigstens auswäschst.«
»Ja, ich seh dich schon im Dunkeln Wasser suchen.«
»Ich wüßte gern, wo wir sind.«
»Zumindest sind wir aus dem Schlimmsten raus, Many. Weiß auch nicht, warum, aber auf einmal kommt's mir so bekannt vor.«
»Was willst'n damit wieder sagen? Daß du als Kind hier Pilze sammeln warst?«
Der Erste stützte sich auf den Zweiten. Beide humpelten sie jetzt fast gleich stark. Der Zweite dachte darüber nach, wie oft sie, trotz alledem, noch Glück gehabt hatten.
»Nur noch das Stückchen nach oben, Many, dann kannst du mich zur Hölle schicken.«
»Kannste Gift drauf nehmen. Nach dem Krieg kannste das allein noch mal machen.«
Es war schon beinah völlig finster, als sie den Rand der Lichtung erreichten. Nur eines war anders als gestern. Gestern war der Mond von den Wolken verdeckt, heute

beleuchtete er die Lichtung. Die von amerikanischen Fliegern abgeworfenen Stanniolstreifen schimmerten wie silbrige Perlen.

»Das isses, was Frank gemeint hat«, sagte der Zweite.

Er blieb stehen und schaute zu, wie der Erste seinen Stock in das Loch hineinsteckte, aus dem er ihn heute morgen herausgezogen hatte.

»Es kotzt mich an«, sagte der Zweite.

»Es war die Sonne«, sagte der Erste, »die verfluchte, gottverdammte Sonne hat mich hergeführt, Many.« Die letzten Worte waren nur noch geflüstert.

»Und dann die Scheißbergkämme in ihrem Zickzack. Wir konnten ja kaum drei Schritte geradeaus gehen, Many. Oder?«

»Laß gut sein, Dany«, sagte der Zweite leise und wütend. Er ließ sich neben dem Futtertrog auf die Zweige fallen, die so lagen, wie sie sie in der Früh zurückgelassen hatten. Er sagte kein Wort mehr.

Der Erste dachte darüber nach, wie ihm die Sonne einen Streich gespielt hatte, zusammen mit den Bergen, seinem eigenen Fuß und ihren Mägen. Ihm war, als hätte ihm jemand einen Stock über den Schädel gezogen. Er hatte aber kaum noch Kraft, um es in Worte zu fassen.

Der Zweite lag und starrte in den finsteren Wald. Aus der Dämmerung leuchteten schimmernd der Reif und einige Steine oder Laub. Die Bäume bildeten Korridore, die ihn an die Kanäle erinnerten, von denen die Polinnen in Meuselwitz erzählt hatten. In den Kanälen wurden sie geschnappt. Auch dort konnte man sich verlaufen. Zum ersten Mal kam ihm der Gedanke, daß sie es nie schaffen würden. Sie würden höchstens dort wieder ankommen, wo sie schon gewesen waren. Ihm fehlte die Kraft, Dany die Schuld zuzuschieben. Und gleichzeitig schob er doch Dany die Schuld zu. Er zitterte vor Kälte. Einmal mehr ver-

suchte er, seine Knie zu umschlingen und sich zusammenzukugeln. Es fiel ihm ein, daß man im Wald gar nicht ankommen kann, weil der Wald – fast wie die Kanäle in Polen – kein Ende hat. Mit dem Wald war es womöglich noch schlimmer. Da konnte man nicht entweder die eine oder die andere Richtung einschlagen. Man konnte sich im Kreis drehen und drehen und drehen, solange die Füße mitmachten. Und dann konnte man sich nur noch hinlegen, wie sie es eben taten.
In seiner Nase mischte sich in den Duft von Erde, Holz und Harz ein Geruch von abgestandenem, modrigem Wasser, von Fäulnis und Kanalratten. Nur Ratten konnten hier leben. Sie und die Menschen, die noch mehr Kraft haben. Ein Hauch von altem Gras, Wasser und Lehm. All die anderen Gerüche überlagernd.
Der Wald erschien dem Zweiten für einen Augenblick blutrot. Er war es aber nicht, nur finster. Und im Finstern ist auch das Blut dunkel und bleibt unsichtbar, ging ihm durch den Kopf. Er empfand die gleiche Stumpfheit wie der Erste. Sie würden neben diesem Tierasyl vor Erschöpfung verrecken. Bald schon würden sie von Käfern, Mäusen, Füchsen und Wölfen benagt werden. Auch von Eichhörnchen. Er stellte sich vor, auf welche Weise die verschiedenen Tiere sie beschnuppern würden. Vielleicht würden sich die edleren von ihnen abwenden. Es würde schon eine Weile dauern, bis sie verrottet wären. Danys Knochen ... Sein erschöpftes Gehirn ließ das Rot zu Weiß werden. Knochen sind weiß. Er verlor sich in der Stille: fühlte den eigenen Atem, hörte, wie sein Magen knurrte, und schwieg, als sei seine Zunge gelähmt. Ihm war, als könne er sehen und hören, wie sich Danys Knochen aneinanderrieben. Er probierte nicht, ob er seine Zunge bewegen könnte.
Der Wald, der sie umgab, roch nach Harz. In diesem

Geruch kündigte sich der Frühling an, auch wenn der Winter noch regierte. Um die Mittagszeit herum kehrte mit der Sonne das Leben in den schlafenden Wald zurück. In einigen Tagen und Nächten wird sich der Wald verwandeln. Es wird nicht mehr so kalt und feucht sein. Es berührte sie nur entfernt, und doch so nahe. Sie fühlten sich von allem und allen ausgeschlossen. Abgelehnt von Menschen und Natur. Warum? Sonne, Nacht, Kälte, Wald, Frühling. Alles.

Um seinen Willen zu spüren, hob er den Blick zu den Wipfeln. Mit aller Kraft konzentrierte er sich auf das, was er hörte, wollte sich vergewissern, daß es die Klänge des Waldes waren. Die Halluzinationen kehrten zurück. Das Knirschen von Danys Knochen. Dann sah er, wie die Kanäle wieder zu Baumreihen wurden.

Wie eine verworrene, völlig träge Form der Zeit, die nicht in Tagen, Nächten und Jahren ausgedrückt werden könnte, drang der Wind durch den Wald, prallte auf die Bäume und entwurzelte sie. Trotz der Finsternis sah er, wie die Bäume auf ihn herabprasselten, immer genau dort, wo er lag. Sie begruben ihn unter sich. Ein Baum. Zwei Bäume. Drei. Er lauschte dem Wind.

Sein Atem ging kurz und heftig. Sie hatten nicht gemerkt, daß sie sich nicht von der Lichtung entfernt hatten, sondern zu ihr zurückgekehrt waren. Was nur hatte sie auf diesen Irrweg geführt? Er zog die Zweige über seinen Kopf. Er lag fast genau in der Mulde, die sein Körper gestern hinterlassen hatte. Er sah, wie sich alles mit krabbelnden weißen, roten und durchsichtigen Käfern bedeckte. Er wünschte, sie würden verschwinden.

Der Erste wartete, bis der Zweite schlief. Dann zog er den Schuh aus und pfiff vor Schmerz durch die Zähne. Der Zweite schlief nicht. Er schwieg. Er dachte gerade darüber nach, warum der Erste Frank Bondy so haßte. Warum

Menschen sich hassen, die einander so brauchen. Vielleicht war ebendas die Ursache des Hasses, daß sie einander brauchten oder einander nahestanden.
Er sah die Zweige über seinem Kopf. Selbst wenn er die Augen krampfhaft geschlossen hielt, sah er Zweige, Äste, ja ganze Bäume, die einer nach dem anderen dorthin stürzten, wo sein Kopf lag. Es waren immer die gleichen, und es waren immer neue Bäume. Er hörte das Rauschen der stürzenden Äste, hörte sie dann herabprasseln, zunächst langsam, dann schneller und schließlich mit furchtbarer Wucht und Heftigkeit. Silbrig glänzende, schwarze Stämme mit schwerem Geruch und von großem Gewicht, die im silbern schimmernden Mondlicht noch mächtiger schienen.
Sie fielen ganz langsam und gleichmäßig, selbst dann, wenn sie schon, mit den Wipfeln die Luft aufwirbelnd, kurz über dem Boden waren, wie ein landendes Segelflugzeug. Ihr Rauschen erinnerte ihn an die Tannenbündel, die auf den Bürgersteig fielen, von Waldarbeitern vor Weihnachten in die Stadt gebracht. Als er die Augen öffnete, sah er drei Bäume auf sich niederfallen. Er war nicht in der Lage auszuweichen. Er konnte auch Dany nicht warnen.
»Morgen müssen wir woanders langgehen«, sagte der Erste.

Die Sonne stand hoch. Sie schritten nebeneinander. Der Erste stützte sich auf seinen Stock und auf den Zweiten. Sie erinnerten an zwei kranke, ausgemergelte Wölfe. Beider Augen waren gerötet, und an ihren Lidern und Mundwinkeln klebte weißer Schleim. Die Baumstämme, an denen sie entlangstreiften, hinterließen klebrige Harzspuren auf ihrer Kleidung, und ihre Haut war vom Unterholz zerkratzt.
»Wir müssen raus aus dem Wald«, sagte der Erste.

Und nach stundenlangem Schweigen des Zweiten: »Sei kein Miststück, Many!«
Er fügte noch hinzu: »Jede Wette, daß die gern mit uns tauschen würden, wenn sie könnten. Ich hoffe, daß du nicht vorhast, das von oben zu wiederholen.«
Der Zweite hob nicht einmal die Augen. Der Erste fürchtete seinen Blick. Der Zweite lehnte sich an einen Baumstamm. Der Himmel bezog sich. Bald würde es anfangen zu regnen.
»Ich hab das Ende des Waldes gesehen, Many.«
Der Zweite schaute hoch zu den Wolken. Er suchte am Himmel das Ende der Welt. Das Ende des Weges. Er spürte die Regenwolken und wußte, daß ihnen der Himmel nichts schenken würde.
»Gut. Many, du hast es nicht anders gewollt. Ich kann mindestens so gut wie du ne Ratte sein«, sagte der Erste.
Und weiter: »Soweit ich mich erinnern kann, wolltest du immer wie der dänische Schiffer abkratzen, Many. Und nicht wie Tomy Kosta.«
Die Augen des Zweiten streiften den Waldrand. Das Ende des Waldes war es allerdings nicht. Es war ein geröllbesäter Streifen, als sei hier einst ein Fluß gewesen, auf dessen steinigem Boden auch noch nach Jahrtausenden kein Baum Wurzeln schlagen konnte. Hinter dem Geröllstreifen begann der Wald aufs neue.
»Das soll das Ende des Waldes sein?« flüsterte der Zweite wütend.
Seine Lider waren verklebt, er sah erschöpft aus. Der Erste bewegte seine Lippen, als wolle er etwas sagen. Es dauerte eine Weile, bis es ihm gelang: »Bis jetzt bist du noch nie mies gewesen, Many. Alles, was wir tun müssen, ist, diese Steine zu überqueren.«
Er stand da und stützte sich auf seinen Stock.
»Wie lange ham wir nichts mehr gegessen?« fragte der

Zweite. Er war dreckig, verschwitzt, zerschunden. Er sah aus wie eine Ruine, war am Ende. Hatte aber noch Kraft genug zu bemerken, daß auch der Erste aus dem Letzten schöpfte.
»Hat keinen Sinn, ununterbrochen zu zählen.«
»Ich bleibe hier.«
»Heute werd ich was auftreiben.«
»Du hast gesagt, daß der Wald hier zu Ende ist.«
»Hier fängt ein anderer Wald an. Es ist schon anders hier. Ich treib was auf. Ich schwör's dir, Many.«
»Du wirst nichts auftreiben«, antwortete der Zweite. Jedes Wort kostete ihn enorme Mühe. Es kostete ihn schon große Mühe zu atmen. In der Brust fühlte er Stiche. Er spürte das Gewicht seines Körpers.
Der Erste erreichte humpelnd und mit Hilfe seines Stocks die Mitte des Geröllstreifens. Zuweilen drehte er sich um, sonst jedoch heftete er seinen Blick auf den Boden und suchte Stellen, an denen er mit seinem Stock Halt finden würde. Jedesmal stieß er den Stock mit beiden Händen zwischen die Steine, machte einen Schritt und zog dann das zweite Bein nach.
Man sah, wie er darauf wartete, daß der Zweite sich von seinem Baumstamm lösen würde und ihm folgten. Wie er ihm aus dem Zug gefolgt war. Noch regnete es nicht.
Endlich trennte sich der Zweite von seinem Baumstamm. Der Erste wartete, bis ihn der Zweite einholte. Stehend fiel es ihm leichter als im Gehen, das Gleichgewicht zu halten.
»Da muß es doch Höhlen geben«, sagte der Zweite und blickte auf die Steine.
»Bist selber ne Höhle«, antwortete der Erste. Und das sollte heißen: Unser Marsch verläuft nach Spielregeln, die wir beide festgelegt haben. Wir haben nicht darüber gesprochen, aber es wäre sinnlos, sie jetzt auf dem Weg zu ändern, das würde höchstens neue Gefahren bringen.

Minutenlang schleppten sie sich einer neben dem anderen über die Steine.
Der Erste wußte, was es bedeuten würde, wenn er fiele. Wie leicht könnte er ausrutschen und nach hinten fallen. Er dachte daran, daß er sich jetzt liebend gern von dem polnischen Mediziner-Amputierer das kranke Bein abschnippeln lassen würde, dann könnte er mit dem gesunden am Stock laufen.
Er kniff die Augen zu und biß die Zähne zusammen und machte einen Schritt. Es war ein zaghafter Schritt, in dem noch etwas von seinem Willen steckte, von der leidenschaftlichen Lust zu leben, weil es so vieles gab, was ihm noch zustand und was ihm entgehen würde. Er konnte sich kaum noch auf den Beinen halten. Er wandte sich um.
»Many!« sagte er.
Der Zweite lag auf dem Boden, mit dem Gesicht auf den Steinen. Seine Stirn blutete. Der Erste wäre gern zu ihm zurückgekehrt, er hätte sich aber umdrehen müssen und hatte Angst, selbst das Gleichgewicht zu verlieren. Er schaute zu Many und dachte über sich nach.
»Nun gut«, flüsterte er, »dann hier eben liegen. Laß dich erschießen. Bestenfalls.«
Aus der Wunde auf der Stirn des Zweiten trat Blut. Er mußte auf einen spitzen Stein geprallt sein. Die Wolken senkten sich immer tiefer, und es erhob sich ein Wind. Die ersten Tropfen fielen. Der Erste wischte sich Nadelreste aus den Augen. Der Zweite legte seine Hand auf die Wunde. Also will er doch leben, sagte der Erste zu sich. Er will noch leben. Er kann noch aufstehen.
Dem Zweiten war schwindlig, obwohl er lag. Er nahm das Bluten nicht mehr wahr. Der Stein kühlte seine Stirn. Das Blut war warm und klebrig. Er leckte seine Hand.
Er konnte das Flüstern des Ersten hören, der sich über ihn beugte, und er hörte darin Wut und Angst, und erneut

Wut, und stille Furcht, und währenddessen überlegte er, wer wen verriete, und wen alles er wirklich schon verraten hatte, nämlich sich selbst, Frank Bondy, Mutter, Vater, Zufallsbekannte, einmal oder zweimal, tausendmal. Und wenn es manchmal nur in Gedanken geschehen war, nur in einem flüchtigen Gedanken.

Inzwischen regnete es heftig. Wasser spülte das Blut von dem Stein, von seiner Stirn und seiner Hand. Der Erste stand immer noch über ihm und schaute auf ihn hinunter. Der Zweite nahm ihn nicht wahr. Dann, als der Erste wieder davonzugehen begann, betrachtete er ihn wie durch einen Schlitz. Drüben, auf der anderen Seite des Geröllbetts, erhob sich der Wald wie eine Wand. Äste, Spinngewebe, Ströme von Regenwasser – alles zusammen bildete ein Geflecht aus Strickleitern, die der Wind immer wieder auseinanderriß und zusammenführte. Durch den Schleier aus Regenwasser sah das aus wie eine von Spinnen wimmelnde Fläche. Wenn er seine Augen nicht schlösse, dachte er, würden sie ihm die Wasserspinnen herausritzen. Der Regen peitschte in seinen Nacken.

Humpelnd kam der Erste noch einmal zurück. Er stocherte mit seinem Stock am Körper des Zweiten herum.

»Setz dich zu mir«, flüsterte der Zweite.

»Dann werd ich nicht mehr aufstehen können«, antwortete der Erste mit erregter Stimme.

»Es gibt zu viele von den Spinnen hier.«

»Du blutest, aber nicht schlimm«, sagte der Erste, »du hast dich am Stein geschlagen.«

»Wart auf mich, Dany.«

»Ich denk nicht dran«, sagte der Erste.

Die andre Seite des Geröllstreifens erreichten sie gleichzeitig. Beide sahen sie aus wie Wracks. Der eine stützte sich am anderen. Es hörte nicht auf zu regnen. Der Regen erfrischte sie etwas.

10

»Da sind Pferde gegangen«, sagte der Erste, als sie den Waldweg erreicht hatten.
»Letztes Jahr vielleicht«, antwortete der Zweite.
»Hast du was mit den Augen?«
»Sind geschwollen, glaub ich. Und wenn ich sie schließ, ist's wie Kino.«
»Was wird heut gespielt, Many?«
»Ich sehe ein nacktes Weib aus Stein, Dany. Eine Skulptur. Sie sitzt am Wenzelsplatz oben am Springbrunnen. Wenn du hinter ihr stehst und ihr zwischen die Beine schaust, siehst du, wie da die Straßenbahn durchfährt.«
Der Erste versuchte zu lächeln, tat es aber nicht. Trotzdem fühlte der Zweite, was der Erste meinte, gleich, was er zeigte.
»Ich weiß nicht mal mehr, daß ich mich aufgehauen habe«, sagte der Zweite.

Damals in Meuselwitz hatte Frank Bondy sie in die Stube der Kapos eingeladen, jedem einen Stuhl angeboten. Er strahlte etwas aus, das sie sofort wissen ließ, worum es ging. Sie bereiteten einen Fluchtversuch vor, und Frank versicherte ihnen, daß er den »zum Fixpunkt seines Lebens« machen würde.
Manchmal reichte es aus, ihm zuzuhören. Er hatte eine angenehme, sonore Baßstimme. Es genügte, seiner Stimme zu lauschen, in der alles anklang, das Vergangene und vielleicht auch das Künftige, und man hatte das Gefühl, es sei ein Privileg, an der Seite Frank Bondys zu stehen. Er erzählte ihnen aus seinem Leben und ließ sie dabei das gleiche empfinden wie beim Lächeln einer schönen reifen Frau, das einen sofort ahnen läßt, worum es geht. Damit sie wüßten, mit wem zu fliehen sie die Ehre haben würden. Er machte wirklich den Eindruck einer Frau, die ihr Gegenüber davon überzeugen will, sie

gewönne an Jugend, je älter sie wird. Oder umgekehrt. Daß der andere desto mehr gewinnt, je mehr er ihm gibt, weil so vieles da ist, womit es vergolten werden kann. Das leuchtete ihnen ein. Es hätte jedem eingeleuchtet. Und schließlich, es war ein Glaube, den sie alle drei brauchten. Es war wie eine Treppe, die nach oben führt. Und jenes »nach oben« – oder auch nach unten, das war im Augenblick unerheblich – war ihr Fluchtversuch und die Vorbereitung darauf.

Frank Bondy hatte ihnen vom russischen Roulette erzählt und wie er es gespielt hatte; hatte erzählt, wie Menschen überhaupt ihr Leben aufs Spiel setzten, ohne daß sie irgend etwas oder irgend jemand bedrohte, aus Jux und Dollerei, einfach nur wegen des Kribbelns in der Magengrube. Während eines nächtlichen Bombenangriffs englischer Flieger erzählte er ihnen über die Sammlung alter Pistolen, die die Deutschen – selbstverständlich – beschlagnahmt hatten, als sie nach Prag gekommen waren. (Es war die Nacht, in der ein englischer Bombenflieger samt Besatzung in der Nähe des Lagers abgestürzt und verbrannt war.) Er hatte alles im Gedächtnis behalten – das Datum, das Wetter, das Licht und die Geräusche; ähnlich übrigens auch für jenen 1. März 1940, als er seine Wertsachen zur Aufbewahrung in die Bank gebracht hatte, und die Deutschen dann den Zugang zur Straße, in der sich die Bank befand, abgeriegelt hatten. In dieser Nacht träumten sie davon, wie sie die Pistolen nicht an die eigenen Schläfen drückten, sondern gegen einen der Sonderführer richteten. Oder gegen einen der Scharführer. Gegen eine der Aufseherinnen, die die Frauen quälten und hänselten, was für Ferkel sie seien, wenn ihnen das Blut an den Schenkeln herabrann. Es klang wie ein Lied, das kein Ende hat oder vielleicht nicht auszuklingen vermag. Frank Bondy ist nicht aus dem Lager geflohen, wie ihm auch die Flucht aus seiner Vergangenheit nicht gelingen wollte; oder er wollte nicht, daß sie ihm gelänge, selbst wenn seine Zukunft zu einer leeren Hutschachtel geworden wäre, wie an dem Tag, als er, Prag verlassend, ein Haus, das Schlafzimmer, die Küche mit dem Tisch und den Stühlen, mit dem Geschirr hinter sich ließ. Er ging einfach die Treppe hinunter und bewahrte das Treppenhaus im Gedächtnis und auch jeden einzelnen seiner dreißig Anzüge, maßgeschneidert in einem der ersten Häuser an der Národní trída, und mehrere Paare bester Schuhe, auch die alle maßgefertigt. In den Transport ging er am 1. Juni 1942, an dem Tag, als die Deutschen jüdischen Haushalten das Halten von Haustieren, mit Ausnahme von Fischen im Aquarium, untersagten und als Nichtariern das Abonnement von Zeitungen verboten wurde. Am Ende war ihnen noch das Knoblauchessen untersagt worden. Von all den Verboten das schlimmste allerdings, hatte Frank Bondy ihnen einmal auf dem Weg zu den Duschen erzählt, sei das Verbot gewesen, die Speise- und Schlafwagen zu benutzen. Das Verbot der Schnellzug- und der Dampferfahrten. Frank besaß die Fähigkeit, mit Worten zu zaubern. Er wob die Worte zu einer Welt zusammen, die es einst gab und eines Tages vielleicht und selbst für einige von ihnen wieder geben würde. Er zauberte aus Lügen und Illusionen Hoffnung hervor. Es war wie der Geruch des Brotes, das ihnen vorenthalten wurde, wie die Wärme der Wolldecke, die aufzutreiben ihnen nie gelang. Längere Zeit half ihnen das, sich über Wasser zu halten.

Es gehörten dazu auch die drei Stühle, die er organisieren konnte, um sie einladen und auffordern zu können, Platz zu nehmen. Was die Flucht beträfe, teilte er ihnen mit, sei es ihre Aufgabe Nummer eins, den Schlüssel zum

Tor in die Frauenabteilung zu beschaffen. Seine Begründung leuchtete ein. Der Hochspannungszaun zum Frauenlager führte durch ein Sumpfgelände, und der Draht war dort – wegen der durch den feuchten Boden vergrößerten Kurzschlußgefahr – höher über der Erde gespannt. Zweifellos war es dort einfacher durchzukriechen, ohne wie ein Lamm gebraten zu werden.

»Es würde mich freuen, wenn der Teufel dies eine Mal für uns arbeitet, Jungs«, sagte Frank. Und er lächelte dabei, als würde er sie um ihre Jugend beneiden und um all das, was nach dem Erreichen des Zieles auf sie noch wartete.

Das Gelände war so beschaffen, daß hier niemand zuvor die Flucht versucht hatte: aus Angst, im Sumpf zu ertrinken. Die meisten Leute wußten auch nicht mehr, wohin sie fliehen sollten. Der Zaun war unbewacht – der Sumpf und die Hochspannungsdrähte waren Wache genug.

Am gleichen Abend fertigten sie aus einem Stück Seife, das sie von Frank dafür bekommen hatten, am Tor einen Schloßabdruck an. Dany klaute dann in der Fabrik alte Schlüssel. Einen davon feilte er mit Hilfe des Abdrucks nach. Einen Tag später probierten sie den Schlüssel aus. Er paßte. Sie gaben ihn Frank, und Bondy tat ihnen seine Anteilnahme und Bewunderung sowie die Überzeugung kund, daß sie brillant begonnen hatten, weshalb er der Meinung sei, sie würden ähnlich brillant abschließen.

Einige Tage später bemerkten sie, daß Bondy mit Hilfe ihres Schlüssels eine Polin namens Wanda besuchte, die in der Küche arbeitete. Sie kam, wie die meisten polnischen Frauen hier, aus den Kanälen und war – auch wie die meisten – gläubige Katholikin, was man daran erkannte, was und wie sie sangen. Sie alle waren an jeder Station von Soldaten vergewaltigt worden, und

manche von ihnen sprachen davon in der Fabrik; auch Wanda wird, bevor sie in der Küche zu arbeiten begann, Bondy alles über sich erzählt haben, weil er älter aussah und weil er sanfte Augen hatte und weil sie wohl das Bedürfnis gehabt haben mochte, sich jemandem anzuvertrauen.
Frank ließ am nächsten Tag die ganze Magie seiner Stimme spielen, um sich herauszureden. Es packte sie Eifersucht auf die arme polnische Kreatur. Sie mußten Wege finden, ihn von ihr abzubringen. Aber sie brachte ihm Essen und glaubte, mit seiner Hilfe auslöschen zu können, was ihr widerfahren war. Sie glaubte ihm, weil sie jemanden brauchte, dem sie glauben konnte. Sie ging ihm auf den Leim, nach allen Regeln der Kunst.
Frank sagte, und seine Stimme war ganz leise: »Es gibt etwas, das ist noch viel älter als wir alle zusammen, Jungs. Immerwährende Freundschaft und Liebe und Feindschaft gibt es nicht, immerwährend ist nur das eigene Interesse.« Plötzlich sah es beinahe so aus, als sei die durchtriebene Wanda das Haupthindernis der Fluchtvorbereitung. Es war immer albern anzusehen, daß die Frauen in den Lagern keine Haare hatten. Zähne hatten sie auch nicht. Es gab noch mehr, was sie nicht hatten. Manchmal standen sie nackt auf dem Bahnsteig, ohne jeden Schutz vor Sonne, Regen oder Frost. Aber am schlimmsten war für sie, dort stundenlang nackt vor den Augen der SS-Männer zu stehen. Sie sagte ihm immer: »Das würdest du von mir nie verlangen.«
Die übrigen Polinnen nannten Frank Bondy-Bey, wie in der Türkei. Wieder andere nannten ihn Bondy-Boy. Es war damals, als ihnen Frank die Adresse seiner Prager Verlobten gab, für den Fall, daß ihm während der Flucht etwas zustoßen würde. Dany vermachte er die Uhr, zu der er auf rätselhafte Weise gekommen war, und Many

sein Geld. Er wird an seine Prager Verlobte wohl auch gedacht haben, als er mit Wanda zusammen war. Der einen sagte und der anderen schrieb er, wieviel sie für ihn bedeutete, und er wird dabei keine belogen haben. Er pflegte zu sagen: »Von jeder Geschichte gibt es drei Fassungen. Die eine erzählt ihr mir, die zweite ich euch, und die dritte kennen wir alle nicht.«

»Warum denkst du ständig über ihn nach?« fragte der Erste.
»Ich denk nich ständig über ihn nach. Ich denk nur an was Bestimmtes. Meinst du, die mochten sich wirklich, er und sein Prager Weib? Würden die sich jetzt mögen?«
»Wie Katze und Ratte, würd ich sagen«, antwortete der Erste. »Ich hab ihn längst abgeschrieben und vom Sockel geholt. Wie ich meinen Alten vom Sockel holen mußte, als die Deutschen kamen. Obwohl, wahrscheinlich hätte er nicht mehr tun können, als er getan hat.«
»Er hat so lange damit angegeben, daß wir abhauen würden, bis er selbst dort blieb.«
»Er hat gern angegeben«, sagte der Erste.
Der Zweite dachte über einen Satz nach, den Frank Bondy häufig wiederholte: Wir alle haben unsere guten und unsere schlechten Tage. Und über seine Frage, wie lange sie keinen Spiegel mehr gesehen hätten. Dany schmeichelte es offensichtlich, wenn jemand wie der Siebenbürger in ihm eine Gefahr für die Menschheit sah. Er war schon in vielen Zügen durch viele Länder gefahren, aber im Gedächtnis waren ihm nur die Namen einiger Bahnhöfe geblieben. Dafür wiederum die Namen aller Lager. Die Vorstellung eines Güterzuges wurde in seinem Kopf zu einem lockenden Bild. Tage und Nächte in einem offenen Waggon zu fahren, ist ja auch nicht nur schlecht, dachte er.

Der Siebenbürger schlachtete die Menschen nach dem koscheren Ritus, wie ein Huhn, das man ausbluten läßt. Er hängte sie nackt an den Füßen am Zaun neben der Küche auf und durchschnitt ihnen die Kehle, oder er befahl einem Häftling, ihnen die Kehle zu durchschneiden, und wartete, bis das Blut vollständig in den Lehm getropft war. »Ein Jude, zwei Synagogen«, ließ der Siebenbürger verlauten, »hier stirbt auch der Reichste arm.«

»Ja«, sagte der Zweite.

Manchmal sprach Frank Bondy so, daß sie lange darüber nachdenken mußten, und es war immer wenigstens doppeldeutig. An dem Morgen, als sie antreten mußten und zusehen, wie ein Mann gehängt wurde, der am Tag zuvor in der Küche Kartoffeln geklaut hatte, flüsterte Frank, ohne daß man die Bewegung seiner Lippen bemerken konnte: »Die Welt gehört den Lebenden allein.« Sein Gewissen wurde zu einem Echo, zum Ersatz, zu etwas Verzichtbarem. Keiner war imstande, dahinterzukommen, was er wirklich dachte. Selbst wenn man sich manchmal, auch wenn er nicht direkt darüber sprach, denken konnte, was er meinte. Einmal schaute er auf den Siebenbürger und sagte beiläufig: »Wenn dir der Ring verlorengeht, bleiben dir immer noch die Finger.« Und: »Solange die Sonne für mich scheint, schert mich der Mond einen Dreck.«
»Die meisten Leute haben den Teufel in den Augen, wenn sie dich erschlagen. Bleib auf der Hut vor ihnen«, sagte Frank Bondy, »auch wenn sie selbst keinen Finger rühren.« Er sagte es mit dem gleichen treuen Blick, mit dem er erklärte, Sündigen sei gut und Sünde sei eine Wonne.

Mit seiner erlesenen Kinderstube, deren Überbleibsel sie so beeindruckten, mit den Abenteuern aus einer Welt, die sie nie kennengelernt hatten und die die meisten ihrer Leute nie kennenlernen würden, und mit seiner Gelegenheitsmoral, die man jeder Situation anpassen konnte – mit alledem mußte Frank Bondy wissen, was er sagte, als er flüsterte, daß die Welt den Lebenden allein gehört. Alles schrumpfte auf Bondys hübschem Gesicht zu einem halben Lächeln zusammen, zu jener Seifenblase, der Franks Gewissen glich. Er klammerte sich ans Leben, selbst wenn dies nur noch an einem Faden hing. Er gehörte nicht zu denen, die sich hin und wieder sehnlichst wünschten, selektiert zu werden, nur um es endlich hinter sich zu haben.

Manchmal hat sogar der Lagerkommandant selbst den Frank Bondy, den sie sich zum Kapo ausgewählt hatten, angesprochen: SS-Oberscharführer Heinz Werner Blume aus Heidelberg, hoch, blond und blauäugig, abwechselnd in seine schwarze oder die graugrüne Felduniform gekleidet. Dann sagte Frank Bondy: »Solange du spielst, kannst du gewinnen.«
SS-Oberscharführer Heinz Werner Blume zog eines Tages mit seinem Stock eine Linie in den nassen Sand neben den Häftlingsbaracken und verfügte, daß keiner der Häftlinge diese Linie überschreiten dürfe, unter keinen Umständen. Die Linie war im Regen verschwunden, als hätte es sie nie gegeben. Und doch überschritt keiner der Häftlinge die Linie, die es dort nicht gab. Blume wußte es. Er wußte, daß er eine unsichtbare Linie gezogen hatte, die keiner der Häftlinge überschreiten würde, solange er am Leben bleiben wollte. Daß sich die nicht vorhandene Linie jedem Häftling tiefer als alles andere ins Gedächtnis eingegraben hatte.

Wir haben sie überschritten, dachte der Zweite. Wir haben sie überschritten, obwohl wir um sie wußten. In seinem Kopf hob sich der Unterschied zwischen der Linie im Sand und der Linie aus Stacheldraht auf. Auch hätte er noch genau sagen können, wie die Linie verlief. Die Linie im Sand. Die Linie aus elektrisch geladenem Stacheldraht. Die Verlängerung der Linie führte zu den SS-Leuten, deren Namen sie kannten. Rainer Haasler. Hans Stahl. Helmuth Franck. Oskar Wolf. Gerhardt Dieter. Heinz Werner Blume. Die Namen hallten nach wie ein Echo, das bei jedem Schritt nur leiser wird, als könne man es hinter sich lassen, und das doch nicht verklingt. Das, dachte der Zweite, ist meine Linie im Sand. *»Für euch gibt's hier keinen Weg raus«, sagte SS-Oberscharführer Blume, »es sei denn durch den Schornstein.«*

»Den Hochspannungsdraht hat er vergessen«, kommentierte Frank Bondy. »Aber trotzdem ist was Wahres dran an dem, was er sagt.«

Bondy beschäftigte – ähnlich wie Blume auch – die Frage, warum es für die Deutschen so wichtig war, einen Menschen, bevor sie ihn umbrachten, zu erniedrigen. Damit er, bevor er noch die Seele ausgehaucht hatte, einsähe, warum er sterben müsse. Blume mußte es wissen, warum es leicht war, Menschen zu zerbrechen. Oder doch nicht? Blume bewies ihnen, daß auch der schlimmste Tod besser ist als das Leben.

Aber Frank Bondy tat auch manchmal so, als betrachte er die Menschheit in der Rolle eines Seiltänzers kurz vor dem Sturz. Er fühlte sich beschämt und schuldig, daß er sich hatte übertölpeln lassen. Er war in Prag mit seinen fünfzig Kilo Gepäck in den Zug gestiegen, als trete er eine Reise nach Buenos Aires an. Aber irgendwann einmal war das umgeschlagen in ein Gefühl der Ohnmacht, der Hoffnungslosigkeit, weil keine Instanz da war, auf die sich irgend jemand hätte berufen können. Zeitweilig konnte er sich einbilden, das Ganze sei ein Alptraum. Bis ihn wieder jemand anbrüllte. Dann fühlte er sich von allen und von sich selbst verlassen, »wie der letzte Mensch auf der Welt«. Das millionenfache »Warum?« konzentrierte sich in einem einzigen Atemzug, in einem Zucken des Augenlids, das Tausende von Minuten, Sekunden, Jahren enthielt, wenn sie zufälligerweise gerade keiner schlug oder sie nicht von Hunger oder Durst zum Wahnsinn getrieben wurden und nicht vor Angst bebten, während der Montagsselektion für den Schornstein bestimmt zu werden. Er hatte schon gelernt, im Leben eher eine Strafe als eine Gabe zu sehen. Er konnte es höchstens in das millionenfache »Warum?« einpacken, wie vor dem Krieg ein Metzger hundert Gramm Schinken in Papier. Dann berief er sich taumelnd auf sein Gedächtnis. Und dennoch huschte manchmal Erleichterung über sein Gesicht: »Zumindest hab ich keine Kinder.« Er suchte nach lindernden Umständen. Über eines sprach Bondy nie: über seinen Vater und seine Mutter. Über seine Familie. Warum? Jemand meinte einmal, Bondys Mutter habe Selbstmord begangen. Vielleicht war Bondys größte Stärke auch die Gleichgültigkeit – dem Gestern, Heute, Morgen, allem und allen gegenüber. Wer weiß? Es war eine nicht enden wollende Kette von Fragen. Warum sprachen so viele jüdische Deutsche – oder deutsche Juden? – sich selbst mehr Schuld zu als Hitler?

Fest stand, daß Frank Bondy, wenn andere ihr Gleichgewicht verloren, seines fand. So, wenn das Lager Gerüchte peinigten, die Deutschen hätten das Wasser oder den Kaffee-Ersatz vergiftet, so daß sie alle bis morgen abkratzen würden. Oder die hätten der Suppe Schlafmittel beigemischt, nach denen keiner mehr zu diesem Leben erwachen würde. Oder das Kommißbrot – eine Scheibe pro Person und drei Tage –, das diesmal von einer neuen Bäckerei geliefert worden war, würde ihnen Venen und Arterien zersetzen, Würmer würden ihnen aus dem Magen hoch in die Lunge und hinab in die Gedärme kriechen und sie von innen zerfressen. Oder das Wasser würde ihnen das Blut verdünnen. Manchmal war auch die Rede von Säuren im Motoröl oder von geheimnisvollen Strahlen, die Knochen und Fleisch zum Zerfall brächten, und als Folge davon verschwänden die Menschen spurlos, damit den Deutschen die Sorge um die Beseitigung der Überreste erspart bliebe. Die Deutschen hatten immer Angst vor Epidemien. Bondy runzelte nur besorgt die Stirn. Für ihn war die schlimmste jüdische Krankheit der letzten zweitausend Jahre der Hang zur Panik. Ein Vernünftiger auf sechstausend Unvernünftige reichte als Vakzin schon aus. Zumindest reichte es für sie, für Dany und Many, aus. Nach einer solchen überstandenen Panik waren sie ohne weiteres bereit, nach einer zwölfstündigen Schicht in der Munitionsfabrik auf die Rampe zu gehen und dort Stahlblech, Zement oder Kohle auszuladen, und sie freuten sich noch des Lebens. Selbst wenn sie kaum stehen konnten vor Erschöpfung. Ähnlich wilde Gerüchte wurden über das Kriegsende verbreitet. Es kommt heute. Abends um sieben. Morgen in der Früh. Bondy erklärte sich mit der Miene eines Hellsehers einverstanden: »Jawohl. Aber sicher. Wir werden alle noch unser blaues Wunder auf dieser Mutter Erde erleben.« Mal tat Bondy, als wisse er nichts, dann wieder, als wüßte er alles. Manchmal tat er, als sei er in die grünlichblauen Exkremente getreten, welche die Erschlagenen unter sich ließen, bevor sie die Seele aushauchten. Er blickte ins Leere.

Er sah Dinge, die sie sich womöglich gar nicht vorstellen konnten.

Am tollsten war Bondy, wenn er an die Angelegenheiten dachte, welche die Menschen unterhalb der Gürtellinie beschäftigten, und daran, was sie in guten Zeiten bei einem Menschen oberhalb der Gürtellinie auslösten. Das Geheimnis von Mann und Frau, Zucht und Unzucht, den Bereichen oberhalb oder unterhalb der Gürtellinie zugewiesen, völlig falsch. Frank Bondy wollte diesen Unterschied nicht gelten lassen. Eine Heuchelei sei das, die sie letztendlich bis hierher gebracht habe. Oder aber er sah im Geist die Folterkammern, die sie noch erwarteten. »Keiner wird siegen. Ihr wißt, wie das ist.«

Sie wußten gar nichts. Erzählte er denn so vieles, nur damit sich alles als Lüge entpuppte? Sagte er so viel, um in Wirklichkeit nichts zu sagen? Es war etwas an ihm, das die Menschen in die Irre führte. Er wiederholte oft ein Lieblingswort des SS-Oberscharführers Blume: SCHLUSSSTRICH. Eine Linie, unter der alles nur noch addiert wird, unter der nur noch das Ergebnis steht. Etwas, was nur noch addiert zu werden braucht: das Ergebnis ist die Erschöpfung, wenn der Mensch schon weiß, was auf ihn zukommt.

Weisheiten, von denen nichts übrigblieb. Es ist angenehm, den Regen zu beobachten, wenn man im Trockenen steht. Härchen für Härchen naht die Glatze. Gehst du den Wolf besuchen, vergiß nicht, den Hund unter dem Rock zu verstecken. Und andere mehr. Hat die Maus nur ein Loch, geht sie sicher in die Falle. Und noch mehr, warum Träume verlogen sind. Nur zwei Dinge trägt der Mensch immer mit sich: seinen Hintern und den Feind in seiner Brust. Der Dummkopf gewinnt nur die erste Runde. Besser ein Freund auf dem Markt als

Geld im Koffer. Wer wegrennt, wird verfolgt. Endlos. Wird der Frost unerbittlich, frißt ein Wolf den anderen. Ihm war, als trete er ins Leere. Die Lücke zwischen Himmel und Erde hat sich geschlossen. *In der Not sind auch Kinder erwachsen. Sage dem Freund eine Lüge, und wenn er sie für sich behält, erzähle ihm die Wahrheit. Wer schnorrt, bezahlt am teuersten. Dem Zweiten blieb in Erinnerung, was Frank Bondy irgendwo in Spanien aufgeschnappt hatte, gleich hinter der Grenze, als er aus dem Seebad Biarritz nach San Sebastián kam, im Casino von Playa de la Concha, am Strand der Muscheln. Ein Zaun hält drei Jahre, der Hund überlebt drei Zäune, das Pferd drei Hunde und der Mensch drei Pferde.* Vielleicht, sagte sich der Zweite sinnend. *Über sich selbst pflegte Frank Bondy zu sagen: Oft verliebt, nie verheiratet. Der Mensch braucht das Gewissen eines Wolfes, um zu überleben. Bist du Amboß, sei geduldig; bist du Hammer, schlage zu. Jedem geschieht, was er vermeiden möchte. In allem brauchst du Glück. Das Herz lügt nicht. Und: die Menschen sind wie die Ehe – nicht wie sie aussehen, sondern wie sie ausgehen, entscheidet. Reicht es aus, sich an den Fluß zu halten, um ans Meer zu gelangen, wie Frank Bondy sagte? Oft macht der schlimmste Gauner den besten Eindruck. Wer es allen recht machen will, kann nie früh genug aufstehen. Und: nur ein schlechter Geschäftsmann meint, an allem verdienen zu müssen. –* Der Himmel verschwamm mit der Erde. Zuweilen fühlte Many unter den Füßen glitschigen Lehm, dann wieder Steine und Sand. *Ein Fohlen, das sich nie aus dem Geschirr reißt, wird nie zum guten Gaul. Nur ein Narr wartet, der Tag wartet nicht.* Vor seinem inneren Auge zerrann die Gestalt Frank Bondys, so wie seine Worte zerronnen waren: wie ein in der Ferne verklingendes Echo.

Er stellte sich vor, was wohl kommen würde. Er sortierte es, wie man Erbsen auspult, wie man Unkraut jätet, wie man aus gekochtem Fisch die Gräten pult. Gestern, manches davon mindestens; morgen, welches Morgen auch immer – so ergänzten sich die Worte und sortierten aus. Die Kraft, die er zu dieser Vorstellung brauchte, abgesehen von seinen Beinen, Armen und Händen, Augen, Ohren und seiner Wachsamkeit, war seine letzte Kraft. Das brauchte nicht erst gesagt zu werden, nicht einmal zu sich selbst. Es ging ihm durch den Kopf, daß das Gedächtnis ein besserer Gesprächspartner war als Dany. Besser auch als er selbst, hier und jetzt. Ein besserer Gesprächspartner auch als Stille, Ferne, Nässe, Angst. Als der Wald in der Nacht, die nasse, glitschige Erde, die Steine, das schürfende Geäst. Oder nein, nicht das Gedächtnis war es. War es wohl und war es auch wieder nicht. Manche von den Gestern sind noch am Leben. Zumindest Stücke davon. Ein Geruch. Eine Berührung. Ein Hauch. Eine Tür. Vieles davon zerfraß das Vergessen, die Zeit: Zeit, Durst, Hunger oder Grauen. Abstumpfung. Gleichgültigkeit. Erschöpfung. Vielleicht würde auch dies: das Jetzt und Hier eines Tages zu gestern. Mit uns oder ohne uns. Mit mir oder ohne mich. In Gedanken spielte er mit den Worten. Gestern, heute, morgen. Ein Schritt, und noch ein Schritt. Morgen, gestern. Schritt. Gestern, Schritt. Morgen. Er vernahm eine verklingende Stimme aus seinem Innern. Sie sagte, daß es dort, wo sie hingingen, eh niemanden mehr gab. Es wartete niemand auf sie, nicht einmal im allerbesten Falle. Es war seine eigene Stimme, und er rang mit ihr, weil sie es unentwegt wiederholte. So etwa: »Schau mal, das Leben geht weiter – für die anderen. Die Welt ist wahnsinnig geworden. Aber sie dreht sich wie eh und je. Worauf es ankommt, sind die

Details. Meine Welt ist zu Ende. Es wird nie wieder, was mal war.«
Schritt.
Es konzentrierte sich alles in dem Gedanken, daß sie ankommen würden, er klingelte an der Tür, und keiner würde öffnen kommen. Vielleicht doch nicht. Mal sehen. Ja. Nein. Ja.

»Daß er schließlich dafür bezahlen mußte, daß man ihn in den Transport reinnahm, meinst du das?«
»Das war aber wirklich nur der letzte Tropfen. Paß auf, Many, es ist glatt hier.« Und dann noch: »Ich muß mich an dir festhalten.«
»Bedien dich ruhig. Solang du mir nicht an den Fingern knabberst.«
Plötzlich war der Wald zu Ende. Der Weg führte in ein Feld hinein. Sie hielten im hohen Gebüsch an. Auf dem Feld pflügte ein Bauer.

»Die Frau bringen wir um«, sagte der Erste. »Sonst verrät sie uns.«
Aus ihrem Versteck im Gebüsch beobachteten sie den Bärtigen hinter dem Pflug. Der führte seinen roten Gaul vor dem Pflug an einem flachen Lederzaum. In einer Hand hielt er das Zaumzeug, und mit beiden Händen drückte er den Pflug. Ein Stück Brachland fiel zu dem Dorf hin ab, von dem zuvor die Frau heraufgestiegen war. Sie brachte dem Pflüger einen irdenen Topf und einen Krug. Der Mann hielt das Pferd an. Das Pferd senkte seinen Kopf.
Der Mann war unrasiert. Er trug eine schäbige, geflickte Jacke mit abstehendem Kragen. Die Frau wartete einige Schritte entfernt, bis der Mann zu Ende gegessen hatte.

Die Frau war hübsch. Der Mann mußte mindestens eine Generation älter sein als sie. Die Frau trug einen Wollmantel, handgestrickte Wollstrümpfe und hohe geschnürte Männerschuhe.
Der Mann aß. Die Frau beobachtete das Pferd und den Himmel, die dahinziehenden Wolken. Der Mann nahm große Happen, kaute gründlich und schluckte hinunter. Von Zeit zu Zeit schaute er über den Pferderücken zu der Frau hinüber.
Das Feld war schmal und lang. Die Frau wandte sich ab.
»Womit?« flüsterte der Zweite.
»Mit einem Stein oder einem Stock«, antwortete der Erste.
»Wer tut es?«
Der Mann schaute das Pferd an, das ruhig stand, obwohl das Zaumzeug nur lose über dem Ast einer Weide hing. Von zwei aufeinandergelegten Scheiben Brot nahm er einen Bissen nach dem anderen. Was zwischen den Scheiben war, konnte man nicht sehen.
Die beiden Jungen beobachteten die Szene und schluckten trocken. Als der Mann mit den Brotscheiben fertig war, hob er den Krug vom Boden. Sie konnten sehen, daß er Milch trank. Sie floß ihm am Kinn hinunter, unter den Kragen und auf die Brust.
Die Frau saß verträumt da. Ihr Haar war glatt unter ein geblümtes Kopftuch gekämmt. Als der Mann mit Essen und Trinken fertig war, lächelte er sie an, und sie wickelte mit ernster Miene Topf und Krug in ein Tuch, das sie in ihrer Tasche verschwinden ließ. Ihre Bewegungen waren anmutig und schön, man konnte ihr anmerken, daß sie mit ihren Gedanken woanders war.
Dann ging die Frau zum Hof zurück, mit langen Schritten und aufrecht, ohne auf den vertrauten Weg zu achten.
Der Mann trieb das Pferd wieder an. Zerfurchte weiter den Frühlingsboden mit seiner Pflugschar. Die Frau

wandte sich kein einziges Mal zurück, aber der Mann blickte ihr einige Male nach, bevor er die Stirn wieder dem Pferdehintern zuwandte. Langsam arbeitete der unrasierte Pflüger. Er paßte seine Schritte dem trägen Rhythmus des Pferdes an. Das Gewicht des weichen und schwarzen Erdreichs, das er umpflügte, spiegelte sich in seinem Gesicht wider.

Die Frau erreichte den Dorfrand. Sie verschwand in einem Haus mit rötlichem Dach. Es lag abseits vom Dorf. Das eigentliche Dorf begann erst hinter dem nächsten Hügel. Es war ein Wohnhaus mit Anbau, Scheune und Abtritt.

Vor der Hundehütte sprang an einer langen Kette ein deutscher Schäferhund herum und begrüßte die Frau mit wildem Gebell. Die Frau schaute den Hund an und lächelte zum ersten Mal. Eine Hündin antwortete dem Schäferhund aus der Ferne, bellte und heulte laut und getragen.

Nach einer Weile öffnete die Frau die Tür und trat in schwarzem Hauskleid und Schürze auf den Hof hinaus. Sie streute Körner für die Hühner. Der Hund bellte, und die Frau lächelte noch einmal dem Hund, den Hühnern, und vielleicht auch sich selbst zu.

»Sieht so aus, als wäre sie alleine dort«, sagte der Erste.

»Wie sollen wir's tun?« fragte der Zweite.

»Nur einer von uns tut's, Many.«

»Wer?«

»Wir zählen ab. Sag ne Zahl, Many. Bis zwanzig. Aber schnell. Bei wem soll ich anfangen?«

»Fünfzehn«, antwortete der Zweite, »bei mir.«

Der Erste zählte.

»Du, Many. Du mußt sie umbringen.«

»Ist gut, ich bring sie um.«

»Wenn du's nicht tust, tun die's später mit uns, Many.«

»Geht in Ordnung. Lang mir den Stock rüber.«

Der Erste reichte ihm seinen Gehstock. »Laß ihn nicht dort liegen«, sagte er.
»Ich bring sie um, sobald ich ihr was Eßbares abgelockt hab«, sagte der Zweite.
»Versuch, vorher noch aus ihr rauszukriegen, wie weit wir noch haben.«
Als die Frau die Hühner versorgt hatte, holte sie aus der Schürze einen Würfel Zucker. Sie ließ den Hund eine Weile auf den Hinterbeinen tänzeln. Schließlich warf sie ihm den Würfel zu. Der Hund sprang in die Höhe, schnappte nach dem Würfel und verschlang ihn.
Der Duft des beginnenden Frühlings, von Wald und Wiesen und Stall durchzog die Luft. Der Zweite öffnete und schloß die Lippen, als schnappe er nach etwas Unsichtbarem. Er spürte, wie der Erste bebte.
Die Tür zum Stall stand offen. Im Inneren konnte man nichts erkennen. Dort herrschte Dämmer, verstärkt noch durch das Licht nach dem Regen.
Sie wurden beide von der Erwartung gepackt, daß sie gleich etwas essen würden. Die schlug um in Zittern und Speichelschlucken. Das Essen war schon so nahe wie der Boden, den sie mit ihren Füßen berührten, oder wie die feuchte Luft, in welcher der Staub auf ihren Gesichtern, Körpern und Händen zerrann.
Die Turmglocke im Dorf schlug Mittag. Tauben flogen über das Bauernhaus von einer Dachrinne zur anderen. Aus dem Hühnerstall krähte ein Hahn. Der Erste blickte in die dunkle Öffnung der Stalltür.
»Vielleicht nimmst du ihre Streichhölzer und zündest das sicherheitshalber an?!« fragte er flüsternd.
»Das wär zuviel Arbeit. Ich hab nicht soviel Kraft.«
Der Erste starrte immer noch auf die angelehnte Stalltür.
»Es würde sie beschäftigen, bis wir genug Vorsprung haben«, sagte er.

»Das könnten wir, wenn du rennen könntest.«
»Ich kann nicht rennen. Bin froh, daß ich gehen kann.«
»Is gut.«
»Ich hab dich auch nicht in der Patsche sitzenlassen«, sagte der Erste plötzlich.
Die Frau ging in den Stall. Als sie wieder herauskam, lag ein nachdenkliches Lächeln auf ihren Lippen, das sie nicht verstanden. Auch jetzt schloß sie die Stalltür nicht ab. Sie ließ die Hand durch ihr schwarzes Haar gleiten.
»Hol aus ihr raus, wie die nächste Stadt heißt und wie weit es bis dahin ist, Many«, wiederholte der Erste.
Der Zweite streifte sein Gesicht nur mit einem Blick und antwortete nicht.
»Ich warte hier«, flüsterte der Erste.
»Wart am Schuppen.«
»Bleib nicht länger als nötig.«
»Du kannst am Brunnen deinen Fuß versorgen.«
»Bring sie vor allem um.«
»Keine Bange.«
»Um jeden Preis, Many.«
»Is gut.«
»Du weißt, warum.«
»Ich weiß, warum.«
Der Zweite ging los, am Schuppen entlang, damit der Hund ihn nicht erwischen konnte, mit dem Stock des Ersten in der Hand. Er war nicht imstande zu sagen, wie lange sie nicht mehr gegessen hatten. Plötzlich blieb er stehen und drehte sich um: »Ich weiß nicht, wie es kommt, aber ich hab fast gar keinen Hunger mehr«, sagte er.

Die Frau stand am Spülstein. Sie blickte überrascht auf. Many trat in die Küche und schloß die Tür hinter sich. Für den Bruchteil einer Sekunde blitzte Grauen in den Augen

der Frau. Sie sah den Stock in seiner Hand und die Art, wie er ihn hob und hielt.
Der Blick des Zweiten durchflog den Raum. Unter dem Tisch hockte ein zweijähriges Kind. Das Gesicht der Frau war kalt und hübsch, ihr Haar war sorgfältig zurückgekämmt. Das Kind war blond, als sei es nicht nach ihr geraten. Es kam unter dem Tisch hervor und suchte die Hand der Frau. Die Hand zitterte.
Auch Many war von der Reaktion überrascht, die er bei ihr hervorgerufen hatte. Er hatte nicht daran gedacht, wie schrecklich er aussah, daß er vielleicht selbst Angst bekommen würde, wenn er sich sehen könnte. Es lag an der Küche und dem Haus, vielleicht an der Frau und dem Kind. Mit den Fingern umklammerte er den erhobenen Stock. Er war drauf und dran loszugehen, und die Frau war nah daran, in Ohnmacht zu fallen. Ihrer Kehle war kein Wort zu entlocken. Sie hätte wohl Angst gehabt zu schreien, selbst wenn sie dazu in der Lage gewesen wäre. Sie befürchtete, damit alles zu beschleunigen.
Man konnte an der Linie ihres Halses genau beobachten, wie sie trocken schluckte. Sie preßte das Kinn fast bis an die Brust. Ihr Busen hob und senkte sich hastig. Sie hatte einen vollen Busen, eine schlanke Taille und kräftige hübsche Beine in dunklen Strümpfen.
Das Kind aber ließ sich nicht beeindrucken. Man sah es ihm zumindest nicht an. Sie kann sich schon denken, was ich von ihr will, dachte der Zweite. Er lehnte sich mit dem Rücken gegen die geschlossene Tür.
In ihren Augen sah er die Angst vor dem Tod, wie er sie so oft schon in den Duschen gesehen hatte, als er mit Dany Kohledienst schob. Er brauchte nicht mehr zu fragen, was Menschen dachten und was sie empfanden, wenn sie auf den Tod warteten. Es stand auf ihren Lippen geschrieben, in ihren Augen, in jeder Pore ihrer Haut.

Er fühlte, wie es auch ihn ergriff, und die Genugtuung, die er dabei empfand, war eine etwas andere, als er sich vorgestellt hatte. Die Frau erstarrte. Sie war unfähig, sich zu bewegen.
Er wußte: drei bis vier Schritte mit dem gehobenen Stock würden ausreichen, und er hätte es hinter sich gebracht. Mit dem Kind hatte er nicht gerechnet. Der Frau gegenüber empfand er kein Mitleid. Er konnte sich an den Satz erinnern, den der Lagerkommandant damals zu dem Hochkommissar gesagt hatte, als sie in dem schmalen Korridor an dem kleinen, runden Fenster standen. Daß sie die Leute schließlich mit dem Tod von der Todesangst befreiten. Und er konnte sich noch an viele andere Dinge erinnern. Mitleid war ihm verlorengegangen während der drei Jahre Okkupation von Prag und während der nächsten drei Jahre in den Lagern, als unbekannte Menschen wegen Vergehen verurteilt wurden, von denen sie nichts ahnten. Aber jetzt war das Kind da.
Der Gedanke, die Frau umzubringen, war ganz spontan gekommen. Er kam leichter als seinerzeit die Antwort auf die Frage, warum sie selbst von den Deutschen wie Läuse ausgerottet wurden, ohne ihnen etwas getan zu haben.
Ich mach drei Schritte, sagte er zu sich, dreieinhalb. Ich hau ihr über den Kopf, so kräftig ich kann. Wenn sie gefallen ist, schmetter ich sicherheitshalber noch ein- oder zweimal hinterher. Ich schlag sie mitten auf den Kopf, damit ich sicher sein kann, daß es sie erwischt hat.
Dann fragte er sich, was er tun würde, wenn das Kind anfangen würde zu schreien. Und mit der gleichen Sicherheit, mit der er sich das Recht nahm, die Frau zu töten, wußte er, daß er das Kind nicht töten wollte, nicht töten sollte und nicht töten würde.
Es könnte ein Fehler sein, schoß ihm durch den Kopf, das Kind am Leben zu lassen. Dennoch beschloß er, das Kind

nicht zu töten. Er würde die Frau umbringen, weil sie erwachsen war, weil er sie umbringen wollte, weil er sie umbringen mußte. Das Kind mußte er nicht umbringen. Es gelang ihm nicht, alles miteinander in Einklang zu bringen.
Es beschäftigte ihn, wie er das Kind loswerden, wie er es von der Frau trennen könnte. Wenn er es hinter sich hätte, so dachte er, würde er das Kind mit der Schürze der Frau an das Tischbein fesseln. Es fiel ihm auf, daß der Küchenschrank mit den grauen Tontassen dem bei ihnen zu Hause ähnlich sah. Die Stühle waren mit groben Schnitzereien versehen. Es waren vier Stühle, alle gleich. Auf der Ablage neben dem Spülstein stand ein blau emaillierter Brotkasten. Sein Blick blieb an dem Brotkasten haften, und die Frau merkte es.
Neben dem Kasten lag ein langes Messer zum Hühnerschlachten. Das hätte die Frau wesentlich schneller erreichen können als er selbst.
Er dachte darüber nach, wie er ihr nach dem ersten Schritt den Weg zum Messer abschneiden würde. Er mußte sich aber immer noch mit dem Rücken gegen die Tür lehnen.
Auf dem Tisch, neben dem die Frau mit dem Kind stand, lag ein einfaches weißes Tischtuch mit Fransen. Darüber war noch ein zweites Tuch aus rotem Leinen gebreitet.
An der Wand stand ein Sofa. Über der Lehne hing eine Stickerei mit dem Bild eines Schützen und einem deutschen Spruch in gotischer Schrift. Auf dem hohen, mit Schnitzerei verzierten Schrank stand eine Petroleumlampe mit breitem weißem Schirm.
Neben der Spüle hing in Brusthöhe an der Wand eine Kaffeemaschine aus Porzellan mit Holzkurbel. Auf der Wäschetruhe stand auf vier Goldfüßchen eine alte Stehuhr, das Zifferblatt zeigte den Tierkreis. Die Uhr war

gelb und golden, mit Zeigern aus blauem Blech. Sie tickte laut und zeigte Viertel nach zwei.
Sein Blick kehrte zum Brotkasten neben dem Spülstein zurück. Wasser lief in das Becken. Ganz langsam streckte die Frau ihre Hand aus, damit kein Zweifel darüber aufkam, daß sie das Wasser abstellen wollte und mehr nicht. Sie drehte den Wasserhahn zu, und das Wasser tropfte nur noch, bis auch das aufhörte.
Stille kehrte ein. Die Frau folgte seinem auf den Brotkasten gerichteten Blick. Sie wandte sich halb dem Kind zu, als wollte sie es für den Fall beschützen, daß er losgehen und zuschlagen würde. Sie wurde wieder starr vor Schrecken.
Er durchflog den Raum mit seinen Blicken. Wie eine Insel. Sauber war es hier. So geht's den Leuten also, dachte er. Mein Gott, das gibt es noch. Sie haben all das, selbst mitten im Krieg.
»Was willst du?« fragte die Frau endlich auf deutsch.
Sie wartete jedoch seine Antwort nicht ab und schritt vorsichtig auf den Brotkasten zu. Sie öffnete den Kasten und holte das Brot heraus. Dazu mußte sie das Kind loslassen. Sie hielt einen angeschnittenen Laib frischen Landbrotes in der Hand. In die andere Hand nahm sie das Messer, drückte das Brot an ihren Busen und begann, Scheiben abzuschneiden, schnitt drei davon ab und legte sie an den Rand der Ablage neben der Spüle. Erst tat sie das Brot in den Kasten zurück und schloß diesen, dann legte sie das Messer beiseite. Nun trat sie zurück.
Der Duft des Brotes drang durch den Raum. Der Zweite war den Bewegungen der Frau mit seinen Blicken gefolgt. Er roch das Brot und spürte, wie ihm schwindlig wurde. Er kniff die Augen zusammen. Die Frau sah in seinen zusammengekniffenen Augen Mord. Vor seinem inneren Auge sah er sich während des Bruchteils einer Sekunde fünfmal diese drei Schritte hinter sich bringen und zuschlagen und

ihr, die auf dem Boden lag, den Rest geben. Die Position, in der sie lag, wandelte sich jedesmal immer leicht ab, zuletzt rutschte ihr Rock hoch, und er konnte ihr Strumpfband sehen. Den Bruchteil eines Augenblicks lag sie mit hochgerutschtem Rock auf dem Sofa und schaute ihn mit ihrem ernsten hübschen Gesicht an, als fordere sie ihn heraus.

Er mußte das Schwindelgefühl überwinden, und es half ihm, daß er immer noch mit dem Rücken gegen die Tür lehnte und den Stock hielt, so fand er auch an dem Stock einen greifbar festen Halt. Es war eine ganze Menge, was er sah, wie er da vor dieser sauber gekleideten Frau und dem blonden blauäugigen deutschen Mädchen stand, in der Stube, in die jeden Abend nach der Arbeit der Bauer, ihr Mann und sein Vater, zurückkehrte. Eine Erinnerung kam hoch. Sie betraf allerdings nicht die seltsamen Dinge, über die Frank Bondy mit Vorliebe sprach. Sie betraf die einfachsten Dinge. Sein Blut begann, ihm in Schläfen und Augen zu summen.

Er ging. Ging die Brotscheiben holen. Die Frau legte nun beide Handflächen mit verkrampften Fingern auf den Kopf des Kindes. Er hob den Stock hoch. Deutlicher als alles andere sah sie seine blutunterlaufenen Augen.

»Mehr hab ich nicht«, sagte die Frau.

Der Zweite schwieg. Die Frau blickte auf die Wunde an seiner Stirn.

»Auch kein Schmalz«, fügte sie hinzu.

Sie sprach, als seien die Worte ein Damm oder ein Schutzschild, obwohl sie wußte, daß sie ein Nichts waren. Rückwärts gehend kam der Zweite bis zur Tür. Er preßte die Brotscheiben, wie es zuvor die Frau getan hatte, an seine Brust.

Durch seinen Kopf schwirrte eine Sturmflut von Worten, darunter das Wort »danke«, das er nicht aussprach. Er sagte nichts. Er schaute das Kind an. Das Kind senkte die Augen. Jetzt hatte auch das Kind Angst.

Der Erste wartete am Schuppen auf ihn, mit aufgeschnürtem Schuh.

»Hast du sie erschlagen?« fragte er, und der Anblick der Brotscheiben ließ ihn aufatmen.

»Sie hatte 'n Kind dabei.«

Die Erleichterung verschwand aus den Augen des Ersten. Er preßte die Lippen aufeinander.

»Wo sind wir?« bellte er kurz, »hast du sie gefragt, wo wir sind?«

Der Zweite reichte ihm zwei Brotscheiben und behielt selbst die dritte. Dann gab er ihm den Stock.

»Du hast ihr keinen übergezogen?«

»Iß erst mal.«

»Weißt nicht mal, wo wir sind? Was hast du denn dort gemacht?«

Es war, als Frank Bondy in Meuselwitz die erste Ration Brot zuteilte, die sie in Deutschland bekommen hatten. Kommißbrot, halb Weizenmehl, halb Sägemehl. Und doch hatten sie, so war es ihnen jedenfalls vorgekommen, im Leben noch kein besseres Brot gegessen. Frank erklärte ihn und Dany damals zu seinen vorläufigen Helfern. Sie fühlten sich fast wie Piepel. Zum Glück jedoch war Frank an Piepeln nicht interessiert. Die beiden dienten ihm als Helfer auf der Basis gegenseitiger Vorteile. Es war aber wiederum Frank, der es für einen Fehler hielt, wenn ein Mensch von dem anderen viel erwartete oder verlangte.

»Wann immer du von jemandem etwas willst, du mußt ihm sofort sagen, was du dafür zu geben bereit bist. Sonst läuft nichts, oder zumindest läuft es nicht lange.«

Dany meinte, jemanden gesehen zu haben, wie er sich

zweimal um Brot anstellte. Der Mensch errötete. Es wäre unmöglich gewesen nachzuweisen, daß er sich zweimal angestellt hatte, es war mittlerweile aber auch unmöglich, es zu widerlegen. In dem Lager, aus welchem sie nach Meuselwitz gekommen waren, hatten Leute einander wegen Brot erwürgt. Sie erwürgten einander auch wegen anderer Dinge. Wenn sich allerdings jemand zweimal angestellt hätte, wären viele Händepaare zu allem bereit gewesen. Oder man hätte es auch einrichten können, daß der Blockwart denjenigen dafür in die Sauna geschickt hätte. Wobei mit »Sauna« etwas anderes gemeint war als das, was die Finnen der Menschheit geschenkt haben, wie Frank Bondy zu sagen pflegte. Es war nur ein anderer Ausdruck für den Schornstein. Oder man hätte ihm einfach eine Decke über den Kopf geworfen, der Rest war dann schon einfach.

Kann sein, daß das Wort Gerechtigkeit noch irgendeine Gültigkeit hatte. Aber der Inhalt war denkbar verschwommen geworden. Als hätte es jemand wie ein Staubkörnchen in den Boden hineingestampft und von Zeit zu Zeit dort wiedergefunden, gesäubert und versucht, ihm den ursprünglichen Inhalt zurückzuverleihen.

Der Mensch, dem danach keiner mehr traute, murmelte etwas über Meineid vor sich hin.

»Wenn du sie nicht umgebracht hast, wird sie uns umbringen lassen, Many.«

»Iß«, wiederholte der Zweite.

»Wir haben abgemacht, daß du sie um jeden Preis umbringen wirst, Many.«

Der Erste tobte wieder, es hatte ihm die Lust am Brot verleidet. Dann führte er die Hand mit der Brotscheibe zum Mund. Der Zweite beobachtete ihn. Nun verloren die ausgesprochenen Worte ihre Deutlichkeit. Der Erste biß zu. Löste die Kiefer mit gleicher Heftigkeit, mit der er eben noch seine ganze Wut, Begierde und Hunger in den Biß hineingelegt hatte.

Sie wußten beide, was es bedeutete, Brot zu haben. Der Erste machte ein Gesicht, als habe ihm jemand über Zunge und Gaumen bis tief hinab in den Schlund eine Raspel gezogen. Sein Mund blutete. Er spuckte den Bissen in seine Handflächen und auf den Boden, bis zum letzten harten Krümel.

»Was hast du?« fragte der Zweite.

»Ich kann's nicht essen.«

»Wieso?«

Der Erste machte den Mund auf. Sein Zahnfleisch war blutüberströmt. Das Blut rann von seinen Mundwinkeln herab. »Es ist zu hart«, sagte er noch.

Aber das Brot war weich. Beide wußten sie, daß es frisches weiches Brot war. Der Zweite schaute seine Scheibe an und biß mit größter Vorsicht seinen ersten Bissen ganz vom Rande ab. Und spuckte das Brot sofort auf den Boden. Auch sein Brot färbte sich rot von Blut. Er spürte, wie sein Mund innen zuschwoll.

»Wir haben lange nichts gegessen«, sagte der Erste.

»Sie muß mir noch Milch geben«, setzte der Zweite hinzu.

»Bring für mich auch welche mit«, sagte der Erste leise.

»Jetzt bring ich sie um, wenn sie's mir nicht gibt.«

»Sie könnte das halbe Dorf hinter uns herjagen, Many.«

»Verflixte Sau«, sagte der Zweite.

»Soll ich mitkommen, Many?«

»Nein, du bist zu schwach und zu langsam.«

Der Zweite entfernte sich. Der Erste zog seinen Schuh aus. Die Ferse war schwarz von der nassen Erde, rötlich von der Entzündung, und bei der geringsten Berührung trat Eiter aus der Wunde. Der Erste schaute sie eine Weile unbeteiligt an, als sei es gar nicht sein Fuß und seine Wunde. Er empfand dabei jene fiebrige Ruhe, die jedesmal auf seine Wutausbrüche folgte. Er stocherte mit einem Holzspan in der Wunde herum, und es schien ihm, als habe er noch nie eine solche Ruhe erlebt. Der Fuß war derart geschwollen, daß er zu überlegen begann, wie er den Schuh wieder anziehen sollte; bis zum Ende ihres Weges würde er ihn nicht mehr ausziehen.

Dann beugte er den Kopf nach hinten und lehnte sich an den Schuppen. Er schloß die Augen. Es war ihm, als bewege er sich im luftleeren Raum, ohne festen Boden unter den Füßen, irgendwo zwischen den Sternen. Als er die Augen halb öffnete, schaute er weder den Fuß noch den Schuh an.

Dicht über den Feldern flogen in dichten Schwärmen die Spatzen. Sie flogen nie weit.

Er betrachtete zwei Kiesel, die in geringer Entfernung von seiner Hand lagen, als hätte er nie zuvor Kiesel gesehen, als hätte er sie für sich neu entdeckt. Er spielte mit den Kieseln wie mit Dominosteinen. Mit einer verhaltenen Leidenschaft schob er sie hin und her. Die Spatzen nahm er längst nicht mehr wahr.

Nachdenklich betrachtete er die Steine. Vielleicht war das Verlangen in ihm, alles Lebendige in seinem Körper, im Mund und im Fuß absterben zu lassen, weil alles Lebendige weh tat. Wie ein Irrer lächelnd betrachtete er die Steine. Er beneidete sie, weil er wußte, daß einem Stein nichts weh tun konnte. Weil ein Stein zerschmettert und zermalmt werden konnte, ohne daß es ihm Schmerz verursachen würde.

Es war eine Überlegenheit, welche die Steine gegenüber jedem Schmerz besaßen. Und er meinte dabei nicht nur den Fuß und den Mund. Die Kiesel erinnerten an winzige schrumplige Eier einer Kolibriart. Bloß daß bei Steinen jede Verunstaltung normal ist, dachte er. Doch dies dachte er eigentlich gar nicht, denn es waren keine Gedanken, sondern ein Strom des Empfundenen und Wahrgenommenen oder des nicht Empfundenen und nicht Wahrgenommenen.

Er blickte zu dem Hühnerstall hoch, rappelte sich aber nicht auf, um dort hineinzuklettern. Dann schaute er auf die offene Stalltür. Er sah das dunkle Viereck einer Tür, die nach innen aufging und unsichtbar war, er sah eine Öffnung, hinter der man sich Wärme vorstellen konnte und ein harmloses Tier.

Er schaute die Steine an, um nicht das Brot betrachten zu müssen, das zu essen er nicht imstande war. Ihm war, als sehe er Many der deutschen Frau seine Zunge entgegenstrecken, damit sie das geschwollene Fleisch in seinem Mund sehen könne, noch bevor er sie niederschlagen würde.

Mit geschlossenen Augen fühlte er sich wohl. Er begriff nicht, wieso in einem deutschen Dorf ein schwarzhaariges Weib leben konnte, während er und Dany hier in der Rolle der Eindringlinge auftraten, sie, die blaue Augen und blondes Haar hatten, zumindest so lange, bis man es ihnen abschnitt und in der Sonderabteilung »Haare« in Auschwitz-Birkenau daraus für die Nazis Matratzen oder Jakken für U-Bootkommandos und Steppdecken herstellte. Er wußte, daß sie sich daran gewöhnt hatten, er und Many, auch wenn sie jetzt auf der Flucht davor waren. Er wußte auch, daß sie es bald vergessen würden. Und er wußte, daß, selbst wenn sie es nicht könnten, die Erinnerung etwas anderes war als die Wirklichkeit.

Er dachte darüber nach, ob auch der Rest der Dorfbewohner aus Blonden und Blauäugigen mit geraden Nasen bestand, aus einer Rasse also, die desto reiner war, je nördlicher ein Wesen geboren wurde. So daß, wie sein Vater zu sagen pflegte, als es ihm noch gutging, die Eisbären die reinste Rasse abgäben. Damals prophezeite der Vater das Ende des Dritten Reiches noch binnen fünf Monaten.

Am reinsten sind die Eisberge und Eisschollen. Der Erste blieb sitzen. Er lauschte dem wütenden Hundegebell, als ginge es ihn nichts an. Er wartete, bis Many aus dem Bauernhaus herauskommen würde. Er meinte ihm helfen zu können, allein dadurch, daß er an einer Wand saß, die nicht vom Stacheldraht umspannt war. Selbst der Wald sah von hier aus anders aus. Ein bißchen Besinnung, dachte er.

Die Frau beobachtete sie durchs Fenster. Sie konnte genau sehen, wie sie die leeren Tassen, in die sie ihnen den lauwarmen Kaffeersatz gegossen hatte, in das Gestrüpp neben dem Schuppen warfen. Sie sah auch, wie sie beide die Kartoffeln kneteten, die sie aus dem Wasserschiff herausgeholt hatte. Sie kneteten sie zu einem Teig durch, damit sie ihnen glatter die Kehle hinunterrutschten.

Sie beobachtete auch, wie der Kleinere dem Größeren auf die Beine half und wie langsam und beschwerlich das vor sich ging. Und wie er den Stock, den sie in seiner Hand so gefürchtet hatte, vom Boden hob, um ihn dem Größeren zu reichen.

Der Größere konnte fünfzehn bis siebzehn Jahre alt sein. Der Kleinere mußte jünger sein, aber je aufmerksamer sie beobachtete, desto unsicherer wurde sie und meinte, daß er genausogut der ältere sein konnte.

Der Kleinere führte den Größeren. Der Größere mußte lange und schwer krank gewesen sein. Auf einmal erinnerten sie die beiden an zwei alte Pferde. Der Kleinere war an der Stirn verwundet – wird sich wohl an einem Felsen gestoßen haben oder an einer scharfen Kante angeeckt sein, vielleicht hat ihm auch jemand über die Stirn

gehauen. Der Größere mußte eine böse Wunde am Fuß haben.
Sie beobachtete sie, wie ein in der Tiefe eines stillen Gewässers lebender Fisch beobachten würde. Ihr Gesicht nahm einen angewiderten Ausdruck an, der um so eindeutiger wurde, je weiter die beiden sich vom Haus entfernten, und der sich nur ihr selbst erschloß. Es war nicht schwierig zu erraten, welche Richtung sie einschlagen würden.
Ohne größere Mühe hatte sie erkennen können, daß es lange her war, seitdem die beiden das letzte Mal gegessen hatten. Sie waren schmutzig und rochen schlecht, zumindest der Kleine in der Küche. Das Mißtrauen und die Angst schlugen, nachdem alles überstanden war, in eine Art Neugierde und Beruhigung um: darüber, daß nichts passiert war. Und zusammen damit ergriffen sie Gefühle des Staunens und der Befremdung, daß so etwas überhaupt geschehen konnte, auf deutschem Boden, weit hinter der Front. Nie zuvor waren Fremde hiergewesen. Das alles ging ihr durch den Kopf, und was sie über Blut und Boden und Intuition gehört hatte, über die Reinheit und Unreinheit der Rasse.
Und es war noch etwas. Vor den Fenstern hingen rote Gardinen, Handarbeit. Alles an und in diesem Haus, in der Küche, im Schlafzimmer, trug Spuren der Arbeit ihrer Hände. Und der Hände ihrer Mutter und ihres Vaters, und von deren Müttern und Vätern. Auch die Frau sah die dichten Schwärme der Spatzen, die über das Feld flogen, und am anderen Ende des Feldes sah sie die Krähen.
Die rote Gardine und ihr eigenes Spiegelbild in der Fensterscheibe erinnerten die Frau an die Zeit, als sie noch ein junges Mädchen war und kein Kind hatte. Sie nahm das Kind auf den Arm. Sie schaute dem Großen und dem Kleinen hinterher, wie sie in den Wald zurückkehrten,

musterte sie, wie man Freiwild mustert. »Liebling«, sagte sie zu dem Kind, »mein Liebling.«
Sonnenstrahlen fielen auf die Fensterscheibe. Ein doppelter Glanz durchdrang ihr Spiegelbild in der Scheibe, wie sie die beiden Jungen am Waldrand beobachtete und gleichzeitig das eigene Gesicht. Mit der freien Hand prüfte sie, ob ihr Kleid ordentlich zugeknöpft war. Die Knöpfe saßen in ihren Löchern.
Der Kleinere wandte sich zum Bauernhaus zurück. Der Hund bellte. Die Frau verharrte auch noch am Fenster, als die Jungen ihrem Blickfeld entschwunden waren, so als schwanke sie, was sie zu tun hätte. In Wirklichkeit stand ihr Entschluß bereits fest. Sie stellte das Mädchen wieder zurück auf den Boden. Mit der Fläche ihrer Hand und den Fingerkuppen fuhr sie über die Glasscheibe, als würde sie all das, was draußen lag, berühren. Als sie die Hand vom Fenster gelöst hatte, berührte sie ihren Busen.
Dann zog sie sich den Mantel an und band das Kopftuch zu. Ihr Gesicht war friedlich. Die Angst war gewichen. Allerdings waren ihre Lippen fest und streng aufeinandergepreßt, und ihr Blick war hart. Ihre Gedanken berührten ihren Schoß. Die Wut darüber, wie sie eingeschüchtert worden war, hallte nach. Erst einmal holte sie die Tassen von draußen, um sie gleich abzuspülen. Gedankenverloren ließ sie Wasser darüberlaufen.
Es war ihr, als würde sie der Gedanke an Pest, an Vergewaltigung oder Rassenschande, an alles, was sie anekelte und wovor sie Angst hatte, gleichzeitig faszinieren und abstoßen. Sie spürte auch den Nachhall anderer Dinge. Konnte sie jemand gesehen haben, als sie sich herangeschlichen hatten? Waren es Juden gewesen? Oder Zigeuner? Fröstelndes Schaudern lief ihr das Rückgrat hinunter, und sie spürte es auch in ihren Schläfen und im Schoß wieder. Sahen die Juden jetzt so aus? Wie die beiden, vor

denen sich selbst ihr Hund gefürchtet hatte? Sie dachte über das nach, was sie im Rundfunk gehört, was ihr Vater ihr erzählt und ihres Vaters Vater, und was man von deren Vätern erfahren hatte. Sie wußte, daß hier der Verstand nicht ausreichen konnte.

»Die Schweine«, sagte sie plötzlich.

Sie fuhr mit der Hand über ihre Taille, um den Mantel glattzuziehen, und wiederholte im gleichen Tonfall wie zuvor das Wort ›Liebling‹: »Die Schweine.«

Das Mädchen hing mit dem Blick an ihren Lippen. Wölfe, sagte die Frau zu sich. Wenn die Juden jetzt so aussahen, dann brauchte die Welt ihnen keine Träne nachzuweinen. Keiner brauchte sie dafür zu bemitleiden, daß sie die Menschen nicht mehr in Angst stürzen würden. Sie hatte nie zuvor einen lebendigen Juden gesehen, folglich konnte sie auch jetzt nicht ganz sicher sein.

Waren es Italiener gewesen? Oder gefangene Griechen? Es fiel ihr ein, daß der Kleinere zweimal in der Küche gewesen war, aber kein einziges Wort gesagt hatte.

Also stimmte es, daß sie alles zersetzten, daß sie Unannehmlichkeiten und Unordnung verursachten. Sie störten die Ruhe, nach der der Mensch strebt. Auf das, was die ausmachten, konnte die Menschheit bestimmt verzichten. Durch ihren Kopf zogen Ausdrücke, mit denen sie bislang keine Bedeutung und keine Erfahrung verbinden konnte, die sie höchstens vom Bürgermeister und vom Volksempfänger kannte, Worte wie ausschalten, ausmerzen, bereinigen und beseitigen. Sie wurden Schlag auf Schlag zu einem Abdruck in ihrem Schädel, als legte sie eine Hand auf die andere, so daß sie deckungsgleich wurden. All das, was sie an sich selbst nicht leiden konnte und was schon ihre Mutter und ihr Vater an sich nicht leiden mochten, legte sie plötzlich in die beiden Jungen. Sie spürte, was es war, das sie überrumpelt und geschwächt hatte und was ihr gleich

danach wieder Kraft verlieh. Sie hatte es nötig, aufgemuntert und gestärkt zu werden. Und sie spürte, wo ihre neu gewonnene Kraft herrührte. Ja, so war es, so ist es und so wird es bleiben. Sie spürte körperlich, was es bedeutete, einer unzweifelhaft reinen Rasse anzugehören. Ja, wiederholte sie. Es stimmt, was man über sie sagt. Alles, was sie können, entspringt den Regeln eines gierigen, unreinen und unverständlichen Lebens.
Den Kleineren und den Größeren sah man nicht mehr, sie waren verschwunden im Wald, sie erschienen ihr dennoch in einer Art Nebel. Es war ihr plötzlich, als sei in diesen beiden Gestalten der Krieg schließlich bis zu ihr vorgedrungen. In der Brust empfand sie etwas ähnlich Dunkles und Verworrenes wie das Gefühl, mit dem sie einst geheiratet hatte und von dem sie erst das Kind befreite. Ihr Blick flog durch die offene Tür aus der Küche ins Schlafzimmer und blieb an dem ordentlich gemachten Ehebett haften.
»Viel zu lange bin ich nett gewesen«, sagte sie zum Kind.
»Mama«, sagte das Kind.
Es sind Landstreicher gewesen, dachte die Frau. Leute, die zu faul sind, um das Brot zu verdienen, das sie essen, und die Balken, die das Dach über ihren Köpfen tragen. Wer weiß, von wo sie weggelaufen waren? Wie viele Menschen sie beraubt und umgebracht hatten? Sie werden nie was anderes werden. Sie gehören nicht hierher. Sie haben nie hierhergehört.
Schließlich prüfte sie noch mit der Hand, ob ihr Kopftuch richtig saß. Dann stieg sie den Hügel hoch, zum Gemeindeamt. Sie betrat das Amtszimmer des Bürgermeisters.

11

»Ich kann jetzt besser laufen«, log der Erste.
»Wir gehn bergab«, sagte der Zweite.
»Die Landschaft führt jetzt insgesamt abwärts, Many.«
Der Zweite schaute ihn an und erkannte an seinen Augen, daß dies keine Lüge war.
»Es sieht so aus, als würde das Glück wieder auf unsere Seite rüberwechseln, Many.«
»Hauptsache, wir gehen bergab. Jetzt werden wir fast nur noch bergab gehen, auch wenn wir vielleicht da und dort noch mal bergauf müssen.« Er sagte es leise und müde, dennoch klang es ermunternd.
»Ist dir kalt?«
Von hier oben sah es tatsächlich so aus, als würde sich die Landschaft insgesamt senken. Die Wälder und Felder wiesen abwärts, selbst wenn ihr Weg gerade leicht bergan führte – genau umgekehrt wie die Tage zuvor. Das abfallende Gelände konnte nichts anderes bedeuten, als daß die Grenze nahe war. Sie erreichten einen Felsen, unter dessen Überhang sie sich hinsetzen und eine Weile ausruhen konnten, ohne Menschen oder wilde Tiere befürchten zu müssen. Wie gut wäre es, wenn wir hier Tag und Nacht bleiben könnten, ohne uns rühren zu müssen, ging dem Zweiten durch den Kopf, und der Erste erriet und teilte seine Gedanken. Selbst beim Regen würde hier sie kein Tropfen erwischen. Es sei denn, der Wind würde ihnen den Regen entgegenschleudern.
»Wenn uns Frank hier sehen könnte«, sagte der Zweite.
»Wenn jemandem so vieles gehört, daß er sich nicht mal erinnern kann, was alles ihm gehörte, verdient er nicht, daß ihm überhaupt was gehört.«
Der Fuß des Ersten schien nun fast ohne jede Kraft zu sein. Er sah aus wie ein Stück herabhängendes Holz. Der Felsen war riesig und gab ihnen ein Gefühl der Sicherheit.

Es tat ihnen gut, unter dem Felsdach zu sitzen. Sich nicht rühren zu müssen.

»Hast du was gesagt?« fragte der Zweite.

»Jetzt werden wir schon durchhalten«, antwortete der Erste.

In Gedanken kehrte der Erste in den Waggon zurück, wo nach dem dritten Tag der Fahrt aus ihrem letzten Lager in Richtung Dachau Tomy Kosta auf dem Boden gelegen hatte, mit völlig bleichem Gesicht, wie blutlos und gelblich wie eine Zitronenschale. Sein Gesicht war wirklich schon abstoßend, und nicht nur, weil er ein Egoist war – einer von der Sorte, die nur für sich leben und nicht einmal die Fähigkeit besitzen, ihr Verhalten so einzupacken, daß es zumindest erträglich scheint – und dazu noch ein ausgewiesener Feigling. Nur solange seine Arme und Beine noch über die nötige Kraft verfügten, war er schlau gewesen, gerissen. Fürchtete die oben und verachtete die unten. Man wußte, daß er petzte. Er war immer auf dem halben Weg zwischen Denunziation und Petzerei. Und paßte auf, damit ihm keiner etwas nachweisen konnte. Sein Gesicht wirkte wie aus altem Wachs geknetet, die Nase, die Augen, der Mund. Wenn Kosta die Augen schloß, konnte niemand mit Sicherheit sagen, ob er noch am Leben war oder nicht.

Er tat niemandem leid, weil sich sein Leichnam, wenn er denn nicht mehr am Leben war, nicht aus Fleisch und Knochen allein zusammensetzte, sondern auch aus Kleinmut, Selbstsucht und Feigheit, als hätte er im Leben nichts anderes gesehen oder kennengelernt. Niemandem war er je eine Hilfe. Er schaffte es aber, lange durchzuhalten. Frank sagte manchmal, er hätte gern gesehen, wen ein solcher Mensch heiraten würde, und

fügte gleich hinzu, daß er erlebt habe, daß solche Menschen, aus den unterschiedlichsten Gründen, recht ansehnliche Frauen aufgegabelt und passable Kinder bekommen hätten.
Und dabei war es gerade Frank, der auf Kosten des sterbenden Tomy Kosta alte Rechnungen mit den Leuten aus Kohens Gruppe und mit sonstwem beglichen hatte, indem er, was sie von ihm sonst selten erlebt hatten, über Tomy Witze riß – zumindest während der ersten drei Tage. Kosta erinnere ihn an »die ägyptische Prinzessin«, die er mal im Museum gesehen habe. Mit den kostbarsten Harzen einbalsamiert und dennoch so gut wie verwest. Sie sei zwanzig Jahre alt gewesen und noch dreitausend dazu. Zusammengehalten habe sie nur der Umstand, daß sie die dreitausend Jahre in einer Kiste verbracht hatte, von Kopf bis Fuß in feinste Seidenwäsche gekleidet, wie sie vor dreitausend Jahren en vogue gewesen sei, eingewickelt wie ein Rollmops und dann noch mit farbigen Satinstreifen umwickelt, dünn wie Seide und haltbar wie Rind- oder Ziegenleder.
»Sie war so fabelhaft gekleidet«, sagte Bondy, »daß es mich gewundert hat, wieso sie in den dreitausend Jahren keiner ausgezogen hat.«
Kosta sah um dreitausend Jahre älter aus, als er in Wirklichkeit war.
»Man sagt, daß der Mensch, wenn er stirbt, so aussieht wie bei der Geburt, und umgekehrt«, gab Frank zum besten.
Tomy war sicher jünger als Bondys ägyptische Prinzessin. Er war magerer und sah älter aus als zu der Zeit, als er geboren wurde.
Und er lag im Sterben. Starb langsam, in Decken eingewickelt. Er verbreitete den Gestank eines toten Fischs. Sie konnten sich schon denken, warum er Bondy an jene

ägyptische Prinzessin erinnerte. Die Decken hatte ihm keiner weggenommen und nur deshalb, weil darauf Läuse hin und her spazierten wie in einer Prager Einkaufspassage. Es gab welche, die sich schon am dritten Tag, an dem er so zu stinken anfing, Gedanken darüber gemacht hatten, wie man ihn loswerden könnte. Vorläufig war es allerdings noch niemandem der Mühe wert gewesen, aufzustehen, ihn an den Armen und Beinen zu packen und nachts über das Ladebord zu werfen.

Die Aufseher, den Siebenbürger eingeschlossen, wären die letzten gewesen, die etwas dagegen gehabt hätten, wenn sie es überhaupt gemerkt hätten. Vielleicht hätten sie Bedenken gehabt, da sie ja durch Süddeutschland fuhren. Doch Frank hätte es einrichten können, daß der Siebenbürger es befehlen würde, doch selbst Bondy wäre kaum soweit gegangen.

Läuse übertrugen Typhus. Und Kosta hatte, das war sein Glück, so viele davon, daß jeder vorzog, ihn nicht zu berühren.

Wenn in der vierten Nacht einer über das Ladebord seine Notdurft verrichten mußte, dann stellte er sich in der Finsternis schon mal auf die Brust, auf die Schultern und manche sogar auf Kostas Kopf, wie auf eine Stufe, von der aus es bequemer zu bewerkstelligen war.

Seit jener Nacht stank Kosta auch noch. Eigentlich war es seltsam, wie sich Kosta alles selbst und für immer so aberwitzig vermasselt hatte – selbst für den Fall, daß er überlebt und sich an einem unbekannten Ort hätte niederlassen können. An die Leitung des Theresienstädter Ghettos hatte er, damals, als man noch das Spielchen mit Selbstverwaltung gespielt hatte, über irgendwelche Leute geschrieben, daß man sich »für diese junge Schnösel doch irgend etwas einfallen lassen müßte«. Nie traute er jemandem, und das konnte seine eigene Vertrauens-

würdigkeit kaum heben. Er jedoch behielt seine hohe Meinung von sich selbst, trotz aller Fakten, und brachte damit alle gegen sich auf. Er tat nie, was er sagte, und sagte nie, was er tun würde. Den Deutschen gegenüber bediente er sich eines verblödeten Lächelns, mit dem er sie halb reizte und halb beruhigte. Aber er wußte genau Bescheid und konnte zum Beispiel erzählen, daß sich die Gestapo-Zentrale in Berlin in der Prinz-Albrecht-Straße 8 befinde, als sei er Kaltenbrunners Saufkumpan. Sie hätten nicht so viele Gedanken auf ihn verschwendet, wenn er nicht derart verlaust neben ihnen gelegen hätte. Der Zug schaukelte seinen in Fetzen gehüllten, knochenstarrenden Körper.

In der Frühe ließ der Erste seinen Blick über die Männer streifen, die in der Nacht auf Kosta getreten waren. Er gab ihnen zu verstehen, daß es jeder, der noch einmal auf ihn treten würde, mit Dany zu tun bekäme. Das war aber nicht nur gegen Frank Bondy gerichtet. Es gehörte zu Danys Unberechenbarkeit, daß schließlich niemand wissen konnte, wie und warum ihn plötzlich die Wut packte.

Der Sensenmann, der da herumging, war träge. Am Morgen mußte Dany Tomy Kosta fast treten, um ihn zu Bewußtsein zu bringen. Dann begann er wie ein Christus, ihn zu entlausen. Während der ganzen Fahrt warf er die Läuse, eine nach der anderen, über die Bordwand. Dany hatte keinerlei Bedenken, halb Süddeutschland zu infizieren.

Da saß Bondy bereits neben dem Siebenbürger, als sei er für den Waggon verantwortlich. In Wirklichkeit wollte er nur so weit wie möglich weg von Kosta. Mit allem erinnerte ihn dieser daran, was er selbst war und was aus ihm geworden war.

Sie waren für einen Augenblick stehengeblieben.
»Stell dir vor, wir wären Mädchen, Dany«, sagte der Zweite im Plauderton.
»Lieber nicht«, antwortete der Erste leise.
Der Zweite schleppte ihn weiter. Danys Fuß durchpflügte, wie er ihn hinter sich herschleppte, einen Ameisenhaufen. Die Wälder schienen weniger dicht zu sein. Sie mußten den Bäumen nicht mehr so oft ausweichen.

Frank pflegte zu sagen: »Die Sonne wird weiter auf- und untergehen, Jungs. Es wird weiterhin regnen und trokken werden. Es wird Hitze geben und Schneesturm, die Sterne werden leuchten und erlöschen. Ich glaube nicht, daß sich in Monte Carlo, in den Spiellokalen und Clubs, viel geändert hat. Bis auf die Verdunkelung.« Er spürte, womit man ihn aus der Zukunft gestrichen hatte. »Alles, was auf dieser Welt gut und fähig ist, liegt in den falschen Händen«, meinte er, »von Deutschland mal ganz zu schweigen.«
Es klang so, wie er vorher zu sagen pflegte, daß »alle Symbole mit der Zeit verblassen« würden. Und daß die Leute bestimmt auch jetzt – während sie der Zug nach Dachau brachte – in die Sommerfrische fuhren und nicht im Traum daran dächten, auf Schwimmen, Tennis-Spielen, auf ihre Steckenpferde, aufs Kindermachen oder Keine-Kinder-Machen zu verzichten. Sie würden weiter heiraten und sich scheiden lassen. Die Frauen suchten sich andere Männer und die Männer andere Frauen. »Dies wird«, sagte er, »eh nie gelöst.«

Dem Ersten kam es so vor, als sei das Tempo, mit dem ihn die Kräfte verließen, höher als ihr Marschtempo. Er machte die größte Anstrengung, alles Laufen auf das eine

Bein zu konzentrieren, als könne er das andere Bein vergessen.
»Kannst du noch?« fragte der Zweite.
»Wie meine Mama sagte, Many. Wenn du leben willst, wirst du leben. Wenn du nicht leben willst, wirst du nicht leben. So einfach hat es die Natur eingerichtet.«
»Wir gehen wieder bergauf, Dany.«
»Es war schon immer nur die Feigheit, an der ne Menge lag«, sagte der Erste leise.
»Die Luft ist schwer«, sagte der Zweite, »es ist feucht.«
Beide beschäftigten sie sich mit eigenen Angelegenheiten. Es waren Angelegenheiten, die ihnen gemeinsam und auch nicht gemeinsam waren. Es gab hier mehr Licht. Die Sonnenstrahlen huschten über die Steine.

Many dachte darüber nach, warum er die Frau mit dem Kind nicht umgebracht hatte. Müde wie er war, dachte er langsam darüber nach. Es schlich sich in seine Gedanken gleichsam gegen seinen Willen, wie etwas Unerwartetes, wie etwas, womit er nicht gerechnet hatte und was so nicht hätte kommen müssen. Eine Menge anderer Dinge ging damit einher. Das Töten war früher in Geheimnisse gehüllt worden, derer das Töten vielleicht gar nicht wert war. All das enthüllte sich jetzt, bis es so nackt war wie sie selbst.
Das Töten durchdrang alles, und alles kleidete sich in das Töten, als seien es der Fuß, der Schuh, der Gang und die Schritte zugleich. Selbst im nachhinein befriedigte ihn der Gedanke an jeden toten Deutschen – während er und Dany noch am Leben waren –, so wie sich wohl die Deutschen, die noch lebten, über jede getötete jüdische Frau, jeden getöteten jüdischen Mann und jedes getötete jüdische Kind gefreut haben werden. Es schwang darin auch

die Rache mit, die jemand für sie vollbrachte, und die Genugtuung darüber, daß es, so ausgeschlossen es schien, doch noch möglich war.
Letztendlich schrumpfte alles auf eben diesen Punkt zusammen. Dem Töten wohnte eine seltsame Macht inne, auch wenn es eine erlernbare und kontrollierbare Macht war. Er konnte den Augenblick genau benennen, in dem es anfing ihn anzuöden, ständig ans Töten zu denken, genau wie er sich an jenen erinnerte, in dem es ihn zu faszinieren begann – als sei auf einmal der Vorhang gefallen, in den es als Geheimnis gehüllt gewesen war.
Er wußte genau, wann diese Veränderung eingetreten war. Und er wußte auch, was für Folgen es haben könnte, daß es ausgerechnet dann geschehen war, als er mit der Frau in der Küche stand.
Es glich einem Gummiseil, das einen mit genau der Kraft anziehen würde, mit der man sich zu entfernen suchte. Durch das Wort »doppeldeutig« war das nur ungenau beschrieben. Es war vieldeutig wie alles, was ihm bis heute Kopfzerbrechen bereitete.
Er fand noch keine Erklärung dafür, konnte aber schon spüren, wie es den Menschen veränderte, wenn er jemanden oder etwas töten konnte, selbst wenn er es vollbracht hatte. Es betraf auch ihn selbst, in einer Zukunft, die es ihm vielleicht ermöglichen würde, sich selbst zu fragen und sich selbst zu antworten.
Töten oder nicht töten – es findet sich im Menschen wie das Blut, welches das Herz in die Arterien und Venen treibt, wie die Luft, die einer ein- und ausatmet. Neben dem Willen zu leben steht immer der vielfache Wille zu töten. Immer in der Übermacht. Aber es war möglich, zumindest zu versuchen, dem zu widerstehen. Mindestens solange man lebte, solange man nicht umgebracht wurde. Es stand ein Wille gegen andere.

Vielleicht würde seine künftige Antwort genauso ausfallen wie die heute. Und dann würde er noch die zweite Frage beantworten. Es gab zweierlei Menschen. Die mit und die ohne Glück. Die, die man tötete, und die anderen, die nicht getötet wurden. Die töten mußten, und die anderen.
Er dachte auch noch an Frank Bondy, der von irgendwoher wußte, daß es einen Unterschied gab zwischen Morden und Töten. Daß es etwas anderes war, einen zu töten, weil der mich töten oder mich versklaven wollte, als sei ich nicht mehr am Leben, als verkümmere ich nur noch in seinem Schatten, aus welchen Gründen auch immer. Und dies sei etwas anderes, als jemanden zu ermorden, weil ich seine Habe begehre, weil ich ihn verachte, ohne ihn zu kennen; dies sei anders, als den zu töten, den ich hasse für das, was er mir oder anderen angetan hat, was ich gesehen und gehört habe, was ich bezeugen kann. Und es stand noch viel mehr neben- und gegeneinander.
Die Unterschiede verblaßten wohl zuweilen, verschwanden aber nie ganz. Und solange man fähig war, darüber nachzudenken, verblaßten sie auch nicht – selbst dann nicht, wenn man so erschöpft war, daß auch die Gedanken sich erschöpften.
Auch jetzt noch wäre er in der Lage gewesen, den polnischen Mediziner zu töten, der anderen unnötigerweise Beine, Arme und Finger amputiert hatte, weil er wütend auf ihn war und weil er wußte, daß er recht gehabt hätte. Und dennoch war er froh, daß es die anderen getan hatten. Er hätte ohne Gewissensbisse viele Menschen töten können, deren Taten er bezeugen konnte.
Und gleichzeitig konnte er sich an Situationen erinnern, von denen er auch jetzt noch meinte, es wäre besser gewesen, selbst getötet zu werden als zu töten.
Mit der Frau war es auch deswegen etwas anderes, weil es der wesentliche Moment in seinem Leben gewesen war,

der ihm zu spüren gegeben hatte, daß er etwas, was man nicht tun sollte, auch nicht tat. Es war jenes uralte Gefühl, von dem er eigentlich schon geglaubt hatte, es sei in ihm ausgelöscht – wie Dany zu sagen pflegte, daß die Vergangenheit für ihn so tot sei, als sei sie nie gewesen –, das Gefühl, daß man es manchmal wahrhaftig vorziehen könnte, sich töten zu lassen als selbst zu töten.

Er hatte die Frau nicht getötet, weil er sich sonst schuldig gefühlt hätte. Was er jetzt wußte, hatte er, als er in der Küche stand, instinktiv empfunden. Ein Instinkt hatte es ihm übermittelt, dem er Dinge entnehmen konnte, die er erst viel später – oder auch nie – verstehen würde. Auch das war eine seltsame Kraft, die in einem vorhanden war, neben und zusätzlich zu der wirklichen und kontrollierbaren Kraft in den Muskeln, den Beinen, den Händen; eine Kraft, die es möglich machte, die Augen offenzuhalten, selbst wenn man so lange nicht geschlafen hatte, jene seltsame Kraft, die ein Mensch irgendwo versteckt hält und lieber nicht aktiviert, als könne er sie, wenn er nicht daran dachte, aus der Welt schaffen. Oder umgekehrt.

Er konnte die Situationen erahnen, in denen sich der Mensch lieber töten lassen als in Kauf nehmen würde, daß ihn nachträglich die Scham zum Tode triebe – eine nicht zu verdrängende Scham, eine, die sich nie verflüchtigen würde und von der man gar nicht wüßte, warum. Scham, die im Gegenteil genau dann, wenn sie verschwunden schien, wachsen würde. Auch das hatte zwei Aspekte: die Fähigkeit, jemanden zu schlagen und zu töten, und die Unfähigkeit oder Weigerung, jemanden zu schlagen und zu töten.

Es gab welche, die Glück hatten und nicht töten mußten, selbst im Krieg nicht, wenn das Töten zum täglichen Brot gehörte so wie Hunger, Kälte und eine Unzahl von Din-

gen, die keiner sonst tun würde; und dann gab es welche, die kein Glück hatten und getötet wurden.
Und lange dachte er über jene nach, die sich selbst umgebracht hatten. Es waren so viele, daß es schon seine Zeit brauchte, bis er sie alle durchgenommen hatte – und es werden auch dann nicht alle gewesen sein – und bei dem letzten von ihnen angekommen war, der sich nachts kopfüber vom Waggon gestürzt hatte.
Töten oder nicht töten, nicht töten oder töten. Sich töten lassen oder sich nicht töten lassen. Das war immer die Frage, bis auf die Augenblicke, in denen die Wahl nicht mehr offenstand – sei es, weil du keine Kraft hattest, sei es, weil du mit dem Rücken zur Wand standest. Immer blieb es dabei: töten oder nicht töten. Das war der Anfang und das Ende. Und auch der Rest in der Mitte. Und es würde wohl so bleiben bis zum letzten Menschen auf der Erde. Der wird nicht mehr fragen müssen. Aber wir sind noch nicht die letzten auf der Erde. Noch sehen wir, wo wir hinmüssen. Noch hat man uns nicht getötet.
Er dachte an das Kind. Und im stillen fragte er Dany: Willst du, daß ich Kinder umbringe? Nach der Frage schwieg Dany in seiner Phantasie, so wie er auch in Wirklichkeit schwieg. Und plötzlich vergaß er das alles. Er wollte nur noch seine Erschöpfung überwinden. Warum dies das wichtigste war, das spürte er bis ins Mark seiner Knochen. Immer wenn es ihm nicht gelungen war, die Erschöpfung zu überwinden, zumindest teilweise, ging ihm der Sinn für Gefahr ab, was seine guten und seine schlechten Seiten hatte, aber die schlimmsten Folgen haben konnte. Sinn für Gefahr war das, worauf es ankam und was sie letztendlich immer gerettet hatte.
Sinn für Gefahr war es, der Dany gerettet hatte und ihn dazu brachte, im richtigen Augenblick aus dem Zug zu springen. Er war es später, als der Siebenbürger sie

beschoß. Und noch später, als sie der amerikanische Flieger irrtümlicherweise beschossen hatte.
Doch Dany war jetzt müde. Jetzt dachte er wohl weder an Gefahr noch an Sicherheit. So war es ihm selbst am Fuß des Berges gegangen, überlegte Many. Die Bedeutung von alldem wog nichts, aber ohne sie fühlte sich der Mensch leichter, als habe er ein Gewicht abgeworfen. Meist zählte gar nicht, wie ein Mensch war, sondern nur, was er tat. Was er im ausschlaggebenden Augenblick tat. Das würde ihn begleiten wie ein getragener Widerhall. Was mir durch den Kopf geht, das ist ebendieser Widerhall. Widerhall und ursprüngliche Stimme zugleich. Sie überlagern einander.
Jetzt bemühte auch er sich, das Gewicht auf ein Bein zu verlagern, um es Dany leichter zu machen. Er konnte aber nicht bei jedem Schritt daran denken.
Dem Zweiten ging durch den Kopf, daß Dany neben ihm wie ein Blinder ging; er verlagerte das Gewicht, als sei jeder seiner Schritte vergebens. Es ist sein Fehler, nicht meiner. Er geht, als ob er schon tot wäre, sagte der Zweite noch bei sich. Vielleicht spart er seine Kräfte für den Ort, an dem sie ankommen wollten. Aber vielleicht denkt er auch, daß es schlimmer nicht mehr kommen könnte.
Der Erste spürte wohl, daß sich der Zweite in Gedanken mit ihm beschäftigte.
»Ich werd nur noch essen, falls wir irgendwo ankommen, Many«, sagte er, »und werd mich dabei tagelang nich aus der Badewanne rühren.«
Man konnte daraus hören, daß er sich hätte hinsetzen mögen und sterben, oder aufrecht bleiben und zwischen zwei Schritten sterben. Er war überreif wie das letzte dürre Blatt, bevor es vom Baum flattert. Das war jedem seiner Worte anzuhören.

Er sprach von einer Badewanne mit heißem Wasser. »Ich werde essen, essen, essen...« Er flüsterte und sagte es wie etwas, von dem er wußte, daß es nicht wahr werden konnte. Wie Frank Bondy einmal sagte: »Wenn du meinst, daß etwas nicht mehr schlimmer werden kann, versuch dir vorzustellen, du würdest es verlieren. Erst was du verloren hast, hat einen Wert.« Er hielt sich aber auch an die Regel: »Wer sich übertölpeln läßt, hat 's nicht besser verdient.« Und manchmal verglich er das Leben mit einer Kartenspielerrunde: »Nicht, daß ich so gerne gewinnen würde, ich kann nur das Verlieren nicht leiden.« Aber das war bereits alles Schnee von gestern.
In den Baumwipfeln sangen Vögel. Selbst den sanft ansteigenden Hang bewegten sie sich nur noch langsam hinauf. Der Zweite spürte, daß er wieder fieberte. Vieles von dem, was sie anfangs befürchtet hatten, trat jetzt hinter die Erschöpfung zurück. Sie gingen wie im Schlaf und hielten einander fest, um nicht verlorenzugehen.

»Ich hab die Kinder vor mir gesehen«, sagte der Zweite, als wolle er nachträglich etwas erklären.
»Ja«, antwortete der Erste.
»Es sind Ungarn gewesen.«
»Ja.«
»Sie preßten sich an ihre Mütter, sie klammerten sich an ihre Finger, an Hände, Beine, Kleider – überall, wo sie nur konnten.«
»Hm.«
»Sie drückten ihre Köpfe an Hüften oder Taillen der Mütter, an Bauch oder Schenkel, in den Schoß, überall, wo sie nur rankamen.«
Der Erste antwortete nicht. Vielleicht döste er im Gehen.
Der Zweite schwieg längere Zeit.
»Am liebsten hätten sie sich in sie hineingepreßt und

wären in ihnen verschwunden, wenn du weißt, was ich meine. Du weißt, wohin«, sagte der Zweite.

»Ja.«

In seiner Stimme schwang so etwas wie ›Daß du überhaupt Lust hast, drüber zu reden‹!.

»Kinder sind überall gleich.«

»Ja«, sagte der Erste, als würde er nein sagen. Das müßte der Zweite doch am besten wissen.

»Aber sie wären auch in Mutters Bauch oder Hintern gleich in der Gaskammer verschwunden, mit ihr und in ihr auch.«

»Hm.«

»Wir ham's hinter uns«, sagte der Zweite, worin unausgesprochen mitschwang, daß es ihn ständig begleitete und ihn begleiten würde, wie lange auch immer und wohin auch immer sie gehen und kommen sollten. Es sitzt in uns, in Dany wohl auch, aber jetzt hat's ihn in die Knie gezwungen, er will von gar nichts mehr reden. Der Zweite dachte an Kinder, die spät ins Gas gingen, weil man die jüdischen Familien aus Ungarn bis zum Januar 1944 vergleichsweise geschont hatte, was ihnen die Deutschen später allerdings mit Zinseszinsen nachgetragen hatten, indem sie Vorfahrt bekamen auf dem Weg in den Schornstein, so daß anderen, die warten konnten, eine Atempause gegönnt wurde. Schließlich mußten aber auch die ungarischen Familien warten, weil sich so viele auf einmal angesammelt hatten und nicht alle drankommen konnten; und so warteten sie vor den Kammern, auf dem Gelände zwischen den unterirdischen Entkleidungs- und Verbrennungsräumen, zwischen den Birken, und man gab ihnen nichts mehr zu essen und zu trinken. Die Kinder waren zunächst quengelig, dann nur noch verängstigt. Und wie sie keiner beruhigen konnte, die Mütter nicht, nicht die Väter oder die Alten, da taten es schließlich der Hunger, der Durst und die

Unsicherheit, für die Kinder ein Gespür haben. Er sah das deutsche Kind vor sich, wie es sich verängstigt an seiner Mutter festklammerte. Das Kind war der Grund gewesen. Er hat es nie richtig verstehen können, wie es die Deutschen schafften, Kinder umzubringen. Manches hätte er ihnen vielleicht vergeben können. Das nicht.

Der Erste antwortete immer noch nicht.

»Es wird mir immer übel davon. Ich krieg sofort Augenflimmern.«
»Vergiß es. Es ruiniert deine Nerven. Wem hilft's?«
»Ja, ich werd es vergessen.«
»Denk nicht an Kinder oder Mütter, wenn du ankommen willst. Spar's dir auf. Für dann.«
»Ja«, versprach der Zweite noch einmal.
Aber gleichzeitig war Dany auch froh, wenn Many sprach, denn er hatte Angst vor der Stille, und die Stimme des Zweiten zu hören, bedeutete ihm etwas, das er nur spürte und das er wohl nie hätte in Worte kleiden können, wenn er es nicht ins Alberne oder Banale ziehen wollte.
Und er wußte, welche Mühe es den Zweiten kostete. Der Erste dachte – nach langer Zeit wieder – an seine Mutter. An ihr rotes, zu einem Knoten gebundenen oder auf die Schultern fallendes Haar. An Haar. Haar.
»Many?«
»Was denn?«
»Nichts.«
»Du vergißt es besser auch«, sagte dann Many.
Er wird inzwischen kapiert haben, warum ich die Kleine nicht umgebracht habe, und warum auch die Frau nicht, dachte der Zweite. Klar war es ein Fehler. Schön wär's, wenn der Mensch nur die richtigen Dinge tun könnte, die er tun mußte, um sein zu können, selbst wenn man auch

dazu breite Schultern brauchte. Wenn man es sich von allen Seiten betrachtet, haben wir wohl beide recht breite Schultern. Ihm war aber nicht danach, es von allen Seiten anzuschauen.

»Many…«
»Ja, ich bin da.«
»Ich bin auch da«, sagte der Erste.
»Mach Sachen«, sagte der Zweite.

Die Luft war zäh, und von den Bäumen hingen brüchige Spinnennetze, wie eine alte und ähnlich brüchige Gleichgültigkeit von allem und allen gegenüber allen und allem. Sie durchquerten den Wald, und Fetzen der Spinnweben, von Wind oder Regen zerrissen, blieben auf ihnen haften und hingen von ihnen herab oder wehten im Wind, bis sie sich wieder, ohne sich dabei sonderliche Mühe zu geben, von ihnen lösten. Den Ersten erinnerten die brüchigen Spinnennetze an Mutters Haar.

»'s nimmt kein Ende«, sagte der Erste.
Er dachte über ihre gegenseitige Abstumpfung nach. Daß sie einander zuweilen wie ein Tauber einem Stummen, wie ein Taubstummer einem Blinden gegenüberstanden.
Immer wenn der Erste längere Zeit geschwiegen hatte, wußte der Zweite, daß er den Tieren lauschte oder der eigenen Erschöpfung, in der alles zum Ausklang kam oder ähnlichen Nachhall erzeugte wie bei ihm selbst; daß er dem Gras und den Bäumen lauschte, dem Wind, dem Rauschen der Äste; daß er etwas so Entferntes belauschte wie das Explodieren der Sterne oder etwas so Nahes wie einen zertretenen Käfer, eine zerplatzende Beere vom Vorjahr, das Rascheln der Schritte, der Erde, der Ameisen.
»Du hättest sie abmurksen sollen«, meinte der Erste wie-

der, es klang aber, als sagte er das nur, weil ihn sonst die Stille umbringen würde. Sie erfüllte ihn mit etwas Unerträglichem. Worte gab es dafür nicht.
Stille ist das einzige, was wir noch abtöten können, dachte der Zweite bei sich. Es reicht, am Leben zu bleiben. Er wußte, daß der Erste sich daran klammerte, um den Schmerz in seiner Ferse zu vergessen, um zu vergessen, wie lang der Weg noch war, der vor ihnen lag, wie weit es war nach Prag, und die Frage zu vergessen, wo lang man gehen mußte, um sich nicht wieder zu verlaufen – als klammere er sich damit an die einzige Sicherheit, an etwas, was ihm so klar war wie der Tag, der auf die Nacht folgte, und die Nacht wieder auf den Tag, wenn auch nicht unbedingt für sie beide. Und es gibt noch etwas, was jeder Mensch genau weiß, sagte er bei sich. Dany weiß es so gut wie ich. Frank Bondy wußte es auch.
Jetzt weiß ich, woraus die Welt besteht, dachte der Zweite: aus dem, was dir gleichgültig ist, und aus dem, was es nicht ist. Beides kann dich fertigmachen. Man muß das geschickt im Gleichgewicht halten, wenn man überleben will – die Gleichgültigkeit und ihr Schwesterlein, das Gegenteil der Gleichgültigkeit. Mit besonderer Aufmerksamkeit dafür, wieviel Substanz noch besaß, was einem noch etwas bedeutete. Und dafür, woran man sich noch anpassen konnte und woran nicht mehr. Er dachte wieder über sich und Dany nach. Über Danys Prinzipien von gestern, die wohl in der Wunde unter seiner Ferse verschwunden waren. Er dachte an manche Sonntage im Lager zurück, wenn sie nicht zur zweiten Schicht rausmußten und ausruhen konnten. Dany lag dann neben ihm und schwieg, bis er schließlich sagte, er komme sich wie eine Lumpenpuppe vor, statt mit Sägemehl mit Asche ausgestopft. Eine mit Asche ausgestopfte Lumpenliese. Ja, das kann ich mühelos nachvollziehen. So werden sich

zuweilen, wenn sie Zeit dazu hatten, alle vorgekommen sein. Plötzlich roch er Asche auch in dem grünen und bräunlichen Laub, in alten Zapfen, im grünen harzduftenden Wald. Für lange Zeit überlagerte das alle anderen Gerüche.

Ihm war nicht danach, darüber zu reden, was ihm ständig auf die Schläfen drückte: daß die Welt voll war von Menschen, die dich grundlos umbringen würden. Gibt es einen Ort, wo es anders ist? Am Ende der Milchstraße, würde Frank Bondy geantwortet haben. Es hätte ihm vielleicht nichts ausgemacht, die Frau in Notwehr umzubringen. In Notwehr mußt du töten, um nicht getötet zu werden. Aber es gibt viele Leute auf der Welt, die den Menschen wie ein Tier abschlachten, grundlos. Allmählich verlor er die Trennlinie. Töten oder nicht töten. Eine Weile dachte er über Leute nach, die grundlos töteten. Die Deutschen brauchten keinen Grund zum Töten. Sie brauchten einen Menschen nicht einmal zu hassen. Aber das Töten machte sie hart. Sie fühlten sich dadurch hart wie ein Felsen, wie eine Eiche, wie der Diamant. Und es brachte ihnen Freude. Sie genossen die Grausamkeit. Sie töteten, als wollten sie der Welt damit sagen: Seht, wie abgehärtet, wie grausam, wie gefühllos wir sind! Wußte denn Dany nicht, daß der Mensch, wenn er einmal jemanden getötet hatte, nie wieder zu dem wurde, der er zuvor gewesen war? Es mischte sich das Echo eines Gedankens hinein, den er den Deutschen zuwies; sie sagten zu ihnen ständig ein und dasselbe, die drei Jahre in Lagern und die drei Jahre davor: »Ihr habt, du hast keine Chance. Ihr werdet verlieren, du wirst verlieren. Letztendlich verliert ihr. Letztendlich verlierst du.« Es ist einfacher, mit Menschen umzugehen, dachte er, die wie Dany sind. Wenn du sie nicht aufscheuchst oder so gegen dich aufbringst, daß sie dich hassen, bringen sie dich nicht um.

»Es ist ein Labyrinth«, sagte er.
»Wir werden ewig so gehen.«
»Es ist bloß immer jetzt oder nie.«
»Was?«
»Die Zeit.«
»Hm«, sagte der Erste, als sagte es der Zweite.
Und sie gingen weiter.

»Halt!« Von unten hörten sie die krächzende Stimme eines Greises. »Stehenbleiben!«
Sie zuckten zusammen. Der Zweite drehte sich um. Sie wechselten einen kurzen Blick. Der reichte aus. Sie dachten gar nicht daran, stehenzubleiben. Alles begann wieder zu funktionieren, als seien sie eben aufgewacht.
Von der Talmulde her rückte zwischen den Bäumen eine Front aus etwa zehn mit Gewehren bewaffneten Greisen vor.
»Werwölfe«, entfuhr es dem Ersten.
»Sie kannten den kürzeren Weg«, hauchte der Zweite. »Los!«
Beide musterten sie die Männer und konnten feststellen, wie alt und schwach sie waren und daß sie keinen langen Atem hatten, so wie sie auch selbst keinen langen Atem mehr hatten. Die Greise wirkten wie eine Veteraneneinheit, es war aber klar, daß sie ihnen im Wald nicht durch Zufall begegnet waren. Beide dachten sie daran, daß die Greise noch frische Kräfte hatten, während sie selbst an ihren letzten Reserven nagten.
Es blieb ihnen nur die Flucht. Die Bergspitze erreichen und hinter dem Kamm verschwinden, während die Greise noch hochkletterten und nicht ahnen würden, welche Richtung sie auf der anderen Seite eingeschlagen hatten. Wie viele Meter mochten es sein? Die Greise brauchten noch dreißig Meter, sie vielleicht noch zehn. Vor ihnen lag

ein Fichtendickicht. Das mußten sie erreichen. Aber auch das hing von dem Vorsprung ab, den sie gewinnen würden. Sie mußten den Berg zwischen sich und die Greise bringen, so wie sie der erste Berg vom Zug getrennt hatte. Es war eine rettende Erfahrung, die sie gemeinsam gemacht hatten und jetzt nicht diskutieren mußten.
Zum zweiten Mal drang in die Stille des Waldes ein Ruf des Greises, der die anderen, alle mit den Armbinden der Landwehr um den Arm, anführte. Unmittelbar danach krachte ein Gewehrschuß.
Beide Jungen rannten durch den Wald, wenn auch das Wort »rennen« an dieser Stelle übertrieben ist: sie rannten, so schnell sie konnten, und das war so schnell nicht. Desto langsamer wurde es, je schneller sie sein wollten. Auf der Bergspitze konnten sie das Fichtendickicht erkennen, das sie erreichen wollten, es durchkriechen und dann auf der anderen Seite herunterlaufen.
»Ich kann nicht mehr«, sagte der Erste.
Der Zweite antwortete nicht. Er sah den Ersten nach Atem ringen. Er sah auch die Greise, die sich auf ihre Jagdgewehre wie auf Wanderstäbe stützten. Er versuchte den Abstand zu schätzen, der sie nach unten von den Greisen und nach oben hin vom Bergrücken trennte.
»Mach schon«, zischte der Zweite.
»Ich kann nicht«, sagte der Erste.
Es war während des ganzen Marsches das erste Mal, daß er »Ich kann nicht« sagte, und der Zweite hörte da noch andere Dinge heraus. Er sah den Ersten nach Atem ringen, auch da ging es nicht nur um die Luft, die er nicht schnappen konnte. Noch einmal schätzte er den Abstand bis zur Bergspitze und hinunter bis zu den Greisen ab. Dann schätzte er die Entfernung, die Dichte und die Farbe des Fichtendickichts.
»Mach schon!« Er hob die Stimme.

»Es geht nicht.«
»Willst du verrecken?«
»Es geht nicht«, antwortete der Erste, die Frage des Zweiten gleichsam bejahend.
»Mach schon«, sagte der Zweite, die Wiederholung der Notwendigkeit gleichsam bestärkend.
Schüsse hallten durch den Wald, einer nach dem anderen, bis zur Zahl Zwölf, und von vorne. Zwölf und zwölf und noch einmal zwölf. Das Echo schallte durch den Wald mit jenem seltsamen Nachhall, der an den Baumstämmen zerbarst und im Moos und den Wipfeln verebbte. Die Greise waren nie zum gleichen Zeitpunkt schußbereit. Es strengte sie an, zu laden, anzulegen und abzudrücken. Sie schossen aber, als bewiesen sie damit etwas vor sich selbst. In einem Schwarm rückten sie zwischen den Bäumen vor, langsam, wegen der Steigung. Manche der Alten trugen Uniform oder Uniformteile. Manche hatten Jägeranzüge an, die aber schon vor Jahren ihren Festglanz verloren hatten. Der Greis, der die anderen anführte und etwas frischer aussah als die restlichen elf, ging aufrecht an der Spitze, als wolle er sie ermuntern und zu einer Leistung aufrütteln, die der Zufall oder die Pflicht von ihnen verlangten. Er trug auf dem Kopf einen Jägerhut mit Gamsbart, und im Vergleich zu den Büchsen der anderen konnte man sein Gewehr fast schon modern nennen. Auch seine Uniform war jüngeren Datums, wenn auch ohne Rangabzeichen und letztendlich doch auch sehr alt.
In den unregelmäßigen Abständen, in denen sie schossen, pfiffen die Kugeln durch den Wald. Zuweilen flog nur eine Kugel zwischen den Bäumen, und dann trat Stille ein, als würden die Greise ihrer Bahn, zumindest dem Klang, folgen, bis sie im Laub und Moos vor ihnen versunken oder in die weiche Rinde eines Baumstamms eingedrungen war.

»Ich kann nicht«, flüsterte der Erste, den der Zweite an der Hand hinter sich herzerrte.
»Du kannst wohl«, flüsterte der Zweite zurück.
Die Kugeln pfiffen um ihre Ohren, sie drangen in ihrer Nähe, vor oder unter ihnen ins Moos, ließen Wurzeln splittern.
Merkwürdig klangen die hochfliegenden Kugeln, die, ohne auf Widerstand zu stoßen, ein zischendes, unheilverkündendes und zugleich fast unschuldiges Geräusch hinterließen.
Sie registrierten die Schüsse nun als ein Teil des Spieles, das es für die Greise war; ein sehr ungleiches Spiel, weil der Einsatz nur aus den Leben der beiden Jungen bestand. Manchmal erinnerten die Kugeln an Bienen oder Hornissen. Es waren aber weder Bienen noch Hornissen, und keiner der Jungen hätte diese Ähnlichkeit wahrgenommen.
Die aufgescheuchten Vögel waren verstummt. Der Mann, der den Trupp anführte, war der beste Schütze. Doch auch er schoß nicht gut. Er ließ die Greise zunächst im Gehen schießen, befahl ihnen dann aber, stehenzubleiben, sich aufzurichten und an Bäume angelehnt länger zu zielen. Man konnte deutsche Befehle, Weisungen, Satzfetzen vernehmen.
Einer der Greise, der außen ging, schob ein Fahrrad neben sich. Ein Gebrüll schwoll an, das ihnen galt. Der Kommandant der Landwehr wollte sie so zum Anhalten bringen. Dann erteilte er den Befehl, in Salven zu schießen. Der Wald füllte sich erneut mit dem Lärm der Schüsse.
»Mach schon«, flüsterte der Zweite. Er zerrte am Ärmel des Ersten, bis der riß.
»Geh allein«, antwortete der Erste.
»Komm«, wiederholte der Zweite.
»Versuch's allein.«
»Mach schon!«

»Laß mich hier«, bat der Erste.
Der Erste befreite sich aus der Umklammerung des Zweiten. Der Zweite ging einige Schritte und drehte sich um. Er ließ den Gedanken, daß sie sich den Greisen ausliefern könnten, nicht für einen Augenblick zu. Dany lag einige Schritte unterhalb von ihm. Aus eigener Kraft konnte er keinen einzigen Schritt mehr tun. Die Greise schossen sich auf ihn ein.
Der Mann, der sie anführte und etwas jünger sein mußte als der Rest, fünfundsechzig vielleicht oder siebzig, nahm dem Greis mit der zitternden Kinnlade, der nicht mehr schoß, das Gewehr ab.
Der Zweite sah nur noch die letzte Möglichkeit. Sie mußten den Bergkamm erreichen, sonst würden die Greise sie erschießen. Er wußte schon, daß die Greise sie nicht einholen konnten, daß sie dies begriffen hatten und daß sie sich so lange einschießen würden, bis sie getroffen hatten.
Er wußte aber auch, daß die Greise sie, wäre der Berghang länger, bis zur Erschöpfung hetzen konnten, weil hier nicht die Entfernung ausschlaggebend war, sondern das Durchhaltevermögen. Um ihr Ziel zu erreichen, hätte es ausgereicht, wenn die Greise sie bis zur Erschöpfung hetzten.
Er konnte sich nicht vorstellen, daß Dany liegenbleiben und bei lebendigem Leib erwischt werden könnte. Der Erste nahm nicht mehr wahr, daß der Zweite zu ihm zurückgekehrt war und an Kragen und Ärmel zu zerren begann, bis er sich bewegte.
Der Zweite schluckte, die Adern an seiner Stirn waren bis zum Platzen angeschwollen. Er packte den Ersten fester, damit er nicht herausrutschen konnte, und schleppte ihn wie ein Paket. Es war das Schwerste, was er je im Leben geschleppt hatte. Der Erste bemühte sich, sich auf das eine Bein zu stellen. Er umklammerte seinen Stock. Aber

zuweilen blieb der Stock stecken und verzögerte ihr Fortkommen.
Der Zweite mochte nicht daran denken, wie es dabei dem Ersten ging. Er zerrte ihn hinter sich her und wußte, daß er ihn bis über den Bergkamm schleppen mußte, wenn es Sinn haben sollte.
»Warum willst du mich nicht hierlassen?« fragte der Erste, als der Zweite für eine Sekunde anhalten und Luft holen mußte.
»Ich will nicht allein sein«, flüsterte der Zweite.
Kurz unterhalb des Kamms wurden die Fichten dichter. Tief wachsende Äste peitschten sie. Sie hörten einander atmen, konnten den Atem des anderen deutlicher hören als die Kugeln. Vor ihnen verließ mit einem Satz ein Paar Wildkaninchen den Unterschlupf. Nach einigen Sprüngen waren die Tiere verschwunden. Langsam drangen sie in das Fichtendickicht. Die Jungen waren zerschrammt, Blut und Schweiß rannen an ihren Körpern herab.
»Halt!« schrie der erste unter den Greisen und lud sein Gewehr. Man hörte den Verschluß einschnappen. Und dann vernahm man wieder einzelne Schüsse.
Die Greise mußten es genießen, schießen zu können. Es schien ihnen vieles von dem zurückgebracht zu haben, was sie einst besessen hatten und nun wiedererlangten.
Sie beschossen ihre beweglichen Vogelscheuchen und hatten genug Munition zur Verfügung, um damit rechnen zu können, ihr Ziel schließlich doch zu treffen.
Der Zweite konnte nicht mehr atmen. Zwei deutsche Worte schwirrten durch seinen Kopf: »Halt!« und »Nieder!« In seiner Brust spürte er wieder das vertraute Brennen. Er dachte nicht daran, daß sie um ihr Leben kämpften; seine Gedanken beschäftigten sich nur mit der Frage, ob sie Chancen hatten, hinter den Kamm zu kommen. Aber auch darüber dachte er nicht nach, er wollte es lediglich.

Die Kette der Greise hinter ihnen rückte vor, und der Abstand hatte sich vergrößert. Die Greise kamen langsamer voran als sie, als bezahlten sie damit für den Vorteil, schießen zu können. Sie waren wieder stehengeblieben und zielten, jeder an einen Baum gelehnt.

Aus dem Wald unter ihnen erscholl ein Durcheinander deutscher Sätze. Ich kann nicht mehr. Schieß du! Ich hab nicht geladen. Jetzt ist die Reihe an dir. Mir tut die Hand weh, verfluchtes Rheuma. Aber ich krieg sie. Entweder du oder ich. Vorwärts, Männer, vorwärts!

Es waren alte, aber ganz sachliche Stimmen. Sie rückten in einer Reihe vor; die Worte, die bis zu den Jungen vordrangen, waren gelispelt – die Greise hatten mehr Kugeln als Zähne.

Der Erste war einer Ohnmacht nahe. Er ließ sich durch die dichten Fichten zerren. Nur manchmal stützte er sich mit seinem gesunden Bein ab. Und als er einmal ausrutschte, da hatte einer der Schützen sorgfältig gezielt und abgedrückt. Die Kugel verließ den Gewehrlauf, sauste über die Distanz von etwa hundert Metern durch den Wald, doch waren, in den Sekundenbruchteilen, bis sie bei ihnen angelangt war, einige Dinge geschehen, und zwei davon waren entscheidend. Da schleppte der Zweite seinen halbtoten Gefährten, und da bemühte sich der Erste, doch noch zu helfen, wie er konnte, kniend, liegend und wieder kniend, da ruckte ihn der andere hoch, und er wollte nicht in den Fichten bleiben und zog den anderen wiederum durch seinen Wunsch zu Boden, und da stolperte der Kleinere plötzlich über eine freiliegende Wurzel. Und so konnte die Kugel, die noch den Bruchteil einer Sekunde früher seine Wirbelsäule durchschlagen hätte, ihren Weg fortsetzen und bohrte sich lediglich durch den Ärmel, streifte den Arm, an dem sich der Erste festhielt. Aber sie verletzte das Fleisch nicht und sank sausend in Nadeln und

Moos, als würde sie sich dort vor dem Zweiten verstecken wollen.
»Ich schwöre, Dany«, röchelte er.
Der Erste versuchte, sich aufzurichten. Es roch nach versengtem Stoff. Der Erste zuckte im Liegen albern und wild mit einem Bein. Jetzt nahm ihn der Zweite mit beiden Händen am Mantelkragen, zog und zerrte an ihm, rückwärts auf den Bergkamm zu emporsteigend. Er schleppte ihn wie ein Tier.
»Ja«, zischte der Zweite.
Und dann noch, als wolle er sich vergewissern: »Mach schon!«
Der Erste schwieg. Und dann flüsternd: »Laß mich doch hier.«
Der Kleinere zerrte den Größeren jetzt wie ein abgetrenntes Teil des eigenen Körpers. Sie hatten schon die dichteren Fichten erreicht. Sie waren so erschöpft, daß sie hätten stehenbleiben, sich hinlegen und sterben können, bevor die Greise sie erwischen und erschießen würden.
Hinter dem Streifen aus grünem Gras war der Bergkamm, und wie sie sich jetzt dem Kamm näherten, konnte auch der Zweite die Entfernung eines Schrittes nur in mehreren Phasen und kniend überwinden.
»Noch ein bißchen«, zischte der Kleinere.
Der Erste sah aus, als sei er erblindet.
»Wir sind fast oben, Dany.« Und dann noch: »Roll dich über mich rüber.«
Sie waren oben, lagen einander in den Armen und rollten so in den Schutz des Bergkammes. Der Zweite übergab sich. Er wandte sich nicht ab vom Gesicht des Ersten und erbrach. Die Fichten waren frisch, grün und duftend. Einige Schüsse brachen noch die Stille des Waldes, es waren aber keine zwölf mehr, und in den Bäumen hörte man wieder die Stimmen der Vögel.

Der Zweite wischte seinen Mund am Moos ab. Sie dachten nicht mehr daran, daß sich die Greise wohl fürchten würden, ihnen bis nach oben, bis hinter den Bergkamm zu folgen, weil sie nicht sicher sein konnten, ob sie nicht bewaffnet waren.

»Du hättest sie umbringen sollen«, sagte dann der Erste, als er wieder sprechen konnte.
»Der Weg wird jetzt wieder bergab führen, Dany.«
»Die alte Sau hat sie auf uns gehetzt.«
»Ist dir übel?«
»Nein.«
»Du bist ganz blaß.«
Der Erste schwieg.
»Was ist mit dir?« fragte der Zweite. Die Vögel sangen. Die Wipfel schwankten in Wellen, als kehrten sie dorthin zurück, wo sie hergekommen waren. Es wirkte wie ein Spiel. Erde und Wald dufteten nach Frühling. Es war ein sonniger schöner Tag, ein Tag, wie es sie manchmal im März oder im September gibt. So weit ihre Blicke reichten, bis tief den Hang hinunter erstreckte sich der Wald. Die Bäume schwankten fast unmerklich, nur hin und wieder bebten die Nadeln und Äste, so wie eine Saite bebt, gebadet in Sonnenstrahlen, die das Grün golden aufglitzern ließen. Je ferner sie blicken konnten, desto mehr verschmolzen die Bäume zu einer Fläche, ein riesiges hohes Ährenfeld aus Baumspitzen, und dort, wo die Wipfel der Bäume den Himmel berührten und der Himmel die Bäume, zeichnete sich eine beinahe gerade Linie ab, eine Art Waldhorizont, unterbrochen nur von einigen ausgefransten Zacken, dort wo ein Baum oder eine Baumgruppe niedriger waren, und der Horizont wurde zu einer fremdartig zerzausten Geraden.
An manchen Stellen war das Grün der Bäume blasser, und

das wiederum ließ den Wald wie eine mehrfach geflickte grüne Joppe erscheinen.
Und dann war der wunderbare blaue Himmel da, still und mild, von einem satten Blau, wie es nur an den schönsten sonnigen Frühjahrstagen zu sehen ist.
»Wieso merkst du nicht, wenn dich jemand umbringen will, Many?«
Der Erste schaute dem Zweiten in die Augen, die eher grau als blau waren, mit einem Glanz, der ihm manchmal Angst einjagte.
»Jetzt merk ich's schon.«
Sie waren müde, gierig nach Schlaf, dachten daran, im Gehen zu schlafen. Sie sehnten sich danach, lange schlafen zu können, so wie sie es sich in den letzten drei Jahren oft gewünscht hatten, wollten ausschlafen, wie sie noch nie ausgeschlafen hatten.
Der Zweite spürte an seinem Gaumen noch die Säure des Erbrochenen. In seinem Magen war nichts mehr von dem, was er gegen Mittag hinuntergewürgt hatte. Im Gesicht des Ersten hatten nur noch die entzündeten, blutunterlaufenen, matt glänzenden Augen etwas Leben.
»Wir sind schon fast wie die Juden aus Ungarn, Dany«, sagte dann der Zweite.
Es fuhr ihm durch den Kopf, was Frank Bondy einst über die Ungarn erzählt hatte. Er hatte das gegen sie gewendet, die untereinander Ungarisch sprachen, damit andere sie nicht verstehen konnten, und erzählt, daß man irgendwo in Amerika Ungarisch mit Irrsinn verwechselt habe.
»Ich bin wie erschossen«, meinte der Zweite nach einer Weile.
Der Erste antwortete nicht. Er spürte stechende Schmerzen in seiner Ferse und dachte an das Ende von Leonard. Andererseits tröstete er sich mit dem Gedanken, daß der

Fuß – solange es stach – noch nicht tot sein konnte. Er folglich auch nicht. Die Luft war rein und alles durchdringend. Die Erde war feucht.
»Fehlt nicht viel, und ich könnt anfangen, mich zu bedauern«, sagte der Zweite. Und: »Als ich klein war, Dany, bin ich mit einem deutschen Mädchen zur Schule gegangen.«
»Wenn ich hineingegangen wäre, Many, ich hätt sie umgebracht«, sagte der Erste.
Langsam stiegen sie, einer neben dem anderen, den Hang hinunter und schwiegen. Mitten im Wald und noch immer im Hang stießen sie plötzlich auf eine Straße. Sie war breit, und ihr Asphaltbelag glänzte. Eine von der Sorte, wie sie die Deutschen in den letzten sechs Jahren in Waldgebieten zu bauen pflegten.
Sie schauten einander an. Wald, Moos, Himmel und Straße hatten eine neue Einheit gebildet. Es war, wie wenn ein Balken auf dem Wasser schwimmt, und das Wasser wiederum schwimmt auf anderem Wasser oder auf einer anderen flüssigen Substanz, und es schwamm alles, als seien es bloß Schichten von Gewässern oder Substanzen, die alle – eine in der anderen und eine auf der anderen – vor sich hin schaukelten.
Sie setzten sich oberhalb des Straßengrabens. Im Laufe einer Stunde passierten einige deutsche Lastwagen die Straße in beiden Richtungen. Einmal fuhr ein Motorrad vorbei, wohl ein Kradmelder. Das Motorengeräusch konnte nicht so unwirklich erscheinen wie die Stimmen des Waldes, des Windes und der Vögel.
»An dieser Biegung wird's wohl am besten sein, mein ich«, sagte der Zweite.
»In welche Richtung meinst du?« fragte der Erste.
Er redete von Richtungen und wünschte sich nichts sehnlicher, als sitzenbleiben zu können.
»Ich mein nach unten. Das heißt, nach rechts, Dany.«

»Das ganze Blut ist aus mir raus. Oder eingetrocknet. Bin wie ausgetrocknet.«
Nach einer Weile reichte der Zweite dem Ersten die Hand und zog ihn in den Graben herunter. Sie duckten sich, um nicht gesehen zu werden, für den Fall, daß ein Wagen in der umgekehrten Richtung fahren würde, oder einer vorbeikäme, den sie eh nicht besteigen könnten. Einen überhängenden Felsen könnte man hier gut gebrauchen, dachte der Zweite bei sich. Er sprach es nicht aus. Eine Stunde später hörten sie einen Motor aus der Ferne. Sie überlegten, was es wohl sein mochte. Das Geräusch kam langsam näher.
»Hört sich nach'm Laster an, Dany.«
»Ist ein Laster, Many.«
»Wenns'n Laster ist, ham wir wieder Schwein, Dany.«
»Es ist ein Laster«, wiederholte der Erste.
Dann sagte der Zweite: »Ein Laster.«
Das Motorengeräusch schwoll an. Es war ein ganz anderes Geräusch als das des Zuges, dem sie sechs Tage lang gelauscht hatten und das sich ihnen derart ins Gedächtnis eingeprägt hatte, daß sie es auch noch hörten, als sie längst nicht mehr auf dem Waggon waren: so als führen die Züge durch Wälder und Nächte und ihre Gedanken.
»Vielleicht fährt er bis dorthin, Dany.«
»Er fährt langsam«, sagte der Erste.
Das war das wichtigste. Daß er langsam fuhr und sie es schaffen würden aufzuspringen. Sie legten sich auf den Bauch. Es war ein kleiner Dreitonner. Die Ladefläche war leer. Der Wagen brummte durch die Serpentinen, so daß sie Gelegenheit hatten, ihn zu sehen, zu hören und ihre Chancen abzuschätzen und nicht auf einen anderen Wagen warten mußten, der womöglich gar nicht mehr kommen würde.
»Was Bessres wird hier nicht fahren«, flüsterte der Zweite.

Der Erste umschloß den Stock in seiner Rechten und ergriff mit der Linken die Hand des Zweiten. Sobald der Wagen auf ihrer Höhe war, zog der Zweite den Größeren aus dem Graben, machte zwei Sätze auf den Wagen zu, und der Erste hüpfte ihm hinterher.
Der Zweite klammerte sich an die Bordwand. Der Erste machte zwei weitere Sprünge ihm hinterher, als sei es ihm schon egal, wenn er seinen Fuß verlieren sollte. Selbstverständlich brauchte er seinen kranken Fuß, und er trat darauf. Er wußte sofort, daß er es nicht hätte tun dürfen. Beide wußten es sofort.
Der Zweite hielt sich an der hinteren Klappe fest und zog den Ersten heran, während der Laster langsam bergauf kroch. Aber der Wagen hatte noch zuviel Schwung. Der Erste spürte ein Stechen in seinem Bein wie bisher noch keines. Er verlagerte das Gewicht, um noch einmal abspringen zu können, und auch das gesunde Bein versagte. Er strauchelte. Der Zweite zerrte ihn noch einige Sekunden lang, so daß man nicht sah, wie der Erste fiel. Sein Körper wurde schwer. Der Zweite ließ erst die Hand des Ersten und dann die Klappe los.
Der Erste lag auf der Straße. Neben ihm der Stock. Der Zweite stürzte auf ihn zu und begann ihn zu rütteln, ihn aufzurichten. Es war aber klar, daß sie den Wagen nicht mehr erwischen würden; vielleicht wollte er den Ersten auch nur wegschleppen, damit sie der Fahrer nicht im Rückspiegel entdecken konnte. Einige Male riß er noch am Ärmel des Größeren. Es sah aus, als würde er ihn schlagen. Als wolle er sich selbst und die ganze Welt schlagen. Er schaute dem Lastwagen nicht hinterher.
Der fuhr im ersten Gang den Berg hinauf und brummte wie eine alte Säge.

12

Eine Doppeltür führte vom Amtszimmer des Bürgermeisters, in das sie als Gefangene geführt wurden, ins Dorfgasthaus. Man brauchte nur den Flur zu durchqueren.

Sie befahlen ihnen, sich nackt auszuziehen, und als sie festgestellt hatten, daß die Gefangenen unbewaffnet waren, durften sie sich wieder anziehen. Ihre dreckstarrenden Kleidungsstücke stanken.

Durch die geöffnete Tür konnte man in die Gaststube hinüberschauen. Dem Zweiten kam der Gedanke, daß hier eine Schule gewesen sein mochte, die sie zum Gasthaus umgewandelt hatten. Tische und Stühle standen in einer Ecke übereinandergetürmt, wie überlebende Zeugen des letzten Winters.

Es waren die Greise, die im Wald die Hetzjagd auf sie veranstaltet hatten. Sie hatten nur am Fuß des Hangs entlanggehen müssen, um die Stelle zu erreichen, wo die Straße durch den Wald führte. Plötzlich waren die Männer des Bürgermeisters aus dem Schatten zwischen den Bäumen unterhalb der Straße aufgetaucht und standen vor ihnen. Sie bildeten einen martialischen Halbkreis um sie und richteten die Läufe ihrer Gewehre auf sie. Nur der Bürgermeister hatte eine Luger.

Der Bürgermeister machte ihnen die Mitteilung, daß sie bei einer einzigen falschen Bewegung erschossen würden. Dann wurden sie hierhergebracht. Ein Greis in der ehemals tschechischen Uniform unterhielt sich vertraulich und auf deutsch mit dem Bürgermeister. Many mußte den ganzen Weg lang die Arme über den Kopf heben, Dany durfte seinen Stock benutzen, ohne ihn hätte er weder stehen noch gehen können.

Die Greise ließen sich durch sein starkes Hinken nicht irritieren und auch nicht durch den Umstand, daß sie deswegen sehr langsam gehen mußten.

Als sie ankamen, erlaubte man den beiden, sich auf eine lange Bank zu setzen. Es war warm hier. Sie werden die Bank wohl später abscheuern lassen, fuhr dem Zweiten durch den Kopf. Man ließ sie zwei Stunden lang mit gehobenen Armen sitzen. Dann sank Dany plötzlich zu Boden. Zuweilen schaute der Zweite auf die roten Flecken in Danys Gesicht. Er war durstig und bedauerte nun, daß er vorher nicht aus der Lache im Graben getrunken hatte.
Das Dorf war still und sauber. Alles war ordentlich hier, die Häuser und Gärten, Wege, Felder, Bäume und Büsche, Geräteschuppen, das an den Hausmauern aufgeschichtete Holz, Überreste des Winters, und alles schon dem Frühling zugewandt, alles fern dem Krieg. Hinter den letzten Häusern war der Friedhof, umgeben von einer weißen Mauer, die nur einige hellere, vom Regen ausgewaschene Flecken hatte. Einige Felder waren schon gepflügt. Auf den Dachgiebeln und in ihren Schlägen gurrten die Tauben. Sie saßen paarweise, weiße und graue, hin und wieder flog eine hoch und setzte sich auf das gegenüberliegende Dach. Zwei Hunde waren zu hören. Bald gesellte sich ein dritter dazu, dann ging jemand vorbei, und alle Hunde verstummten. Am Dorfeingang wuchsen drei Linden mit riesenhaften Kronen. Ein Hahn krähte. Die Gasthausfenster glänzten. Das Dorf hinter dem Fenster wirkte fremd, gepflegt, so ruhig und geordnet, alles hatte dort seinen Platz, auf den es seit langem gehörte und auf dem es auch bleiben würde. Möglicherweise. Von den Gasthauswänden herab blickten gerahmt die Väter oder Großväter in Jagdanzügen und mit Jagdgewehren.

Als er die Augen zukniff, sah der Zweite wieder den Berg, den er und Dany erklettert hatten. Jetzt rannten ihnen aber zweitausend Häftlinge hinterher, unter ihnen auch Frank Bondy; es waren alle, mit denen sie im Zug aus Meuselwitz gesessen hatten, Aufsehkommando Buchenwald, nach Dachau. Er sah, wie sie anfingen, über die Ladewände der Waggons zu springen. Nur die in den geschlossenen Waggons konnten nicht direkt hinterherspringen. Aber auch sie mußten schließlich irgendwie entkommen sein, als sei das Abspringen von Zugwaggons eine Art ansteckende jüdische Krankheit.

Er war froh, daß es nicht die oft zurückkehrende Vision gewesen war, in der er alle zweitausend Menschen direkt aus den Waggons ins Gas gehen sah und die Leute vom Sonderkommando, die freundlich grüßten, beteuerten, daß sie sich spätestens in sechs Wochen dort oben wieder treffen würden, und erklärten, daß, wer sowohl unten als auch oben gewesen sei, schließlich am besten wissen werde, wo es besser sei. Die vom Sonderkommando beruhigten sie: sie hätten Glück, es seien gerade frische Dosen mit Zyklon B eingetroffen, und vorläufig müsse nicht gespart werden. Alles werde im Handumdrehen geschehen sein. Es werde sich nicht hinziehen wie dann, wenn für zweitausend Menschen nur wenige Dosen bereitstünden und man an die schwachen Hände eines betrunkenen Fleischers denken müsse, welcher sich mühte, ein stattliches Kalb, eine Kuh, einen Stier durch Erwürgen zu töten. Mit etwas Glück und dem entsprechenden Begehren des Kommandanten würde die Lagerkapelle einen argentinischen Tango spielen oder den Marsch »Alte Kameraden«.
Dann würde das Sonderkommando Wodka aus Flaschen trinken, die aus einer Hand in die andere wanderten. Sie stünden zusammen mit den deutschen Soldaten, welche die Flaschen gebracht hatten, und wenn sich alle ins Zeug legen würden, liefe die Sache wie geschmiert.
»Zum Wohlsein«, prosteten die aus dem Sonderkommando denen zu, die in die Duschen gingen.

Es gab Bekannte hier und Unbekannte, Verwandte und einige berühmte Menschen, und sie saßen alle in einem Boot. Diese Vision kehrte immer wieder zurück, als spiele sie sich real vor seinen Augen ab, und manchmal war er nicht mehr sicher, ob es sich tatsächlich nicht so vor seinen Augen abgespielt hatte, als er mit Dany Kohlen gefahren hatte.

Der amerikanische Flieger kreiste über dem Berg. Er schoß nicht mehr, flog nur noch mit geneigter Tragfläche, so daß der Pilot nach unten schauen konnte, über den Zug hinweg. So erinnerte die Maschine an einen Stern aus Aluminium. Dann gab der Pilot doch wieder einzelne Schüsse ab, nur damit sie wußten, daß Maschinengewehr und Bordkanone geladen waren und daß er genug Treibstoff und Munition hatte.

Jeder Schuß war ein Treffer. Dann überflog er den Zug, führte seine Kunststücke vor, Flugakrobatik erster Klasse samt Looping, als seien diese Figuren Chiffren, die alle entschlüsseln könnten.

Alle drei Seiten, die Deutschen, die Häftlinge, der Pilot verstanden sie, jeder auf seine Art.

Auf dem Hang wimmelte es von Menschen, die durcheinanderrannten wie Ameisen. Sie krochen übereinander, stießen ineinander, und doch schob sich der ganze schwarze Ameisenhaufen unaufhaltsam den Hang hinauf. Die Aufseher standen an den Waggons. Im Stehen, den linken Fuß leicht vorgeschoben, daß sie besseren Stand hatten, schossen sie auf die Fliehenden wie auf Karnickel.

Sie schossen fast aufs Geratewohl. Und fast aufs Geratewohl traf es die Menschen auch. Beinahe mit jedem Schuß erwischten sie einen, wenn auch nicht alle gleichermaßen gefährlich. Bald war der Hang schwarz von den Rennenden, die zuweilen auf Rücken, Köpfe und Arme der angeschossenen Liegenden traten, auch auf die Liegenden, die sich auf dem Boden krümmten oder sich nicht mehr krümmten, so daß an manchen Stellen kein Schwarz mehr war, das den Hang färbte, sondern ein Rot. Vor allem, wenn man zurückschaute, war der Hang, je tiefer man schaute, nur noch rote blutgetränkte Erde.

Zu den Angeschossenen gehörte auch die hübsche Polin, die aus dem Kanalsystem geborgen worden war. Sie sprach von Gnade, von Erniedrigung und Erhebung, was man nicht ganz nachvollziehen konnte. Sie zeigte Frank, der über ihr stehengeblieben war, die Narben an ihren Lenden, an Brüsten und Schenkeln. Bißnarben von abgerichteten deutschen Hunden und Spuren davon, daß ihr deutsche Frauen die Brust mit der Peitsche aufgerissen hatten.

Dann sah er Dany in den Schornstein gehen. Und er sah seinen Vater, seine Mutter und die kleine Schwester Anna. Und viele andere.

Es war jedesmal merkwürdig, sich selbst zuzusehen, wie man dort mitging und gleichzeitig nicht mitging.

Es war immer schon eine Menge gewesen, was sie einander nicht erzählt hatten. Vielleicht hatte auch Dany diese Art von Visionen gehabt, vielleicht sah auch er sich ins Gas gehen. *Manchmal gelang es den Leuten vom Sonderkommando, auch den Leuten in den Duschen einen Schluck Wodka zukommen zu lassen. »Ja, wir sitzen alle in einem Boot«, sagten sie, genau wie die örtliche SS. Etwas Wahres wird wohl dran gewesen sein.*

Es waren schließlich nicht nur Juden und die deutschen Schwachsinnigen und Behinderten, an denen die Nazis die Gaskammer und den Trick mit den Duschen auspro-

biert hatten – es waren auch Franzosen, Engländer, Amerikaner, Kanadier und selbstverständlich Russen und Polen: die ganze Welt ging in der Reihenfolge des deutschen Alphabets in die Duschen, und jeder nahm sich Handtuch und Seife, als würden sie sich alle selbst auf den Leim gehen. So plapperte der Dummkopf aus Siebenbürgen einem noch größeren Hornochsen aus Deutschland nach – Umbringen sei die reinste Freude, härte es doch alle ab, die Umgebrachten wie die Umbringenden. Auch er sei, wie sein großes Vorbild, der Reichsführer SS, in der Lage, voller Stolz an Leichenbergen vorbeizuziehen und zu erklären: »Das läßt mich kalt.« Der Siebenbürger war auch der Meinung, daß es ihn zu einem besseren, nämlich stärkeren und unversöhnlich härteren Menschen machte, wenn er im Blut wie in Wasser watete. Und lächelnd schloß er: »Jawohl, der Tod ist meine Geliebte.«

Bondy sagte über den Siebenbürger: »Er hat keine Regeln, und es ist auch kein Spiel für ihn. Er glaubt nur daran, daß er drei Phasen durchlaufen muß. Erstens: du vollbringst Verbrechen nach Belieben. Zweitens: du tust, als sei nichts passiert. Und letztens: du mußt schweigen. Der Tag wird kommen, an dem es keine Zeugen mehr geben wird.«

Jedem neuen Häftling verpaßte er eine Tracht Prügel, damit keiner der bleibe, der er davor gewesen war. Er liebte es, den Vater vor den Augen des Sohnes zu verprügeln, den Sohn vor den Augen des Vaters, den Bruder vor den Augen des Bruders. Er befahl dem Vater, den Sohn zu schlagen, dem Sohn, den Vater zu schlagen und dem Bruder den Bruder.

Am Ende hatte sie der Siebenbürger beschossen, doch er hatte weder ihn noch Dany erwischt, denn sie waren von dem Schild aus Menschen geschützt, die erst nach ihnen aus den Waggons gesprungen waren. Dany und er waren froh, daß es so war. Sie sprachen nicht davon. Scham erschöpft. Die Scham hält dir einen völlig überflüssigen Spiegel hin, auf den niemand Wert legt. Jeder, der noch lebte, tat dies auf Kosten eines anderen, der bereits umgebracht worden war. Die Deutschen hatten es so eingerichtet, nicht sie selbst.

Viele der Menschen, die nach ihnen gesprungen waren, hatte der Siebenbürger erwischt. Er brauchte kein Scharfschütze zu sein, um von hinten eine ganze Menge Wehrloser umzubringen. Schon deswegen, weil sie nicht allzu schnell laufen konnten. Nach sechstägigem Fasten rennt niemand wie ein Wiesel. Es gab welche, deren Knie nachgaben und die begriffen, daß auch ein Lebender Leiche sein kann. Der Siebenbürger schlug und erschlug Menschen, um den Schrecken sehen zu können; das befriedigte ihn, weil es ihm ein Gefühl der Stärke gab. Er fragte nicht nach dem Zweck, wenn er Menschen umbrachte oder quälte. Obwohl, wer weiß? Vielleicht war es auch etwas anderes als der Schrecken. »Die Liebe ist blind«, pflegte der Siebenbürger zu Frank Bondy zu sagen. Mit größter Leidenschaft prügelte er auf all die ein, die einen Selbstmordversuch begangen hatten. »Du Kanaille, du abartiges Ungeheuer! Du wolltest dich aus meiner Schlußabrechnung herausmogeln?« Auch ohne Grund hat der Siebenbürger Menschen umgebracht. Es gibt welche, die brauchen einen Grund, um Menschen umzubringen. Es gibt welche, die kämpfen, weil sie das Töten genießen. Das sind die Deutschen. Es gibt welche, die mögen den Krieg, weil sie darin grundlos töten können, aber sie mögen nicht kämpfen. Zu denen gehörte der Siebenbürger. Oder die Österreicher. Es gab viele Österreicher, die in die SS eingetreten waren und den Dienst in Lagern vorzogen, um ohne Grund und ohne

Gefahr töten zu können. Das hätte sich Many früher nicht gedacht, daß so viele Menschen grundlos töten. Längst schon hatte der Zweite aufgehört, sich darüber Gedanken zu machen, warum so viele Menschen andere Menschen töten, wie man Tiere tötet, ohne einen Grund dazu zu haben – nicht einmal Haß oder Rache. Andere Menschen grundlos umzubringen, gehört zum Leben mancher Menschen wie das Bestaunen von Berggipfeln, das Angeln von Fischen, das Fangen von Schmetterlingen oder Vögeln, wie Atmen oder Niesen oder der Blick zum Himmel. Es gibt welche, die es genießen, grundlos zu töten. Ich nicht. Dany auch nicht.
Manchmal allerdings, wenn das Wetter schön war, erinnerte das Lager den Siebenbürger an rumänische Berge und Wiesen, und dann sang er ganz hübsch, wenn auch immer heiser, rumänische und deutsche Lieder; fast immer war die »Berliner Luft« dabei. Darin glich er ein bißchen Dany und selbst ihm, Many, die alles gleich allein darum schöner finden konnten, weil die Sonne schien und sie gerade keiner geprügelt oder angebrüllt hatte, oder sie konnten darüber hinweggehen, denn hinter dem stromgeladenen Stacheldraht schimmerten grün die Felder, wiegten die Bäume und Büsche sich im Wind, und ganz oben jubelte der blaue Himmel.
Der Siebenbürger machte sich lustig über sie, beim Appell würden sie durcheinanderrennen wie Hähnchen mit abgeschlagenen Köpfchen. Die Verprügelten, wenn sie sich aufrafften, um ihr Leben zu retten, ermunterte er mit dem Spruch: »Auch ein blindes Huhn findet mal ein Korn.« Er ließ sich auch durch Krankheiten nicht beirren, die die Häftlinge nicht einmal benennen konnten.
Für kurze Zeit konnte man manchmal die anderen vergessen, obwohl es, auch wenn man ein wenig zur Besinnung kommen wollte, nie länger funktionierte, denn

die anderen brachten sich in Erinnerung, wie man sich selbst im umgekehrten Falle den anderen in Erinnerung brachte. Es lag nicht nur daran, daß man die anderen mit sich selbst belastete, sobald man aufhörte, für sich zu sorgen. Wer nicht für sich selbst sorgte, ging unter. Meistens gingen auch die unter, die für sich sorgen konnten, wie Frank Bondy. Das Lager stellte alle vom Anfang bis zum Ende vor unerfüllbare Aufgaben. Er und Dany, sie hatten es weit gebracht. Wenn er im Geiste Rückschau hielt, so war es eine kaum zu überschauende Strecke.

Wir sind wie Blinde, dachte der Zweite, auch wenn wir sehen können. Der Siebenbürger machte sich auch über Bondy lustig, mit dem Hinweis darauf, daß die Welt nur so tue, als wisse sie von nichts. In Dachau, wo der Siebenbürger, aus Flossenburg kommend, seinen Dienst antrat, taten die Ratsherren wie die Bürger, als hätten sie keine Ahnung von dem, was hinter der Mauer vor sich ging. Aber war es anders mit den Schweizern oder den Schweden? Die ersteren lieferten die feinste Schokolade für die deutschen Flieger, die letzteren rissen sich alle Beine aus, um die Wehrmacht mit dem besten Stahl für Kanonen zu beliefern. Jeder Mensch trägt in sich eine solche Mauer, meinte der Siebenbürger, über die hinaus er lieber nicht schaut. In Siebenbürgen hatte er gerade die fünf Volksschulklassen geschafft.

Glaubte Dany immer noch daran, daß die Ehre für alle Menschen gleich ist? In Deutschland war »Gnade« aus den Wörterbüchern gestrichen worden. »Sie haben die allgemeinen Spielregeln wie einen Brotlaib aufgeteilt, damit sie für die einen Geltung behalten, für die anderen nicht«, pflegte Bondy zu sagen. »Die Moral haben sie in Suppenschnittlauch verwandelt. Du magst die Moral, oder du magst sie nicht, wie Schnittlauch in der Suppe. Der Ordnung halber tätowieren sie im Lager selbst die

Wickelkinder, um sie dann, noch vorm Sonnenuntergang, in den Ofen zu stecken.«

Dem Siebenbürger sprossen Haare aus Nase und Ohren wie Antennen hervor. Er konnte einen Menschen in die Drähte schleudern mit der Begründung, daß man ohne Gott nicht leben könne. Lediglich sterben. Seine Falten erinnerten an sich windende Schlangen. Selbst in Uniform roch er nach Schafstall.

»Wenn er ruhig ist, brüllt er, wenn er brüllt, schweigt er«, sagte Bondy über den Siebenbürger. »Er ist schlimmer als die Sphinx des Altertums, die ihre Gestalt je nach Tageszeit änderte.«

Sie hatten keinen blassen Schimmer, von welcher Sphinx er redete. Er hatte Abitur und wußte, was damals Menschen über Menschen wissen konnten. Offensichtlich, so konnten er und Dany denken, reichte es ihm nicht mehr aus. Es war, wie wenn ein Nichtschwimmer ins tiefe Wasser geraten würde.

»Spielen – das ist alles, was du tun kannst«, sagte Bondy, »es ist wie beim Poker: du ziehst nicht, nimmst keine Karte mehr, du erhöhst nur noch den Einsatz.«

Dem Zweiten kam der Geruch in die Nase, den die Leute vom Sonderkommando verströmten, die Leichensammler und Leichenverbrenner und die, die in den Duschen Dienst hatten, wenn sie es länger als sechs Wochen taten, bevor sie durch andere ersetzt und selbst durch den Schornstein gejagt wurden, bevor sie isoliert und in eine Sonderbaracke versetzt wurden.

Einmal fragte der Siebenbürger Bondy über Weinsorten aus. Was den Champagner betreffe, so könne man ihn, sofern er nur richtig gekühlt werde, immer trinken, auch wenn es nicht die beste Sorte sei. Es war recht lang her seit Bondys Reisen mit dem Nachtexpress quer durch

Europa oder Südamerika, mit Zwischenstationen in Spielbanken und Freudenhäusern, in Etablissements, wo die Kellner und die Serviererinnen wie Ballettänzer auf Zehenspitzen schwebten, um die Gäste an den Kaffee- und Spieltischen nicht zu stören. Recht weit war auch der Traum entfernt, den er ihnen im Lager erzählt hatte. Da sei er mit einem in grelles Orange gekleideten Weib in einer gigantischen Schüssel, einem riesigen Champagnerkelch geschwommen. Er sei erwacht und hätte schwören können, im Traum gelacht zu haben. Erst als er zu sich kam und merkte, daß er im Lager war, hörte er damit auf.

Dann erschlug der Siebenbürger den Häftling Flacek, weil er am Zaun uriniert hatte. Der Siebenbürger betrachtete die Menschen als Spielsachen, die er nach Belieben kaputtmachen konnte. Er brauchte dem Häftling nur einen undurchführbaren Befehl zu erteilen: einen Waggon mit Stahlröhren, mit Zement, mit Kies wegzuschieben zum Beispiel. Nach dem Fliegerangriff einen Metallbalken hochzuheben. Er behauptete, daß die jüdische Seele nach Knoblauch stinke. Er wird sich die jüdische Seele wohl wie den entblößten Hintern eines Häftlings vorgestellt haben, bevor er ihn mit 25 Schlägen traktiert hatte. Er hatte Dany befohlen, Flacek zum Krematorium zu schleppen.

»Im Lager sind wir alle schuldig und unschuldig«, sagte Bondy. »Wir alle nehmen Anteil am gigantischen Werk des deutschen Aufbaus.«

Und außerdem, hinter dem Rücken des Siebenbürgers: »Er liebt uns zu Tode.«

Dann sagte Frank Bondy zu Dany, er müsse durchhalten, damit er eines Tages zurückzahlen könne, was er eingesteckt hätte. Der Zweite rief sich die Gesichter Bondys und des Siebenbürgers ins Gedächtnis. Behaarte

Ohren und das Antlitz eines Engels. Wollte Dany zurückzahlen, was er in den letzten drei Jahren einstecken mußte? Konnte man es überhaupt zurückzahlen? Wer sollte es tun? Und wie? Dany war zu erschöpft, um jemanden auch nur hassen zu können. Aber er hatte wohl auch nicht alles vergeben. Auch dazu fehlte ihm die Kraft. Er war auch nicht der Typ dafür, anders als die Leute aus Kohens Gruppe, die viel von Rache redeten. Dany hielt fest an seinen zwei Regeln, mit denen er vermutlich schon auf die Welt gekommen war. Und bei jemandem wie Dany konnten sie auch nur mit ihm wieder sterben. Dany schaffte es, vor allen Dingen nur für sich selbst zu sorgen, aber er hielt an mir fest, wie ich an ihm festgehalten habe, weil ein Mensch allein weniger ausrichtet als zu zweit, wenn beide aus dem gleichen Stoff gemacht sind. Manchmal kann es ein Mensch alleine schaffen. Zu zweit muß er es nicht immer schaffen. Dany hat es vorgezogen, für sich selbst zu sorgen, aber zu zweit. Und das hab ich auch getan.

Wird es mir nun schwindlig oder nicht? In Manys Ohren sauste es. Vor seinen Augen flimmerte es, wurde abwechselnd hell und dunkel, und es war, als käme das von innen. Er spürte einen Druck auf der Brust. Wie eine riesige Handfläche, unsichtbar, aber spürbar zudrückend. Er mußte durchhalten. Was war das bloß? Many versuchte zu zwinkern, um es loszuwerden.

Als sich Dany der auf dem Berghang liegenden Polin zuwandte, sagte sie zu ihm: »Ihr hättet sie umbringen sollen. Wir hätten die Frau umgebracht, mit dem Kind.« Und dann: »Schau mal, was die mit uns gemacht haben. Und was die noch tun werden. Das wollt ihr ihnen vergeben?«

Aber Dany rannte weiter. Es genügte, wenn sich Frank Bondy mit ihr aufhielt. Sie hatte einen Wirbelsäulendurchschuß. Frank war mit zwei Decken losgelaufen, damit er in der Nacht nicht frieren müßte, unter jeden Arm hatte er eine geklemmt. Als er neben der Polin niederkniete, legte er ihr eine der Decken unter den Kopf. Und bedeckte mit der anderen ihre Wunde. Für Franks Verhältnisse war das eine Menge.
Wanda sagte, er solle sich mit ihr nicht aufhalten, sie sei erledigt. Er solle weiterrennen. Er solle Dinge tun, die Sinn hätten. Und: es werde wohl in diesem Wettlauf nicht viele geben, die ankommen würden.
Frank Bondy schaute sie an, und aus seinen Augen verschwand alle Frivolität. Etwas anderes nistete sich dort ein. Er blieb bei ihr.
Wie er aber bei dieser polnischen Frau geblieben war, kniend, während sie nur liegen konnte, sausten ihm die Kugeln um den Kopf. Wanda hatte selbstverständlich genug, selbst wenn sie überleben sollte. Frank tröstete sie. Er sagte, niemand auf dieser Welt wisse, was sein Los sei und wem die Zukunft gehöre. Es war kein Berg mehr, trotz der Hunderttausende von Leichen, es war eine Kluft. Es verflüchtigte sich, ungeachtet der längst verschütteten, vom Gras und Jungholz überwucherten Toten. Er redete ihr ein, seine Prager Verlobte Blanka, die es geschafft hätte, in dreieinhalb Jahren, bevor die Deutschen die Universitäten geschlossen hätten, ihr Medizinstudium abzuschließen, würde ihr helfen, darauf könne sie zählen.
Frank hatte immer zwölfhundert Gesichter. Manche davon waren liebenswert. Und andere – zur gleichen Zeit, in der man die einen mochte und ihm verzieh – mußte man hassen. So ungefähr.
Der Flieger kreiste über dem wimmelnden Ameisenhau-

fen, und der Pilot wunderte sich vielleicht, daß der schwarze Boden rot wurde. Und auf einmal war die Maschine weg, mitsamt dem heulenden Motorengeräusch.
Der Himmel war wieder leer.

Mit lärmenden Stimmen kehrten die Greise ins Lokal zurück. Sie werteten ihren militärischen Erfolg aus, die richtige Strategie und Taktik, die Nützlichkeit, die sie trotz zunehmendem Alter und trotz ihres Lebens in einem Dorf am Ende der Welt noch einmal bewiesen hatten.
Sie brachten Gläser mit frisch gezapftem dunklen Bier ins Lokal. Wie schon in der Bibel geschrieben steht, ein jegliches hat seine Zeit, das Kämpfen, das Arbeiten und das Feiern; ein jegliches hat seine Zeit. Inzwischen holten die jüngeren unter den Greisen vom Turm der Tische und Stühle einige Möbelstücke herunter, damit sie etwas hatten, sich zu setzen und ihre Gläser abzustellen.
Die schon saßen und tranken, begannen, das mitgebrachte Essen auszupacken. Die Gewehre hielten sie ständig griffbereit. Überwiegend waren es vorsintflutliche Armeekugelbüchsen und Repetiergewehre – so alt wie die Greise, wenn nicht noch älter.
Die Greise aßen und tranken. Dann sangen sie alte deutsche Märsche und Lieder, wie das vom Brüderlein, das trinken und trinken und die Sorgen zuhaus lassen möge, oder das vom Seemann, den nichts erschüttert. Den Refrain schmetterten sie gemeinsam, und es klang ganz hübsch: »Keine Angst, keine Angst, Rosemarie...« Und das altvertraute »Alte Kameraden«.
Nach einigen Gläsern mußten sie austreten gehen, vorbei an den beiden Jungen, die sich an die Wand lehnten. Nach einer Weile kehrten sie vom Hof zurück, und in der

Gaststube erst hatten sie den Hosenbund zugeknöpft. Sie rochen nach Salmiak und Urin. Frauen gab es hier keine. Irgend jemand zog ein altes Grammophon auf. Der Greis, dem das Gewehr wie einem Förster über die Schulter hing, mit dem Lauf nach unten, fing an zu tanzen.
Ein anderer mit schlohweißem Bart packte ein gebratenes Hähnchen aus Zeitungspapier und bot es in der Runde feil, und binnen einer Minute war es von knochigen Händen in Stücke gerissen.
Dann stand der auf, dem das Gewehr mit dem Lauf nach unten über die Schulter hing, und leistete dem Tanzenden Gesellschaft. Erst als er den Schenkel bis auf den Knochen abgeknabbert hatte, legte er seinem Partner die zweite Hand auf den Rücken.
Bewacht wurden sie von einem Opa, der eine auf Glanz polierte Mannlicher im Schoß hielt. Von Zeit zu Zeit fummelte er geräuschvoll am Abzug, um zu demonstrieren, daß man aus dem Gewehr gegebenenfalls noch einen Schuß abfeuern könnte. Er trug einen Mantel aus braunem Wachstuch, der wie ein Ledermantel aussah. Er aß frische Leberwurst, hatte aber keine Zähne und mußte sie – wie das Brot, das er dazu nahm – mit dem Zahnfleisch zermümmeln. Immer wieder preßte er ein Stück Leberwurst direkt aus dem Darm in den Mund.
Er faltete das Papier, aus dem er sein Essen ausgepackt hatte, sorgfältig in kleine Quadrate. Wäre es Wasser, fuhr dem Zweiten durch den Kopf, würde ich springen und ihm die Zeitung aus der Hand trinken.
Der Erste war apathisch. Er spürte, wie es stach und klopfte in seinem Bein. Er döste ein in der Hitze. Nur der Schmerz weckte ihn immer wieder. Es war, als habe sich das Bein verselbständigt und tue, was es wolle.
»Dany«, versuchte es der Zweite.
»Nicht sprechen«, bellte der Opa, der sie bewachte.

»Nicht sprechen!« wiederholte er mit halbvollem Mund. »Hände hinter den Rücken!«
Der Bürgermeister ließ sie holen. Der Opa mit der Mannlicher stand in ihrem Rücken. Der Bürgermeister saß in seinem Ledermantel mit Armbinde hinter seinem Schreibtisch. An der Wand hinter ihm hing im verglasten Rahmen das Bild eines jungen Soldaten, wohl seines Sohnes. Quer über die linke Ecke des Rahmens lief ein schwarzes Band. Sie hielten beide ihre Hände hinter dem Rücken.
Dany konnte Deutsch besser verstehen als Many. Des Bürgermeisters Fragen, wo sie herkämen, wohin sie gingen, wie sie hierhergeraten seien, von wo und wohin sie gelaufen wären, beantwortete Dany mit einem stereotypen Spruch. Sie kämen aus Dresden. Ihre Papiere seien beim Luftangriff vom 19. Februar verbrannt. Und seither seien ihnen aus Prag keine neuen geschickt worden. Sie seien gelaufen. Sie wollten ohne Papiere und Geld weder den Reichsbehörden noch der Reichsbahn zur Last fallen.
»Wir haben keinem was getan«, sagte der Zweite.
Der Erste dachte: Es war ein Fehler, die Frau nicht abzumurksen, weil sie uns verpetzt hat. Aber vielleicht war es auch kein Fehler. Wenn sie uns dafür nicht erschießen werden.
»Wir haben niemanden umgebracht, wir haben keinem was getan«, wiederholte der Zweite.
Der Zweite begann dem Bürgermeister einzureden, er könne das alles mit einem Anruf beim Kommissariat in Prag überprüfen und daß sie beide am Jungmannplatz Nummer vier wohnten, da wo der Zeitungskiosk stehe und der italienische Eisverkäufer, wenn es noch beim alten geblieben sei. Für den Bruchteil einer Sekunde sah er den verkrüppelten Mann vor sich, der im Kiosk Zeitungen verkauft hatte. Er hatte ein müdes, manchmal geistesabwesendes Gesicht, und Many hatte sich oft gefragt, was

dem Menschen wohl passiert sein mochte, und geahnt, es wäre besser, nicht laut zu fragen. Aber jetzt war ihm, als sähe er ihn aus nächster Nähe und als sei diesem Mann ein besseres Schicksal beschieden worden, weil er gelernt hatte, damit zu leben, weil er keinen brauchte und weil er von keinem verfolgt wurde.

Dany fügte hinzu, daß in Dresden nicht nur ihre Dokumente, sondern auch ihr ganzes Hab und Gut verbrannt sei. Sie seien dort in einem Totaleinsatz von Fremdarbeitern gewesen.

»Totaleinsatz«, wiederholte Many.

Der Bürgermeister glaubte kein Wort. Zuerst behaupteten sie, kein Wort Deutsch zu können, und nun flossen die Worte wie aus einem Wasserfall. Er machte sich Notizen, kritzelte vielleicht auch nur vor sich hin. Schließlich sagte er: »Ausziehen!«

Und er fügte hinzu: »Sofort. Alles! Nackt ausziehen!«

Dann wieherte der Bürgermeister los wie ein Geißbock. Er hielt sich die Nase zu. Er lachte mindestens eine Minute lang. »Anziehen!« sagte er. »Schnell.«

»Wir haben keinem was getan«, wiederholte der Zweite.

»Wir hatten keine Bescheinigung für den Zug«, log der Erste.

»Wir wußten nicht, wo wir sind«, sagte der Zweite.

»Ihr seid in Rottau«, sagte der Bürgermeister. »Rotava – Rottau.«

»Ich bin nicht beschnitten«, sagte der Zweite plötzlich. »Und Dany ham sie's wegen Krankheit gemacht.«

»Wie wenn die dich mit dem Küchenmesser beschnitten hätten«, sagte der Bürgermeister. »So verkrüppelt man euch, damit ihr kein Versteck finden könnt. Und ihr verkrüppelt dann die anderen. Hier oben. Und hier.« Der Bürgermeister wies mit seinem Finger auf die Stirn und dann auf die Brusttasche.

»Wir verkrüppeln niemanden«, sagte der Zweite.
»Anziehen, ich geb euch eine Minute!« sagte der Bürgermeister.
Danys schwache Hände versagten bei dem Versuch, den Hosenbund zuzuknöpfen.
»Um sieben kommt euch der Patrouillenwagen holen«, sagte der Bürgermeister. »Der bringt euch nach Karlsbad. Karlovy Vary. Ihr kommt vors Kriegsgericht. Das wird über euch befinden.«
»Raus«, herrschte sie der Opa mit der Mannlicher an.
Sie setzten sich wieder auf die Bank, auf der sie vorhin schon gesessen hatten.
»Unterwegs überfallen wir die Alten, Dany.«
»Ja«, antwortete der Erste.
»Vergiß deinen Stock nicht, Dany.«
»Ruhe!« rief der Opa.
»Setz dich rechts hin, damit du springen kannst, Dany.«
»Habe ich nicht Ruhe gesagt?« wiederholte der Opa.
»Ich will noch einmal mit dem Bürgermeister sprechen, ich muß ihm etwas sagen«, sagte der Zweite.
»Das ist überflüssig«, sagte der Opa.
»Dany hat man's wegen Krankheit gemacht«, sagte der Zweite.
Also ist Karlsbad schon so nahe, ging es ihm durch den Kopf. Sie müssen im Kreis getappt sein. Und doch eine beträchtliche Strecke zurückgelegt haben. Also schon in Böhmen. Karlovy Vary. Karlsbad. Rottau. Rotava. Daheim ist das Land, wo du zu Hause sein kannst oder auch nicht, je nachdem, wie du geboren wurdest, sagte Frank Bondy. Je nachdem, wer es besetzt oder nicht besetzt. Je nachdem, wie es verteidigt oder nicht verteidigt werden kann. Wer kann es schon in Anspruch nehmen, ein Zuhause zu haben, das von keinem Zuhause eines anderen etwas beansprucht?

Frank konnte Deutsch besser verstehen, als sie beide zusammen. Er konnte auch Spanisch, Englisch, Portugiesisch, Jiddisch. Und Französisch, als sei er in Monte Carlo geboren. Mit alldem ist er im Zug nach Dachau geblieben.
Und er pflegte zu sagen: »Mit zunehmendem Alter lernen wir alles zählen, ausgenommen die Versager. Denn Versager gibt es so viele, daß es sinnlos wäre, sie zu zählen.«

Dany und ich, wir haben nicht versagt, wiederholte der Zweite für sich. Dany hat nicht versagt, und ich, ich habe auch nicht versagt. Von Anfang an war es Übermacht, und es ist schon wieder Übermacht. Es ist kein Versagen, es ist Übermacht. Je schlimmer die Umstände, desto weniger wird verziehen.
In seinem Gedächtnis hallten des Bürgermeisters Worte nach, sie dürften dieses Land nicht regieren und würden es auch nicht, auch wenn der Krieg schon bald zu Ende gehen würde. Auch der Bürgermeister ist hier zu Hause, dachte er bei sich. Der Bürgermeister mit seiner Gurkennase und dem Ledergesicht. Sie dürften sich nicht wundern, so sagte er, wenn man sie erschießen würde, wo sie doch eine deutsche Bäuerin meuchlings überfallen hätten, ihr Brot, Kartoffeln und Kaffeemilch geraubt, von dem, was sie selbst am besten wüßten, ganz zu schweigen. Und dann hätten sie der wiederholten Aufforderung der deutschen Landwehr nicht Folge geleistet. Was sei denn das anderes als ein Täuschungsmanöver, wenn sie für die paar hundert Meter den Hang abwärts Stunden brauchten?
Bald würde es sieben Uhr sein. Es gibt Panzersperren unterwegs, dachte er, vielleicht wird die Patrouille aufgehalten.
An Danys Füßen nahm er seine, früher Leonards Schuhe

wahr. Er spürte nicht mehr, wie Dany roch. Der Opa wird es bemerkt haben, der wandte sich nämlich ab. Dany hielt seine Mütze in der Hand. Die Muskeln in Danys Gesicht wurden schlaff. Auch seine Schultern hingen schlaff. Es war eine Schlaffheit, die Many nicht neu war und vor der er sich fürchtete.

Dann fiel ihm ein, daß sie sich vielleicht hätten loskaufen können, wenn sie im Besitz von Franks Uhr gewesen wären.

An der Wand neben dem Opa hing eine Pendeluhr. Die Messingscheibe des Pendels schwang hin und her. Jede Viertelstunde ertönte ein weich dröhnender Schlag, jede halbe Stunde zwei.

Vor den Augen des Zweiten erschien eine Tür, darauf ein Namensschild, doch trug es keinen Namen. Daneben ein Klingelknopf, auf den er die Fingerkuppe legen könnte. In Gedanken schweifte er immer wieder dorthin, voller Angst, daß es dort niemanden mehr geben würde. Nicht einmal ihn selbst?

»Dany?« wiederholte er im Flüsterton.

»Es hat keinen Zweck«, antwortete endlich der Erste, auch er flüsternd.

Draußen neigte sich die Sonne zum westlichen Horizont. Die Uhr schlug sieben. Eine Feierlichkeit schwang im Dröhnen der Schläge mit, als seien darin alle Dinge enthalten, die waren und noch sein würden. Oder nicht sein würden. Greifbarkeit und Ungreifbarkeit der Ewigkeit schwangen da mit, die Sterblichkeit des Lebens und die Lebendigkeit des Todes. Der Zweite lauschte den Schlägen der Uhr und wußte, daß diese Uhr noch viele Jahre schlagen würde. Sie würde sieben anzeigen und acht und zwischendurch das Verstreichen der Stunden bebimmeln.

Im Klang der Uhr lag etwas Mildes. Es klang darin aber auch die Bedeutung und Gleichgültigkeit und Vergänglichkeit all dessen, was geschehen war und was nicht mehr geschehen würde, was noch kommen mochte und was nicht mehr. Gleichgültigkeit gegen Hoffnung und Gleichgültigkeit gegen ihren Verlust.
Immer noch saßen sie auf der Bank, die spiegelblank gerieben war von Tausenden von Bauernhintern, deren Träger morgen mit der ersten Dämmerung zum Pflügen und Säen ausziehen würden, zur Jagd und zum Schießen, zum Melken; die ihren Lebensunterhalt verdienten, erbärmlich, aber doch rechtschaffen, und beten würden sie und Kinder gebären, Felder düngen, Hunde und Katzen versorgen oder Hühner – all das, was Frank Bondy kannte und die Leute aus der Karpatenukraine oder auch die aus Kohens Gruppe, was Dany und er selbst kannten: Häuser bauen, Tiere töten. Und die Uhr würde es hundert- und tausendmal wiederholen, und wenn das Uhrwerk erlahmte, würde eine andere Uhr dies Amt übernehmen.
Das Pendel beschrieb seine Bahn. Es war ein ruhiges Pendel. Ganz allmählich wurde es dunkel. Es war nach einem wunderbar sonnigen Tag einer jener mild duftenden Frühjahrsabende, die vieles in sich tragen, und zwar manches über das hinaus, was sichtbar ist und was die Finsternis wie ein hauchdünnes Gewebe umhüllt.

Zum ersten Mal hatte er in dem deutschen Krankenhaus begriffen, wo sie mit Frank Bondy Luftschutzkeller ausgegraben hatten, daß Frank mehr als ein Gesicht hatte. Und daß Erfahrungen nicht die einzige Zierde des Menschen sind, selbst wenn sie zwischen Monte Carlo und Rio de Janeiro erworben sein sollten, und der Mensch nicht als deren Summe zu betrachten ist, sondern als das, womit er sich im entscheidenden Augenblick aus-

weist und womit er die Summe der Erfahrungen entweder bestätigen oder widerlegen kann. Und was er sich, unter bestimmten Bedingungen, genausogut schenken kann.

Mittags brachte Frank aus dem Theresienstädter Ghetto die Suppenkessel. Sie enthielten eine erbärmliche Brühe. Angesichts der Tatsache, daß man in manchen Lagern nur einmal in vierundzwanzig Stunden verköstigt wurde, war es andererseits noch nicht einmal so schlimm. Many stand damals in der Schlange für die Suppe, Frank teilte aus. Er muß sich vor jemanden gedrängt haben, weil ihn Bondy, als er an der Reihe sein sollte, mit einem sanften Händedruck am Ellenbogen aus der Schlange und wieder ans Ende schickte. Franks Hand kam ihm damals rein vor, beinahe wie die eines Heiligen. Frank füllte den Schöpflöffel sorgfältig und gewissenhaft. Er rührte und schöpfte die Suppe bedächtig, damit jeder sowohl etwas von oben wie von unten abkriegte. Und er schenkte jedem noch sein liebevolles Lächeln dazu.

Sie konnten sich vorstellen, daß die Frauen einst wegen dieses Lächelns närrisch gewesen sein mußten nach Frank. Und sie konnten sich auch vorstellen, warum ihn selbst Männer für dieses Lächeln bewundern mußten.

Am Ende standen nur sie beide am Kessel. Frank schöpfte für Many einen vollen Löffel der dicken Suppe vom Boden und goß ihn in Manys Geschirr. Als Many zurücktrat, zog ihn Frank noch einmal am Ellenbogen heran und schenkte so rasch einen zweiten Schöpflöffel nach, daß es beinahe mit der ersten Bewegung zusammenschmolz. Er tat das mit seinem liebevollen Lächeln, mit seiner Heiligenhand.

Etwas zerbrach. Eine wunderbare Sicherheit oder Vorahnung dessen, was vielleicht eines Tages kommen könnte. Weil es auf der Welt noch Menschen gab, für die es wichtig war und die trotz alledem unterscheiden konnten zwischen gut und böse, richtig und falsch, gerecht und ungerecht. Menschen, für die Hoffnung keine Heuchelei war.

Die unsichtbare Konstruktion brach wie ein Kartenhaus lautlos zusammen. Keiner merkte es. Frank konnte stolz sein, und Many hätte glücklich sein müssen. Keiner sah den zweiten Schöpflöffel. Und Bondy warf nur einen verstohlenen und erfahrenen Blick, um sich zu vergewissern, was er doch schon wußte: ob genug für ihn übriggeblieben war.

Die Konstruktion des reinen und gerechten Menschen, der stärker ist als die Umstände und der erhaben ist über den vorübergehenden Morast, der sie umgab, brach mit dem zweiten Schöpflöffel zusammen, den ihm Bondy eingeschenkt hatte. Statt mit der Antwort beschenkte ihn Frank mit einem väterlichen Lächeln. Als hätte er gesagt: »Tu doch nicht so, Many.«

Er schickte ihn zur Seite, als fragte er, wem sonst, wenn nicht ihm, er diesen Löffel hätte zukommen lassen sollen.

Natürlich brauchte man nur ein wenig Geschick, und man konnte an den Portionen von zwölf Spatenhungrigen mehr zusammensparen, als sich ein Unerfahrener hätte vorstellen können. Es nicht zu tun, hätte für niemanden die Erlösung bedeutet.

Damals auf der Baustelle ging alles in dem Schmutz unter, an dem die Welt erstickte. Keiner konnte ihm entgehen, solange er lebte, manche noch nicht einmal nach dem Tod. Er selbst roch bereits nach dieser Welt.

Der Bürgermeister verließ sein Arbeitszimmer. Er schritt an ihnen vorbei, ohne sie eines Blickes zu würdigen. Dany

schlief. Er sah aus, als sei er bereits gestorben. Das war er aber nicht. Zuweilen lief ein Zittern durch seinen Körper, und sein Fuß zuckte wie ein frisch getöteter Fisch. Dann klingelte das Telefon. Der Bürgermeister sprach mit jemandem, er senkte und hob die Stimme. Man hörte, wie er den Hörer auf die Gabel fallen ließ.
Der Bürgermeister unterhielt sich mit den Greisen im Lokal über etwas, das die Greise schließlich lachen machte. Am Ende klatschten sie.
»Herr Bürgermeister ruft mich«, sagte der Opa mit der Mannlicher.
Der Zweite weckte den Ersten mit dem Ellenbogen.
»Wir werden die Alten überfallen.«
»Ja.«
»Schwöre es, Dany.«
»Ich schwöre es«, sagte der Erste blutlos.
Der Zweite dachte daran, daß man ihnen, so erbärmlich, wie sie aussahen, vielleicht die Hände nicht binden würde, schon deswegen, weil Dany ohne den Stock allein keinen Schritt tun konnte. Die Uhr dröhnte die Stube voll mit dem Schlag für das letzte Viertel bis sieben. Jetzt dachte der Zweite daran, daß dies die Wonne sein müsse, die jeder vor dem Sterben empfinde. Er fühlte keinen Schmerz. Und es schien gar nicht schwer. Sie waren allein. Ihr Leben sinnlos. Dany hätte gleich sterben können, dachte er bei sich. Zum Teil war es wie eine ausgiebige Umarmung der Geduld, die sie großzügigerweise zu umschließen begann, wie wenn der Mensch erschöpft ist und einschläft und dennoch alles wie im wachen oder halbwachen Zustand verfolgt. Zum Bedauern fehlte ihm schon die Kraft. Und doch bedauerte er noch manches. Die schwindende Hoffnung. Sie taten, was sie konnten. Aber das denkt wohl nur er.
Man hörte nur noch die Stimme des Bürgermeisters:
»Punkt sieben holt ihr sie raus vors Haus.«

»Zu Befehl, Herr Bürgermeister«, sagte der Mann in der alten Offiziersuniform, und seine Stimme bebte vor Eifer.
»Sie wissen, was Sie zu tun haben«, setzte der Bürgermeister hinzu.
»Jawohl, Herr Bürgermeister.«

13 Es wird keine Patrouille kommen, die Greise werden es selbst tun. Das fuhr dem Zweiten plötzlich durch den Kopf. Und er sah sich und Dany erschossen auf dem Weg neben dem Schuppen liegen, zwischen Wald und Gastwirtschaft, in den stinkenden Klamotten, die Beine geknickt, damit Dany bequemer liegen würde. Völlig verrückt erschien ihm nun, wie er sich gefreut hatte darüber, daß ihre Klamotten in dem überheizten Raum getrocknet waren.

Auch die Greise zwischen den Tischen ähnelten, wie sie sich erhoben hatten, Hosen und Jacken zurechtzogen und das Gewehr zur Hand nahmen, zerzausten hilflosen Vögeln. Es war schon ein Glück, daß sie die beiden nicht geprügelt, getreten oder sonst auf eine der Weisen, die den Jungen nur zu vertraut waren, gequält hatten. Sie würden sie nur erschießen. Sie würden sie wohl gleichzeitig erschießen. Sie beide gleichzeitig zu erschießen, stand wohl in ihren Kräften, wenn die Entfernung nur gering genug war. Es wäre ein Glück, wenn es schnell gehen könnte, wenn es schon sein mußte. Die Greise halfen einander, sich zurechtzumachen.

Eine Frau ging durch den Korridor in die Gaststube. Ihr Haar war hell, ihre Augen blau und ihre Haut weiß. Um den Kopf hatte sie ein schwarzes Tuch gebunden. Es stand ihr gut zu ihrem blonden Haar. Der Zweite erinnerte sich an die Frau, die ihnen Brot gegeben hatte und die sie nicht getötet hatten. Dany betrachtete seinen kranken Fuß.

Die Frau trug einen ähnlichen Ledermantel wie der Bürgermeister. Ihr Gesicht ähnelte jenem auf dem Trauerbild im Büro des Bürgermeisters. Sie war wohl seine Tochter.

In Many blitzte plötzlich eine Ahnung dessen auf, was Frank Bondy bei der mißhandelten Polin gefunden haben mochte. Das Schöne, das nur Frauen eigen war. Dies sollte das letzte sein, an das er denken würde. Vielleicht darum, weil, wie Frank Bondy sagte, die Vereinigung von Frau und Mann im Augenblick des Rauschs dem Tod ähnelte? Irgend etwas zwischen Einschlafen und Erwachen?

Er sah einen Doppelstrohsack vor sich, wie sie in der Theresienstädter Festung gang und gäbe waren, und er erinnerte sich an seine erste Erfahrung mit einem Mädchen. Es war in einem ehemaligen Stall in der Jägerkaserne – die Deutschen hatten das Gebäude nach ihren Feldjägern umbenannt –, hierher brachten die Männer Frauen, mit gierigen Leibern.

Sie tat alles, was die Männer begehrten, ließ sie nur nicht unterhalb der Gürtellinie, weil sie wußte, was eine Schwangerschaft bedeuten würde. Nur bei Many machte sie eine Ausnahme, wie sie es später auch bei Zdenek Pick und Milan Oppenheimer tat. Eigentlich war es der Vater, der ihn dazu getrieben hatte. Oft hatte er ihn gefragt, als sie nach der Arbeit nebeneinander auf dem Strohsack lagen, fast auffällig oft, ob er schon ein Weib gehabt habe. Vielleicht hatte Papa gewußt, daß einmal ein solcher Augenblick kommen würde, pünktlich mit dem Glockenschlag und dem Befehl, ihn bei Sonnenuntergang vors Haus zu führen, vielleicht hatte er geahnt, daß jener letzte Schlag, der ganze Stunden voneinander trennt, ertönen würde und gleichzeitig mit ihm das Kommando für die bereits schußbereiten deutschen Gewehre.

Der reine Klang der Uhr, der an das Schönste erinnert, was man je erlebt hatte. Wie Frank zu sagen pflegte, was der eine für Glück hält, ist für den anderen die Katastrophe und umgekehrt.

Sie war lieb zu ihm. Sie legte ihre Hand in seinen Schoß und streichelte ihn so schön, daß er an seine Mutter zurückdenken konnte, an die Mutter seiner Mutter und an alle Frauen, die es wohl so gemacht haben werden, damit er geboren werden konnte, und er vergaß die Scham und die Angst davor, zu versagen. Sie leitete ihn wie das Kind in einem Wald, den das Kind zuerst fürchtet, um sich dort später wohlzufühlen. Er war nicht der erste, der an dem Nachmittag bei ihr gewesen ist. Er konnte auch spüren, daß sie feucht war, noch bevor er gekommen war.

»Es schmeckt süß«, sagte sie, »es riecht nach Gras, das abends gemäht wurde.« Sie wird ans Meer gedacht haben, weil sie später noch vom Wasser sprach und von den Abenden, an denen das Ufer und das Wasser anders aussähen. »Du bist wie ein junger Hengst«, sagte sie, »du wirst Glück haben bei Frauen.«

Jedenfalls war er, als er durch den Vorhang hinausging, ein anderer als der, der dahinter getreten war. Er wartete nicht, bis Pick und Milan Oppenheimer fertig waren.

Längst konnte er nicht mehr alles zurückrufen, obwohl es damals so aussah, daß er nie auch nur eine Sekunde vergessen würde. Es war inzwischen vieles passiert, was mehr schmerzte als die 200 Gramm Margarine, mit denen die Rechnung dafür beglichen wurde, daß die drei zu Männern geworden waren.

Im Augenblick danach kam ihm die ganze Welt vor wie das Feuchte und Pelzige in einem riesigen Schoß. Sie hieß Inge. Man sagte, sie sei dick. Ihr Gesicht war hübsch, ihr Haar rötlich und ihre Stimme, wenn sie flüsterte, tief. Danach betrat er den Abort, wo auch die anderen hingegangen sind zum Heulen, und als er es sich am Abend noch einmal und allein machte auf seinem Strohsack, als Vater eingeschlafen war, im Halbschlaf fast schon, war es beinahe noch besser gewesen.

Abends und nachts leuchteten die Sterne. Der Himmel klärte sich. Er war allein, so wie alle Menschen des

Planeten Erde im weiten All alleine sind, und selbst wenn sie es nicht wären, würden sie sich so fühlen. Frank Bondy hätte bestimmt gewußt, wo hier der Hase im Pfeffer lag.
Am Tag danach traf er Papa mit dem Mädchen zusammen auf der Hauptstraße. Neben ihr ging ein Mann, den ihm Papa als seinen Klassenkameraden und ihren Mann vorstellte.

Nach einer Weile verließ die Frau das Gastzimmer. Sie hatte friedliche, ausgeruhte Augen. Solche Augen muß ich schon irgendwo gesehen haben, sagte der Zweite bei sich. Es waren aber nicht die Mandelaugen von Leonard. Oder von Zdenek Pick. Oder von Milan Oppenheimer. Oder die von Inge und dann des holländischen Mädchens aus Leeuwarden, die man nach dem Osten verladen hatte, obwohl sie noch nicht vierzehn war, und die ihn vor der Abfahrt auf den Mund küßte. Augen wie sie hatte Bondy gehabt. Die Frau, die sie nicht umgebracht hatten. Plötzlich fiel ihm ein, es seien gar keine Augen, sondern die Raben und Krähen, die ihm und Dany im Wald gefolgt waren. Er spürte die Blicke der Frau auf sich ruhen wie Schnäbel von Raubvögeln, die zum Hacken ansetzten. Es gab noch jemanden, der solche Augen hatte. Mein Gott, Mama. Für eine Weile wurde es finster um ihn. Es war ihm, als wolle er aufstehen und könne sich nicht bewegen. Nicht einmal den kleinen Finger konnte er rühren. Eine Hilflosigkeit, die er noch nicht erlebt hatte. Er öffnete die Augen und rührte einen Finger.
Im gleichen Augenblick schlug die Uhr die volle Stunde. Es waren sechs tiefe Schläge, denen sich der letzte, siebte, zugesellte, der das Gewicht ihrer Leben zur anderen Seite hinüberneigen würde.
Der Bürgermeister betrat die Veranda vor seinem Arbeits-

zimmer. Er stellte sich ans Geländer. Die Frau gesellte sich zu ihm. Das Gesicht des Bürgermeisters war wieder aus Lederriemen geschnürt.
»Aufstehen«, sagte der Mann, der die Greise befehligte.
Der Zweite half dem Ersten beim Aufstehen. Er gab ihm den Stock in die Hand.
»Ausziehen! Die Schuhe könnt ihr anbehalten. Faltet die Kleider zusammen und nehmt sie unter den Arm.«
Als sie nackt waren, der Größere in Schuhen und der Kleinere mit gewickelten Füßen, als sie, der Erste mit einem Stock und der Zweite seinen Arm um des Ersten Schultern, mit den Kleiderbündeln unterm Arm standen, sagte der Bürgermeister zu dem Greis: »Laßt sie vors Haus treten!«
»Geht!« wiederholte der Greis.
Die Frau und der Bürgermeister betrachteten die beiden nackten Jungen. Draußen wurde es dämmrig. Many fühlte sich wieder von einer Welle getragen, die auch Dany erfaßte. Er wußte, er würde Haltung bewahren, seinetwegen und auch wegen Dany. Er war froh, daß er mit Dany zusammen war.
Die Frau betrachtete ihre Körper; sie suchte etwas und fand es nicht.
Vor dem Haus standen sie für einen Augenblick still. Der Zweite schlang den Arm fester um den Ersten, damit Dany nicht stolpern würde und damit man sie nicht voneinander trennte. Alles zwischen uns ist gesagt worden, fuhr es dem Zweiten durch den Kopf. Vielleicht kommt Dany als erster dran, weil er größer ist. Aus eigenen Kräften würde sich Dany bestimmt nicht auf den Beinen halten können.
Die anderen Greise standen hufeisenförmig vor dem Haus und vor den Gasthausfenstern, die Gewehre in der Hand, die Finger an den Abzügen.

»Bis in den Wald«, sagte der Bürgermeister, und die Frau lächelte kaum merklich.
»Das Gewehr über!« befahl der Greis.
Das vertraute Klacken der Sicherungsbügel war zu vernehmen. Ein gutes Stück weiter vorne humpelte Many. Es war keine Eile geboten. Es gab nichts mehr, weswegen sie sich hätten beeilen können. Den freien Arm hatte er um Danys Rücken gelegt. Im andern hielt er sein Kleiderbündel. Ohne jede Anspannung wartete er ab, wen von ihnen beiden es zuerst erwischen würde. Er wandte sich nicht um. Auch der Erste nicht. Allmählich könnte es soweit sein, dachte der Zweite. Der letzte Befehl noch, und dann das trockene Knallen. Wir werden nur die ersten Schüsse hören, dachte er.

Als die Deutschen damals in Meuselwitz auf Menschen geschossen hatten und dafür auch auf den Sonnenuntergang warteten, hatten sie zusehen müssen, und Frank Bondy flüsterte, das sei nichts Neues. Er kehrte zu irgendwelchen Pyramiden zurück, die er mal gesehen hatte, und zu vorzeitlichen, längst versandeten Kanälen, als seien Konzentrationslager oder Pyramiden und Kanäle, deren Boden aus Fleisch und Blut nicht mehr existierender Menschen bestand, und als sei selbst all das, was erst kommen würde, nur Teil eines einzigen Stroms aus dem, was gewesen war, was sich ereignete und was noch kommen sollte.

Er war aber schon so erschöpft, daß er auch diesen Gedanken aufgehen ließ in seiner Gleichgültigkeit.
»Es ist gut«, sagte der Zweite, »ist schon gut so.«
Unter seinen Füßen spürte er die Erde, das Moos, die Wurzeln und die Steine. Er schaute zum Wald hin, und aus den Augenwinkeln betrachtete er Dany. Er wartete auf den

Knall, vervielfacht vom Echo, das sie nicht mehr zu hören bekommen würden, so oft vervielfacht, wie viele Greise, wie viele Bäume und wie viele Ohren es erreichen würde. Es würde alles erfassen, was es gab. Die Wälder, die Worte, die Menschen, die es gab, und auch die, die es nicht mehr gab, die Schritte, die Schläge. Seine durch Erschöpfung gedämpfte Anspannung glich selbst im Gehen dem Halbschlaf.

Weiter konnte ihnen keiner mehr folgen. Weiter, hinter die Waldwand, wo schon die Nacht herrschte und wo in der Frühe die Sonne aufgehen würde. Auch jetzt wandte er sich noch nicht um. Er blickte nur vorwärts, auf die Vögel, auf die Baumwipfel. Sie waren allein hier.

»Dany«, flüsterte er.

Der Erste hob seinen Blick.

»Es ist alles gut«, sagte der Zweite leise. Es war das letzte, was er sagte.

Es geschah noch immer nichts. Der Zweite hatte das Zeitgefühl verloren. Nichts von dem, was gewesen war, kehrte zu ihm zurück. Es war die Angst vor dem, was geschehen würde, und gleichzeitig die Sehnsucht nach Freiheit. Die Vorahnung, mit der der Mensch die ausgestreckte Hand ergreift, das Flüstern, den Atem. Die Stille. Das Gewisper der Brise, das Beben im Moos, die Nadeln eines Baumes am Waldrand. Bloß daß sich hinter alledem etwas verbarg, was werden könnte. Und wohinein sich die zwei Schüsse bohren würden und in das Weitere, das es nicht mehr geben würde. Sie waren bereits zwanzig Schritte vom Haus entfernt. Many drückte Danys Schulter. Auch Dany umfaßte Manys Arm fester. Sie waren jetzt beide barhäuptig. Die gegenseitige Hingabe und das Wundersame, dem sie beide entgegenstrebten, wiegte vom einen zum anderen, bis zum letzten Schritt.

Es waren zwei kleine, nackte Körper, in Schuhen und Lappen, ein Kleinerer und ein Größerer, dicht nebeneinander, dicht aneinander.
Auch jetzt konnte man noch nichts hören. Das Echo, das dann kam, reflektierte das Gelächter der Greise und das Geräusch ihrer Büchsen.
Es kam erst dann, in sternenglänzender Höhe über ihren Köpfen, als sie schon in der Finsternis verschwunden waren, unter den hochhängenden Ästen der ersten Bäume am Rand des Waldes. Und dann im Gewirr jener, die niedriger hingen, als würde der Wald nun Tiefe gewinnen, als finge alles von vorne an und solle dennoch das gleiche Ende nehmen, einmal, zweimal, hundertmal. So viele Male, sooft sie es versuchen würden. Im Geruch der Fäulnis, zwischen den Stämmen, den Grashalmen, die jedes Frühjahr sprossen, den Steinen, dem Moos und dem Laub und auch dort, wo sie, selbst wenn sie sich umwendeten, das Backsteinhaus des Bürgermeisters und das Gasthaus nicht mehr sehen würden. Dort, wo der Weg sich in der Dämmerung verlor und der Wald schon dicht war.
Wie ein schmaler Doppelschatten tauchten sie in die Nacht. Die Stille wollte nicht verstummen.